JN252506

はるまで、くるる。

春の日のような、甘くて果ての見えない、悪夢と終末のハーレム

CONTENTS

イラスト　師走まりお
笹井さじ
ブックデザイン　野澤由香

はるまで、くるる。

春の日のような、
甘くて果ての見えない、
悪夢と終末のハーレム

どうやら時間は伸縮自在で、カンヅメのように圧縮することもできれば、複雑に折り畳むこともできるらしいのだ。

澁澤龍彥　『東西不思議物語』

prologue

【89日経過】

五人の枕が近づくように、布団を放射線状に敷き終えた静夏《しずか》が、満足そうに頷《うなず》く。

「円に近い形だから端っこがなくなっているわ。これでこそみんなで一緒に寝る、と言えるわ。普通に並べて敷くと端ができてしまうもの。素晴らしいアイディアだわ。一季《かずき》！　私を褒めなさい！」

「今日の静夏は才気がほとばしってると思うぞ」

「うふふ、いい言葉だわ。私の才気で世界が変わりそうな気さえするわ！　秋桜《あきお》もそう思うわよね？」

頭の高い場所で結んだポニーテールをほどいていた秋桜は軽く苦笑して返事をする。

「ボクも今日の静夏は才気がほとばしってると思う。こんな広いリビングがあって、こんな風に布団を敷けるんだから、こういうことはしておいた方がいいんだろうな、きっと」

「絶対にしておいた方がいいわ！　ん？」

静夏は目を細めて秋桜をにらみつける。

「一緒に寝るのが恥ずかしいとか言うつもりじゃないでしょうね。わたしは反逆を許さないわ」

「言うつもりはないよ。ボクだって、こういうこと……してみたかったんだから」

「だよね～。こんな楽しそうなこと、もっと早くからやっておけば、え？」

重い音をたてて、特殊な軍人が持っていそうな大ぶりなナイフを食卓に置いた春海《はるみ》が言うのと同時に、その隣にいた冬音《ふゆね》が、小さな体を自分で振り回すようなデタラメなフォームでダダダダッと走ってジャンプし、お腹《なか》から布団に落ちた。

「布団の敷き方がどうとか、早くやっておけばよかったとか、そんなこと言ってる暇があったら、一刻も早くみんなでゴロンとすべきではありませんか？」

冬音は右手に持っていたウサギのぬいぐるみを適当に放り捨てる。

「私だってぬいぐるみを持つというロリアピールをやってる場合じゃないということです！」

「……ぬいぐるみが好きだからじゃなくて、そんな目的で持っていたのか？」

「今日はセクシーな女の子に変身！　あっ、ぬいぐるみを持ってた方が一季さんは興奮しますか？」

「ぬいぐるみのあるなしに左右されるような上等な性欲は持ってねーよ」

「なかなか立派なご覚悟なのです。とにかく、ごちゃごちゃ言ってる時間はないぜ、なのですよ！　こんなことできるのは今日が最後かもしれないんですからね！　1秒をも惜しむべきです」

「冬音の言う通りなのだわ。私も続くわ！」

静夏が椅子の上からジャンプして冬音の横に落下する。秋桜と春海は顔を見合わせて小さく頷きあうと静夏に続いて布団にダイブ。

ゴロゴロと転がって、互いの体を叩いたり撫でたりしながら、大きな声で笑いあう。

冬音の言う通り五人で暮らすのは今日で終わりかもしれない。明日､予定通りに救出されたら、いったいどうなるんだろう？　ここを出たらもう五人が揃うということだってないのかもしれない。それを考えると、深海に沈んでいくような不安が全身に広がっていく。

救助を望んではいるけど、俺達はここ以外の場所を知らないのだ。だから不安だ。

大きな胸を潰してうつ伏せになった春海が亀みたいに首を上げて、俺を見る。

「一季ちゃんはこっちに来ないの？」

「入るタイミングを逸してしまって……」

冬音がバンバンと布団を叩く。

「今さら、何を言っているんですか。一季さんが空気の読めない無表情なカス野郎だってことは知ってるんですから、異様なタイミングで来てもみんなちゃんと対応できますよ」

凄い言われようだが、そう言われてもしょうがないほど、みんなには迷惑をかけたんだと思う。

静夏が好戦的な眼差しを俺に向ける。

「それにタイミングを考えるなんて遠慮だわ。わたし達に遠慮する資格なんか一季にはないのだわ」

「俺はその資格をはく奪されてたんだ？」

「当たり前じゃない。だって、ここは一季のハーレムなのだわ！」

そういうことにしよう、と話し合いで結論を出したんだけど、堂々と言われるとその現実に対応できずに絶句してしまう。そうなのだ。ここは俺と四人の女の子のハーレムなのだ。

静夏の好戦的な笑みには期待と興奮が混じっている。

「最後の夜なんだから、わたし達に何をしてもいいのだわ！　みんなそうされたいって思っているんだから！　そうよね、秋桜？」

秋桜は、ぼふっ、と枕に顔をうずめる。

「うっ、うん。ボクも……いろんなことしてもいいって……思ってるぞ」

静夏と春海と冬音は同時に、キャーッ、とからかうような悲鳴を上げた。

「ボクが特別にエッチなこと考えてるみたいな声を出すな！」

静夏はぽんぽんと秋桜の頭を叩くように撫《な》でた。

「いろいろ始まってしまう前に私から提案があるわ。もし、明日予定通りに救助の人が来なかったら、みんなでピクニックに行くわ」

春海は力強く頷く。

「そのくらい気楽な気持ちで待ってないと、助けが来なかった時にショックかもね」

「ボクもいいと思うぞ。ピクニックって言葉は楽しそうだしな」

「それじゃ、一季。最後になるかもしれない夜なのだから、何か言うといいのだわ」

「……そういうのはいいだろ。その代わり、みんなにちゃんと気持ちを込めてキスをする」

静夏はくすぐったそうに微笑《ほほえ》む。

「そうね。言葉よりも行動で伝えて欲しいのだわ」

ここは言葉のいらない場面だ。俺達は言葉を何度も重ねて、それで失敗して——それでこうなったのだ。言葉で伝わるモノと伝わらないモノがあって、体で伝わるモノと伝わらないモノがあって……。今、俺はみんなのこと好きだ、ってことを伝えなくてはいけない。だから、みんなにキスをする。みんなが俺に抱き着いて、そのまま布団に倒れて、最後になる予定の夜が始まって。


——……世界が暗転する。

その場にいる全員が、回転しながら落ちていく曖昧な夢を見ている。


薄暗い部屋。部屋の隅には複雑な配管に囲まれたモニター。壁の一面には水族館にあるような巨大な水槽があり、無数のクラゲが泳いでいる。大きさに違いはあるが全て同じ種類のクラゲだ。

水槽の前で少女が本を読んでいる。その少女にもう一人の少女が近づき、話しかける。

「今回のカーネーションはどうだった？　凄くエンジョイしちゃったみたいだね。類人猿のボノボは知ってる？　群れが緊張するとみんなでエッチなことをするんだって。今回はそれと同じことをしたわけだ。先に言っておくけど、ボノボを参考にするって考えは他のシェルターで試されてるよ」

「……そっちの結果は？」

「大失敗。群れが大きいと機能しないみたい。倫理観？　そういうので人間は群れの秩序を維持してたから、そこを崩すと問題が大きくなっちゃう。ここみたいに少人数なら成功するんだろうけどね」

「倫理とフリーセックスは共存不能だと思うの？」

「可能だとは思うけど……。昔の農村の一部やアメリカのヒッピーの一部にもそういう傾向があったらしいよ。そこが平和な場所だったかは知らないけどね～。間違えると女性の人権とか殺されそう。で、次はどんなカーネーションにするつもりなのかな？　私はデータが取れればなんでもいいけど」

「そういうのって、楽しい？」

「別に楽しくはないけど、他にすることもないし。……ねっ？　その本はなに？」

「『エウメニデス』。アイスキュロスのギリシャ悲劇」

「ふ～ん。心に残ったとこを教えて。私とあなたで情報を共有しておいた方がいいでしょう」

少女は本をめくって音読する。

「御身たちの居所は、首斬り人や眼をくじりだす処刑《しおき》の土地、咽喉《のど》を裂き、また子種を絶やそうとして、少年たちをいたぶりあげて宮人とし、また手足を断ち、石子詰《いしこづめ》の刑に処したり、杭に背を刺し貫いて長いあいだを呻き哭《な》かせる、そういう国だ」

一章　温泉宿。円柱。壊れている男。

【0日経過】

もぞもぞと寝返りを打ってから目を開けた。眠気が蛇のようにぐるぐる絡みついた頭で、ぼんやりと思う。ここはどこだ？　いや、俺の部屋に決まってんじゃん。んん？　ここはどこだ？　ここは俺の部屋。物凄く不必要な自問自答だ。考える必要がなさすぎる。……だけど、それを繰り返してしまう。

俺はいったい何を考えてるんだ？　布団を抜け出して、部屋をぐるりと見回す。机と椅子とデスクトップパソコンに、脱ぎ捨てられた服とスリッパ。ここは自分の部屋で間違いないのに……。

——俺はこの部屋に見覚えがないぞ。

瞬間、ぞんっ！　と氷柱を肛門に挿入されたような寒気。

あっ、これは、気づいたら大変なことになるぞ。気づかない方がいいんじゃないのか？　頭の片隅でそういう警告が聞こえたけど、あっさりと気づいてしまう。

……俺は誰だ？　ちょっと待てよ。落ち着け、落ち着け。こんなのどうってことない。すぐに思い出す。深呼吸して、もう1回深呼吸してみようじゃないか、なっ？　…………何も思い出せない。

記憶がない？　なんで？　パニックになりそうだと思った瞬間、心が軋む。沸騰しかけていた感情が急速に冷める。こういう時に混乱するのが、ひどくわざとらしい行為に思えたのだ。

どうやら俺は記憶喪失。こんなことって本当に起こるんだ〜。おもしれ〜。全然笑えない。

改めて部屋を見回して気づく。机に紙があって、そこに、名前は一季、と書いてある。

なんて読むんだろう？　いっき？　いちり？　いちき？　かずき？　俺の名前？　普通、寝る前に自分の名前を書いておく、なんてことはしない。こんな紙があるのは不自然だ。ということは、俺は自分が記憶を失う、とわかってたのか？　……こんなとこで考え込んでもしょうがないか。部屋を出れば、家族か近所の人がいるはず。その人らに助けを求めよう。一人で考え込んでいるより建設的だ。

ドアを開けると長く広い廊下。床の木目が鮮やかだ。確実に普通の家じゃない。廊下を歩き始めて数秒後、背後からドアの開く音が響いた。振り返った先で、女の子が慌てた様子で頭を下げていた。

「あっ、あの、こんにちは」

「え？　あっ、こっ、こっ、こんにちは」

ビックリしてしどろもどろになってしまう。女の子の胸が大きかったのだ。巨乳という言葉では足りない超巨乳だ。これ以上、大きかったら胴体とのバランスが崩れてしまうギリギリの線。……なんて言ったらいいのかよくわからないけど……凄くいいと思う。しかもパジャマなのだ。もはや危険物質だ。人体というより兵器に近いと思う。

「あっ、あの！」

女の子の大きな声に警戒の色が滲《にじ》んでいた。胸を見ていたのがバレてしまったに違いない。言い訳しようとした瞬間、

「私が誰だかわかりますか？　記憶がないみたいで……。冗談じゃないんです。あの、怒ってますか？」

「全然、怒ってないけど……」

怒られるとしたら胸を見ていた俺の方だ。じゃなくて、記憶喪失？

再び背後から足音が迫る。振り返って、またびっくりしてしまった。走り寄るポニーテールの女の子の胸が大きかったのだ。先に会った女の子よりは小さいけど巨乳だ。理屈は自分でもわからないけ

ど、こんなおっぱいの女の子達と同じ家で暮らしていたなら、記憶を失って当然な気がする。

ポニーテールの女の子は息を切らして、

「変な質問かもしれないけどボクって誰ですか？　冗談じゃないんです。……怒ってます？」

「少しも怒ってないですよ」

さっきもそうだけど、どうして怒ってると思われるんだろう？　そういえば自分の顔を思い出せない。この様子だと俺は仁王様みたいな顔をしているんだろうな。

そんなことよりも、二人とも記憶がないって。

「実は俺も記憶がないんです」

巨乳に向かって超巨乳が戸惑ったように言う。

「私も記憶がないんだよ」

——二人とも記憶喪失？

「とりあえず外に出てみないか？　ここがどこなのか確認すれば何かわかるかもしれない」

普通の提案をしたつもりだが、二人はやや怯えた様子で頷く。なんか変なこと言ったかな？

廊下を真っ直ぐに歩いた先に階段。そこを降りると30畳はある和風のリビングに出た。そして、部屋の隅にウサギのぬいぐるみを抱きかかえた女の子。すぐそこに目がいく自分は最低だと思うが……胸は小さめだった。過剰に残酷な表現をしてしまえば、貧乳と言ってしまってもいいだろう。

雪だるまの髪飾りをつけた、ツインテールの貧乳は、泣きそうな顔で俺達を見上げる。

「私のこと、誰だかわかりますか？　おっ、怒らないでください。自分が誰なのか、ここがどこなのかわかんないんです」

「少しも怒ってないよ」

三人とも言うってことは、俺の顔はそこまでなのか？

超巨乳が、もうどうしようもない、って感じで苦笑。

「私達も全員、記憶がないんだよ」

巨乳が大きな溜息をついて首を振る。

「全員が記憶喪失って、いったいどうなってるんだ」

貧乳が感心したように言う。

「……こんな偶然があるんですね」

「絶対、偶然じゃねーだろ」

場の空気がビシッと一瞬で凍りつく。

貧乳は驚いたように口をぱくぱくさせて、

「スミマセン。冗談です」

「冗談だって理解してるって。ただの軽いツッコミだよ。そんな反応をしないでくれよ。冗談を言われたら誰だって今みたいな反応をするだろう？」

貧乳は怯えたように首を縮める。

「そっ、そうでしたか？　それなら……いいんですけど」

あー、もう！　俺はどんな顔をしてるんだよ！　鏡を見るのが怖すぎる。

突然、リビングを見回していた巨乳がテーブルに向かって走り、

「机の上に紙があるぞ。えっと『3ヶ月後、必ず助けに来る。電気、備品は使い放題』……それだけだな。裏面は真っ白だ」

呆然としていた貧乳が自分に言い聞かせるようにつぶやく。

「……それって、私達は3ヶ月間ここで共同生活することになる、ということですよね」

女の子達は戸惑ったように口をつぐんで顔を見合わせる。……俺も当事者なんだから、顔を見合わせて欲しいんだけど、誰もこちらを見ようとはしなかった。

嫌な沈黙を打ち破ったのは、どこからか轟《とどろ》く大きな打撃音。

「うりゃりゃりゃーッ‼」

続いて、剣道部員みたいな叫び声。そして、再び何かを殴りつけるような鈍い音。

超巨乳が首をすくめて、リビングの奥にあるドアを見る。

「そっ、そっちに誰かいるみたいだね」

超危険な匂いがするけど確認するしかないよな。

「見てくるよ」

誰もついてこないだろうと思ったけど、3人とも俺の後ろについてきた。

ドアを開けた先にある長い廊下の突き当たりに女の子がいた。

「うりゃりゃりゃりゃーッ‼」

ホームランバッターのようなスイングで、バールを壁に叩き付けていた。

バールで襲いかかられたら嫌だな、と思いながら話しかける。

「おい！　何をやってるんだ？」

試合中のスポーツ選手みたいな真剣な顔で振り返った女の子の胸の大きさは普通だった。

「私以外にも人がいたんですねぇ！　起きたら記憶がなかったのだけど、私のこと知ってますかぁ‼」

再び壁に向かってバールをフルスイング。

「喋《しゃべ》るか殴るか、どっちかにしてくれないか！」

「じゃ、殴る方に専念するわ！　でぃりゃりゃーッ‼」

「喋る方に専念してください！」

「最初からそう言えばいいのだわ」

バールを下《おろ》した普乳は俺をじっと見つめて、どこか申し訳なさそうに言う。

「……そんなに怒らなくてもいいわ」

この反応にも慣れたな。

「俺は怒ってないけど、ここの家主はそれなりに怒るんじゃないか？」

「心配ないわ。だって、机の上の紙に備品は使い放題、と書いてあったわ」

「それを書いた人も、ここまで自由に使われるとは思ってなかったと思うぜ」

使い放題の範疇《はんちゅう》にバールでの破壊行動は含まれないだろう。

「それと俺達はキミが誰かは知らない。全員、記憶喪失なんだ」

普乳は絶句してから、バールで殴りまくってた壁を撫でた。

「この壁、木の板に見えるけど金属だわ。しかも、バールで殴っても傷つかないくらい頑丈なね」

貧乳は拳《こぶし》の裏で壁をとんとん、と叩く。

「本当だ。木じゃないですね。叩くと金属の音がします」

巨乳は目を細めて、普乳をにらんだ。

「そんなことを確かめるために壁を殴っていたのか？」

「違う。殴っていた理由なら、外に出ればわかるわ。口で説明するよりも見てもらった方が早いわ」

「わかった。その前に、記憶喪失ですのも変だけど、自己紹介しないか？」

心の中で思っているだけだとしても、乳の大きさで女の子を区別する自分を許せなくなってきた。やっぱり警戒してるのか、女の子達は互いに顔を見合わせるばかりだ。俺はそこまでの顔をしてるんだろうけど、そんな反応を続けられると傷つく。もういい！　勝手に自己紹介するからな！

「一季。一に季節の季だ。部屋の机の上にあった紙にそう書いてあった。名字はわからない」

バールを持った普乳が覚悟を決めたように口を開く。

「静かな夏と書いて静夏。同じく紙に書いてあったわ」

超巨乳がそれに続いて言う。

「春の海で春海だよ」。

「ボクは秋の桜で秋桜だ。コスモスじゃないだろうから、あきお、じゃないかと思う」

ツインテールの貧乳は陰鬱にうつむく。

「……冬の音で、冬音です」

一季、春海、静夏、秋桜、冬音って……こんなの絶対に偽名だ。


玄関には明らかに俺のだとわかる男物のスニーカーがあった。他にもそれぞれ違う靴が人数分。みんなどれが自分の靴なのか、なんとなくわかったみたいだ。

横開きのドアを開けて見えたのは、乾いた田んぼとその間を縫うような一本道。その向こうには森。ずっと向こうには雪を抱いた高い山。

「少し進んでから振り返るといいのだわ」

静夏に言われた通りにして見えたのは、古い温泉旅館みたいな三階建ての建物。重厚な屋根は仏閣を連想させる。東京時代前期の様式ってやつだろうか？

貧乳……じゃなくて冬音は俺の横で建物を見上げる。

「これだけ大きいということは、私達以外にも誰かいるかもしれませんね」

「あんな大きな音で壁を殴ってたんだぞ。よっぽど眠りが深くなければ目覚めてるんじゃないか？」

「そっ、そうですよね。変なこと言ってスミマセン」

「いや、謝らなくていいよ？　怒ってないって」

俺はバール女、静夏にたずねる。

「で、なんで壁を殴ってたんだ？　伝統的日本家屋を憎悪してるのか？」

「わたしはそんな性的嗜好の持ち主ではないわ。もっと上を見て欲しいのだわ」

上？　……ッ！　大きく心臓が跳ねた。いろいろな感情が一瞬で吹っ飛んだ。頭の中が真っ白になる。圧倒される。目に飛び込んできたのは、この世にあるはずのないモノ。

——真っ青な空を真っ二つに分ける長大な線。温泉旅館のような建物の背後から、巨大すぎる円筒が垂直に突き出していた。俺の知ってる、あらゆる高層建築物とはレベルが違う。だって——。

「頂上が……見えない」

青く澄み渡った空の彼方で、円柱がかすんで見えなくなっていた。

強張《こわば》る口を何度か動かしてから、ようやく声が出た。

「ここがとんでもない場所だってことはわかったけど、どうして壁を殴ることにつながるんだ？」

「あんな巨大なモノが建物から突き出ているのに、アレにつながる通路がどこにもないわ。だからあそこの渡り廊下の壁の向こうに通路があるかもしれないと考えた。それだけのことだわ」

「通路がないからって、壁を壊すなんて変だぞ」

俺が思ったことと同じことを秋桜が口にした。

「あなた達がいると気づいていれば、あんなことしなかったと思うわ。一人でここにいるのかと考えたら、頭がおかしくなりそうで、何かせずにはいられなかったのだわ」

秋桜は申し訳なさそうにうつむく。

「……ごめん。ボク達よりも混乱して当然な状況だったんだな」

「謝罪の必要はないわ。一人じゃないとわかって、心の底から安心しているところよ」

春海が、あはっ、と軽く笑う。

「これで全員だとしたら男女のバランスが凄く偏《かたよ》ってるよね〜」

「そうだな」

秋桜がジロリと俺を見る。静夏への警戒を解いたら、今度はこっちを警戒するのか。

――ここだな。人間関係には、間、がある。ここはギャグで受け流して警戒心を解除する間だ。

「自分、こういうの初めてでなんで優しくお願いします」

沈黙。爆笑は無理だってわかってる。だけど、軽く突っ込んでくれれば、和やかな空気になる場面だと思う。だというのに、全員から、この男を仲間はずれにしよう、という強い意志をヒシヒシと感じる。もういい。いざとなったら部屋に閉じこもって餓死する。そういうのが似合う気がするし……。

多分、俺はそういうことを平気でできる。


目覚めた部屋のタンスに服があった、と冬音が言ったので、みんな一度、自室に戻り、着替えてからリビングに戻ってきた。パジャマは寒いし、あまりにも無防備だ。

「……ボク達をここに置き去りにした人達は何を考えていたんだろう」

「あはははっ。タンスの中に同じ制服と同じパジャマばっかりあるのは壮観だったね〜」

冬音は不安そうに首を縮める。

「制服マニアのご自宅に監禁された、ということでしょうか？」

秋桜は怯えたように腕をさする。

「きっ、気持ち悪いことを言わないでくれないか」

「マニアでも異常性欲者でも、服を残してくれただけよかったわ。３ヶ月間パジャマ1着なのはきついわ。……とりあえずここがどうなってるのか、調査が必要だと思うけど、どうかしら？」

「それはそうだよね～。何をするにしても、ここがどうなってるかは知りたいし」

静夏は同意した春海に向かって大きく頷く。

「私はこの建物を調べてみるわ」

「俺は外を探索してくるよ。外に誰かいるかもしれないしな」

凄く立派な胸を揺らして春海は右手を上げると、

「はい！　私も一緒に行くよ。外がどうなってるのか気になるしね」

冬音は目を丸くする。

「春海さんは死ぬ気ですか？」

「俺は人殺しじゃねーよ！」

「ひあっ！　じょ、冗談です。ごめんなさい」

「このくらいのことで怒鳴らなくてもいいだろ」

震える冬音を守るように秋桜が立ちはだかる。

「冗談に対して超普通の返しをしたつもりなんだけど……」

この噛み合わなさはなんだろう？

春海は秋桜の肩を軽く叩く。

「心配しなくても、私なら大丈夫だよ」

当たり前だ、と叫びたいのをこらえて俺は玄関に向かった。


「田んぼ、あぜ道、森、海、山。以上で説明を終了します、って感じの風景だね」

「……あのさ、無理して俺についてきたんじゃないか？」

「そんなことないよ〜。ここがどこかわからないのに一人で行くのは危険じゃない」

春海は俺の様子をうかがうように潜めた声で言う。

「何度も確認して悪いんだけど、怒ってないんだよね？」

「何度も言うけど怒ってない」

部屋に戻った時に鏡で顔を確認した。10代後半らしい、みんなと同年代の平凡な男の顔があるだけだった。なぜ俺を恐れるのか全然わかんない。普通の顔じゃん。

「俺ってそんなに怒って見えるのか？」

「う〜ん、怒ってる雰囲気が出てるというか……」

「不安だからそう見えるだけなんじゃないか？　だいたい怒る理由がないよ」

「ふ〜ん……じゃ、基本的に怒ってないって判断していいんだね？」

俺が頷くと、春海は安心したように肩の力を抜きながらため息をついて、振り返る。

「ここから見ても頂上が見えないね」

どこからどこまでが空なのか、定義は知らないけど巨大な円柱は空を突き破るように伸びている。

「一季ちゃんって呼んでもいいかな？　私は、ちゃん、って呼ぶのが好きみたいなんだけど」

そうやって距離を縮めるのが彼女の処世術なんだろうか？　何を考えてるにしろ、そうしてくれるのはありがたい。春海が親しくしてるのを見れば、他の人も距離を縮めてくれるかもしれない。

「俺はなんて呼べば？」

「春海でいいよ～。それで一季ちゃん。あの円柱はなんだと思う？」

「あれって多分、宇宙まで届いてるよな？　記憶喪失者の言うことだから、当てにならないかもしれないけど……軌道エレベーターっていうのなんじゃないか？」

詳しくは知らないけど、宇宙と地球をつなげる巨大なエレベーターというのがあったはずだ。

「私もまず最初にそれを思いついたんだけど、違うんじゃないかな？　軌道エレベーターは人工衛星と地上をつなげたモノだよね。そういう人工衛星の軌道は赤道の上空だから、赤道以外に作るとエレベーターが斜めになるんだよ。あれは真っ直ぐ伸びてるから……」

「どう見てもここは赤道じゃないな」

熱帯の森は見当たらないし、軽く肌寒い。赤道でも高地ならこういう気候の土地があるかもしれないけど、建物の背後に海が見える。つまり、高地じゃない。

「軌道エレベーターは赤道以外には作りづらいはずだよ。それにあの円柱って直径が小さいよね」

「小さい？　あれが？　直径50メートルはあると思うぞ」

「大きいけど、東京にある電波塔と同じくらいの太さだよね。軌道エレベーターにしては、という意味で小さすぎるんじゃないかな？　だって大量の物資を宇宙に運ぶために作るわけだから……」

「確かにあの程度じゃ巨大なモノは運べないか……。その前にさ、お互いに記憶のない状態でこんなことを話しても無意味かもしれないけど、軌道エレベーターって実用化されてたか？」

「……されてなかったと思うよ。そもそも、あんなに長い建築物を作る技術もなかったと思う」

「だよな。っていうか、今、何年だと思う？」

「う〜ん、西暦２０００年代だと思うけど」

「２０００年代って、１０００年単位か……」

「こういうことを二人で話すと、煮詰まって怖くなっちゃいそうだから、みんなのとこに戻ってからにした方がいいかもね〜」

みんなで話し合った方がいいんだろうけど、口を開くたびに場が凍りつきそうで怖いんだよな。

田んぼはあるのに人家も納屋も全くない一本道を進むと、風景が森に変化する。さらにそこを進むと、木々で遮《さえぎ》られていた視界が急に広がり、長方形の大きな建物が現れた。

「これは校舎だよね？」

「校名とか書いてないけど、校舎以外には見えない建物だな。どうする？　中に入ってみるか？」

春海は一歩前に出ると両手を口にあてて「誰かいますか‼」と大きな声で叫んだ。

「……反応ないな」

「誰もいないみたいだから先に進もうよ。私は校舎より山の方に興味があるな」

少し歩くとそこはもう完全に鬱蒼《うっそう》とした森の中だった。原始の息吹を感じるレベルだ。

「ふむふむっ。わかってきたかも……今の季節は多分、冬だね」

春海は目の高さにある木の枝を引っ張る。

「これは多分、山桜だと思うんだけど、ほら、芽が小さい。春だと咲いてないにしても、芽がもっと膨らんでるはずだもん。夏や秋ならサクランボがなってるからね。それに、このくらいの気温で春だとすれば、フクジュソウとかフキノトウが……。きゃあぁっ！　ヤマワサビだよ！」

「え？　ワサビって渓流《けいりゅう》とかにあるもんじゃないのか？」

「ワサビじゃなくてヤマワサビ。これの根を擂《す》り下ろして、醤油をかけて食べたら、ご飯が凄くすすむんだよ！　質素だけど今日の晩御飯はこれだね。味噌汁は田んぼにセリがあったからそれで、と」

「……俺達のご飯の話をしてるんだよな？」

「うん。出かける前に台所をのぞいたけど、あったのは米と味噌と醤油と塩だけ。冷蔵庫の中はからっぽ。米だけで3ヶ月過ごすわけにはいかないでしょ？　だったら、こういうの見つけないと」

　言っていることは100パーセント理解できる。でも……。

「順応するのが早くないか？　普通はもっと戸惑って何もできないっていうか……。周囲を確認するだけで精一杯だと思うんだけど」

「いつか順応するんだから早い方がいいよ」

　こんな状況でそんな割り切りができるなんて、春海は俺に似てるんじゃないか？　どこがどう似ているのかうまく考えることができないけど、彼女の思考には心にしっくりとくる、違和感、がある。

「ヤマワサビの根を一緒に引き抜こうよ」

　道を外れて森の中に入った春海が、俺を手招きする。

「そっちに行くからちょっと待ってくれよ」

「あっ。危ないよ！　気をつけて」

　指先に痛み。無造作に振り払った木にトゲが生えていたのだ。

「……ちょっと血が出ちゃったな」

「大丈夫？　……あっ」

　走り寄ってきた春海が俺の指先を凝視していた。

「もしかしてこの木に毒があるのか？」

春海の口端から嗚咽が漏れる。尋常じゃない反応だ。

「本当に毒？　これって毒の木なのか？　春海？　どうした？　これは毒なのか？」

「あっ、違う違う！　これはタラノキ。トゲがたくさん生えてるから気をつけて。自然は悪意を簡単にぶつけてくるんだから気をつけないと。でもタラノキの新芽って美味しいんだよね～。天ぷらにすると、自然の優しさをたっぷり感じられるよ～」

「自然もいろいろと忙しいな。それはいいとして、さっきはどうしたんだ？　血が苦手なのか？」

春海はぶんぶん首を左右に振って、

「ビックリしちゃっただけ。傷は大丈夫？」

「舐めておけば治るレベルだよ」

「んっ、もう。気をつけないとダメだよ。土を触ってばい菌が入ったら大変だから、私がヤマワサビを取るのを一季ちゃんはそこで見てて」

――なんだったんだろう？　さっきのうろたえ方はちょっと異常だと思うんだけど……。


部屋に戻って、汚れた制服から綺麗な制服に着替える。ちょっとした斜面を登った時に、転んで土がついてしまったのだ。ジャケットを広げた時に起きた風で机の上の紙が床に落ちた。

えっ？　裏に何か書いてある？

「……なっ！　なんだよ、これは！」

驚愕。納得。強烈な脱力感で、全身の感覚が遠ざかり、よろめいてベッドに倒れる。思い当たる。理解できる。偽の名前なんかどーでもいいから！　こういう大切なことは裏じゃなくて表に書け！

部屋を出て誤解を解くためにリビングに来たのだが、残念なことに誰もいなかった。

「あっ、一季ちゃん」

　リビングのすぐ隣にある台所から春海が顔をのぞかせた。そのすぐ横で緊張に身を縮ませる冬音の姿。誤解があったからなんだけど、童顔の女の子に怯えられるのは嫌だなぁ。

「もうちょっとでご飯ができるから、静夏ちゃんと秋桜ちゃんを呼んできてくれないかな？」

「わかったよ。で、二人はどこにいるんだ？」

　一人一人に説明して、そのたびに驚かれるより、みんなを集めてから言ったほうがいいか……。

「ボイラーの使い方がわかんないって言ってたから、お風呂にいると思う」

　春海は俺が部屋に戻っていた間に、みんなから、ここがどうなってるのかの説明を受けたそうだ。

中央に空きのある口の字型の正方形の建物で、普通なら中庭になっている場所が露天風呂なのだという。温泉旅館っぽい建物ではなく、本当に温泉旅館だったらしい。

　……お風呂か。二人が全裸でお風呂に入っていて、何も知らない俺が偶然そこに入ってしまう、ということにならないかな、と割と真剣に思う。俺は彼女らが風呂に入ってるとは思ってない設定だから、言い訳は充分に可能だ。しかもだ！　これから重大発表をするわけで、裸を見られたことなど、そのショックで吹き飛ぶ！　めまいがするほどの完全犯罪！　廊下の歩行速度も加速する。

　……浴場は多分ここだな。静かにドアを開けると広い脱衣所だった。周囲を見ずに真っ直ぐ進む。

脱いだ服に気づかなかったのか、と言われた時の用心。見ていても見てないと言えばいいだけだが、俺のような知能犯に言わせれば、こういう細部のリアリティが大事。

　興奮を生唾と一緒に腹の底へと落とし、何気ない手つきで、すりガラスのドアを開けた。

　制服姿の静夏と秋桜が振り返る。……ですよね。別に期待してませんでしたよ。少しもな！

「ボク達に何か用事ですか？」

死にたくなりそうな秋桜の冷たい声だ。

「春海が、もうすぐご飯だからリビングに来いって」

「わかった。もう少ししたら行くと伝えてください」

二人の向こうには、湯煙がたゆたっていた。

「その様子だと、ボイラーは直ったんだな」

静夏は腰に手をやって、湯船を見る。

「直ってないわ。湯船のお湯は流れっぱなしだから天然の温泉のようだわ。出ないのは洗い場のお湯」

攻撃的な口調じゃない。バールで壁を殴っていたから好戦的な性格かと思ったが、違うのかもしれない。まぁ、別にバールで殺してくれてもいいんだけど。

「温泉って真水で流さないと後から肌がベタベタしたりするもんな。で、どういう状況なんだ？」

「ボイラーを動かしたのだけどお湯が出ないのだわ。最初は少し出たのだけどすぐに止まったわ」

「ふ～ん。水を引き込む栓は開けたのか？」

秋桜が刺々《とげとげ》しい声で言う。

「当たり前だ。それでも空焚《からだ》き状態になっているみたいだから、どこかで管がつまってるんじゃないかと思っていろいろ試しているんだ」

「ふ～ん。……ちょっと見せてもらってもいいか？」

「大丈夫だ。ボク達でできる」

秋桜はうるさそうに言いながら、ぐいぐいとバルブを回し始める。

俺は静夏に振り返って、脱衣場の方を指差す。

「ボイラーがあるのは多分、こっちだよな？」

「そうだわ」

お湯が出ないから空焚きなわけで……。このパイプは洗い場の蛇口につながってるわけだから……。しかも、最初は少しお湯が出たんだよな。……いや、まぁ、大丈夫なんだろうけど。

かちんっ、と音がして秋桜が捻《ひね》るバルブが嫌な金属音を立てた。咄嗟《とっさ》に右手を秋桜の顔とバルブの間に差し出した。その瞬間、弾けた音をたててバルブが外れ跳ね上がり俺の手を直撃。同時にパイプの穴から噴出した水蒸気が轟音を響かせて俺の手にかかる。炎の塊を握ったかのような痛み。

「きゃっ！」

一瞬遅れて、秋桜が後退したのを確認してから手を戻す。少しの間、視界が真っ白になったが、すぐに蒸気は空気に溶け、噴出する勢いも弱くなっていく。

「大丈夫か？　顔に火傷《やけど》してないよな？」

女の子の顔に傷をつけちゃダメ、という常識くらいあるのだ。

「えっ、あっ、うっ、うん。ぼっ、ボクは平気だけど……」

「見せなさい！」

静夏は飛びつくように俺の手首を掴み、手をひっくり返した。

二人が同時に息を呑む。薄皮がでろでろに剥《む》けて、肌が病的に綺麗なピンク色になっていた。

「うっ、あっ。あぁっ」

秋桜は俺の手を見つめたまま、意味のない声を出しておろおろする。

「こんなのたいしたことないって。ほっときゃ治るよ」

静夏は洗い場の蛇口をひねる。

「そんなわけないわッ！　早く手を水で冷やして！　塗り薬がないか探してくるわ！」

静夏は浴場から飛び出していった。

秋桜は困惑したように頭を下げた。

「あの……。あっ、ありがとう。……ごめん。怒ってるよな?」

「全然怒ってないよ。言いたいことはわかるけど質問は待ってくれ。みんなが揃った時に説明する」

「えっ? あっ……うん」

なぜか泣きそうな顔で秋桜はうつむいて黙り込んでしまう。

——俺、なんかひどいこと言ったかな?

数分後、静夏が春海と冬音を連れて戻ってきた。

「ごめんなさい。薬は発見できなかったわ」

「それなりに酷いみたいだね。冷凍庫の氷を持ってきたけど、冷やせば冷やすほどいいのかな?」

「ガーゼは発見できませんでしたが、代わりにならないかと思って」

冬音が布を差し出す。

「ありがとう。使わせてもらうよ」

水を張った洗面器に氷を入れて手をつけた。過剰に冷やしたからって治りが早くなるわけでもないと思うけど、好意を無下《むげ》にするのも悪いしな。

「みんな集まったし、話したいことがあるんだけど、えっと……。誰かおもしろいことを言ってくれ」

俺の言葉に春海は苦笑する。

「こんな時にそんなことを言われても……」

「私におまかせください!」

自分から無茶なお願いをしておいてなんだけど、即座に言う決心ができるって半端じゃねーな。おどおとしてるように見えるけど、冬音は豪傑なのかもしれない。

「隣の家に塀ができたんだってね……」

場に緊張が走り抜けた。これだけベタなギャグだと、どんな変化をさせたところで、すでに使い古されたモノしか出てこないのは確実だ。

「幾つか落ちがあるんですが一季さんはシモ系とシュール系とアクション系のどれがお好みです？」

「見切り発車すぎるぞ。そういうことは最初に聞いてくれないか？」

「ちなみにシモ系とシュール系とアクション系のあわせ技ですと、HEYと叫びながら、タイルの上を滑って、蛇口に股間から衝突してそのまま処女喪失しますが……」

「全然笑えない！　そこまでのことは望んでねーって」

こんな空気の中で、そんなことを言える冬音に恐怖さえ覚えるよ。

「さてと……俺は苦笑しながら喋っているつもりなんだ」

秋桜が困惑したように俺を見つめる。

「……苦笑？」

俺はズボンのポケットに入れておいた紙を取り出す。

「これを読めばわかると思うから」

「うっ、うん」

秋桜は俺から受け取った紙を、みんなが読みやすいように広げた。

全員の顔色が変わる。『あなたには表情がない。あなたの心は壊れている』と書いてあったのだ。

「鏡を見ながら試したんだけど、顔の筋肉はちゃんと動くのに、笑顔を作ろうと思ってもできないんだ。感情と顔の筋肉が連動しないらしい。みんなが俺に怯えていた理由ってこれだろ？」

静夏は申し訳なさそうに顔を伏せる。

「ずっと無表情だから怒っているのかと思っていたわ」

「紙をちゃんと確認しておかなかった俺が悪いんだよ」

「表情のことはわかったけど。心が壊れている、ってどういう意味なんだ？」

秋桜が固い顔で言う。

「わからない。言っておくけど破壊衝動があるとか、暴力的な性欲があるとか、そういうのはないよ。もし怖いなら、俺だけ向こうの校舎みたいな建物で生活してもいいし、監禁してくれても……」

「ご飯ッ!!」

春海の唐突な大声に冬音はビクッと首をすくめた。

「どっ、どうしました？」

「ご飯を食べてないから、監禁とか言い出すんだよ。お腹が満たされた状態で考えないとダメ！」

春海は有無を言わせない笑顔で言う。

「ご飯、食べよう！」


電流を流されたかのように静夏が、ビクンッ、ビクンッ、と大きく震える。

秋桜がガタガタと揺れる食卓を両手で押さえる。

「どっ、どうした？」

「ヤマワサビが辛かったかな？」

不安そうに言った春海に向かって静夏が叫ぶ。

「かっ、辛いけど！　そうじゃなくて！　こっ、これは何かしら?!」

「何って、春海の説明を聞いてなかったのか？」

キッ、と俺をにらみつける。

「摺り下ろしたのに醤油をかけて食べる。辛いから少量。全部ちゃんと聞いていたわ！」

春海に視線を転じて静夏は家臣に死刑を宣告する王のように言う。

「説明不足だわ。こんなに美味しいなんて聞いてなかったわ！　お米の親友だわ！　こんなのお米が幾らあっても足りないわ！」

「うわっ、とと！　おっ、落ち着いてくれ」

揺れるテーブルを秋桜が全身で押さえ込む。

「あはっ。そんなに喜んでもらえて嬉しいよ。お米はまだ沢山あるからおかわりしてね」

「しないでなるものですか！」

箸を高速で上下に動かして、ごはんを次々と口に放り込みだす。お茶碗に口を当てたりしないところに育ちの良さを感じるけど、上品なのかといえば違う。

……いつまでも静夏に見蕩《みと》れていてもしょうがないか。俺はヤマワサビを乗せたご飯を口に運んだ。

「確かにおいしいな。ご飯が進みそうだ」

静夏を観察するように見ていた冬音が大きく頷く。

「お二人がそう言うなら期待が膨らみます。私も……一季さんッ！　手ッ！」

秋桜も大げさに俺を指差す。

「手ッ！　なっ、なんで右手で箸を使ってるんだ！　痛くないのか？」

「超痛いけど？」

箸を動かすたびに、針の束《たば》で刺されているみたいだ。

唖然とした秋桜が不安げに言う。

「だったらどうして箸を使ってるんだ？」

「動かさない方がいいだろうけど、箸を使ったくらいで悪化しないよ」

「そうかもしれないけど、痛いなら右手で箸を使っちゃダメだろ」

「でも、左手は使いづらいからな」

何かを言いたそうにしている秋桜と顔を見合わせる。どこが問題になっているのかよくわからない。

静夏は箸を持ったまま立って俺の背後に回る。

「……痛ッ！　何をするんだよ！」

突き刺すように俺の頭頂部に箸を振り下ろしたのだ。

「むきゅ、むきゅんっ。……無痛症かと思ったけど、違うみたいね。これはちゃんと話し合った方がよさそうなのだわ。箸を使うと手が痛いは痛いのよね？」

「だから、痛いって言ってるだろ」

秋桜が俺に顔を近づける。

「それなのにどうして箸を使ってるんだ？」

「繰り返すけど、左手だと食べづらいだろ？」

どうしてこの程度の理屈を理解してもらえないんだ？

冬音がおずおずと手を上げた。

「つまり……痛いよりも、不便な方が、不快度数が上だと？」

春海が確認するように質問する。

「激痛に耐えるよりも、不便を我慢する方がつらいことなんだよね？」

「あ～。改めてそんなこと言われるとアレだけど、だって、痛いのなんか痛いだけのことじゃん」

秋桜は今にも噛みつきそうな様子で叫ぶ。

「激痛だと話は別だ！」

「んっ？　ごめん。何を言ってるのかよくわかんないけど、痛みの程度は関係ないだろ？」

「関係ないわけないだろ！　だって、激痛に耐えるのって大変じゃないか！」

「どんな激痛だって1秒くらいなら平気だろ。その1秒を連続すればいいだけのことなんだから耐えられない痛みなんか存在しないだろ」

なんでこんな常識的なことを説明してるんだ俺は！

表情の誤解が解けたのに、また前のように不安そうな空気を漂わせて、女の子達は視線を交わす。

「心がどう壊れているのか、もうわかってしまったのだわ」

「えっ？　どっ、どういうことだ？　みんな何を言ってるんだ？」

秋桜は呆れたようにポニーテールを揺らした。

「普通は些細な痛みでも減らす努力をする。ちょっとでも痛かったら、気になって箸なんか使えない」

「そんな大げさな」

「いや、秋桜さんの言っていることが普通です。ちょっと指がちくちくするだけでも箸を持つ気はなくなります。一季さんの説明にみなさん思いっきり引いてます」

「…………マジで？」

春海は引き気味に苦笑する。

「うん。少なくとも私は引いてるかな～」

「いや、でもさ、痛いのなんか我慢すれば箸を使うくらい……」

カチカチと箸を開け閉めする。

「やめろ！　見ている方が痛い！　あー、もう！　ボクに責任があるんだ！」

秋桜は飛びつくように、俺から箸と茶碗を奪い取る。

「助けてもらわなかったら、顔に大火傷していたかもしれないし……。だっ、だからボクが食べさせてあげる。見ていて痛いんだ！　理解できないかもしれないけど痛がる人を見るのもキツいんだ！」

「いや、でもさ……。手が動かないわけじゃないんだから、そんなの大げさだろ」

「大げさじゃない！」

秋桜が吠えるように言った。拒否し続けたら喉笛を噛み切られそうな気さえする。

「わっ、わかったよ」

俺は気迫に圧倒されて頷く。

「ほら……。んっと……」

秋桜は恥ずかしそうに口ごもって、上目遣いに俺をにらみつけてから箸の上に乗せたご飯を、俺の口元に近づける。

「ほっ、ほら……。あっ、あ～ん」

冬音が呆れたように首を振る。

「初対面の男にそんなことするなんて秋桜さんって……」

「好きでやってるわけじゃないぞ！」

秋桜は人を殺しそうな顔で俺の口元に米を押し付けた。

「はっ、早く食べろ！　ほら、早く！　口を開け！」

「わかったって。あっ、あ～ん」

俺が口を開けると、秋桜は押し込むように米を入れた。

「……なっ、なんでボクがこんな恥ずかしいこと」

俺は米を飲み込んでから言う。

「頼んでないぞ？」

「いいから！　ほっ、ほら。あ～ん、しろ」

「あははは、楽しそうだね～」

「ですね～。私もしていいですか？　試したいことがあります」

冬音は箸を俺に近づける。

「近づけるな！　ヤマワサビがすげー乗ってんじゃん！　絶対に辛すぎるだろ、それ！」

「痛みが平気だという一季さんが、揮発性の辛味にどのような反応を示すのか興味があります！」

「何気なく人体実験をしようとすんな」

「コラッ。割り込むな。ボクが先だぞ」

ニコニコしている春海が静夏に振り向いて言う。

「静夏ちゃんは参加しないの？」

黙々と箸を動かしている静夏は、興味なさそうに言う。

「私はその男への餌付けよりも、自分が食べる方に忙しいのだわ」

俺は餌付けされていたのか。確かにそんな状況ではあるけど……。

「あははは、私のはご飯とヤマワサビのバランスが丁度いいよ～」

「んっ、もう！　いったい一季さんは誰のことが好きなのかハッキリしてください！」

はしゃいで言う冬音が差し出す箸から俺は顔をそらす。

「悪ノリすんな！」

ようやくみんなとの距離が縮まった気がして、安心したけど――違和感。

強烈な違和感。あんな雰囲気だったのに……。俺の表情に変化がないのは変わらないのに……。距離が縮まるスピードが速すぎる。さっきまで人間関係ってこんなに難しいのか？　と思っていたのに、今は人間関係ってこんなに簡単なのか？　と思っている。これはいったいなんだろう？

食事が終わると春海が湯呑みをみんなに渡した。

「お茶があればいいんだけど、雰囲気だけでもね」

俺は白湯《さゆ》をすすって一息つく。

「これからどうするか話し合わないとな」

「3ヶ月後に誰かが助けにくる予定、という紙があるということは、ボク達をここに残した人達がいるということだよな？　その人達はここを去って、ボク達を残した理由があるということだ」

春海はじっと考え込んで、

「去らないといけない何かが起こったってことかな～。例えば、戦争とか、大気汚染とか……」

「戦争は違うとボクは思う。いつ終わるかわからないから、3ヶ月後なんて約束はできないだろう？」

「適当に3ヶ月後と書いた可能性もありますよね？」

それは冬音の言う通りだ。

「今の状態だと、このことで議論しても答えは出しようがないんじゃないか？　もっと根本的な疑問なんだけど、今が西暦何年かわかる人いるか？」

秋桜はポニーテールを揺らして首を傾《かし》げる。

「わからない。いったい今は何年なんだ？」

春海は大きな胸の前で手を叩く。

「そうだ。一般常識で昔から順番に辿ってみたらどうかな？」

「昔の情報からさかのぼるということですか？　……投槍の刺さったマンモスが暴れて大変でした」

まるで、自分がマンモスを狩っていたかのような口調だ。

「そこから始めなくてもいいだろ。バブル経済があってネットが普及して……原発の事故があって」

「ボクも知ってる。確か２０００年の最初の頃で……今はそれから数年って感じじゃないか？」

今までじっと黙考していた静夏が口を開いた。

「感覚的にそれは凄く馴染むのだけど、私達がいるのはもっと先の時代じゃないかしら。原発の事故って教科書で習った気がするわ。最近の出来事は教科書に掲載されないんじゃないかしら？　その前に１つ気になることがあるわ。……みんな落ち着きすぎじゃないかしら？」

それはさっき俺が感じていたのと似た違和感だ。

春海は顔の前で手を振った。

「そんなことないよ～。大混乱中だよ」

「大混乱な人が今日のご飯を作るかしら？　春海だけじゃないわ。秋桜だって一季に餌付けをする余裕があるなんて変だわ。冬音だって、あんな時に冗談を言うのは変だわ」

「そんなこと言い出したらボク達だけじゃなく、静夏だって変だろう」

「そうね。でも、私は私が変じゃないって私に対して保証できるわ。こんな状況になったら、泣き叫んだり、怒鳴ったり、攻撃的になったり、バールで壁を殴ったりするのが当然だと思うわ」

俺はわざとゆっくり白湯を飲む。

「自分だけが真っ当だって言いたいのか？」

「そうよ。私の真っ当さは私が保証できるわ」

ひどく自分勝手な意見だ。

「まっ、俺の場合は自分の真っ当ささえ保証できないけどな」

急速に場の空気が凍り付く。みんな不安げな眼差しを俺に向けて硬直している。ああっ、そうか。

俺は無表情だから物凄く重いことを言ったような感じになっちゃうのか。面倒だな、もう！

「今のは自嘲だから。軽いジョークだから」

ほっ、と空気が弛緩《しかん》する。こういうことを言うたびに、意図を説明しなきゃなんねーのか？

「そんな疑い方をする、ということは、この中に真相を知っている奴がいるとでも言いたいのか？」

「私だけが騙されている、という可能性もあるわね」

「それを言うなら静夏が真相を知っていてボク達に黙っている、かもしれないな」

「違うと私はわかっているけど、そう思われてもしょうがないわ。だからこそ、言うわ。騙そうとしている人に、私は堂々と騙されるわ。私はこれからみんなが記憶喪失なことを疑わないわ」

秋桜は気が抜けたように、

「わっ、わざわざそんなことを宣言する必要があるか？」

「何も言わずに騙されたら惨めだけど、こう言ってからなら、誇りを持って騙されることができるわ」

……よくもこれだけ恥ずかしげもなく、自分の心の中をさらけ出せるもんだな。素直に感心する。

「……プライドが高くて、面倒な性格なんだな」

「否定はしないわ」

静夏は秋桜の皮肉を平然と受け流した。

「あはっ。３ヶ月も見知らぬ者同士で共同生活をしないといけないんだから、疑うのはよくないよね」

「静夏がこんなこと言い出すまで、ボクはみんなのことを疑ってなかったぞ」

「そっ。でも疑われるのは嫌でしょう？」

　俺は何か言いたそうにしてる秋桜をなだめるように言う。

「腹の探り合いはやめようって話だろ」

　冬音はカクカクと壊れたオモチャのように頷いて、

「誰かが病原体がどのように進行するのかをチェック中、なんて妄想に取り付かれるのはやめましょう」

「……そんな妄想に取り付かれてたのか？」

「バカにしないでください。私が本気で妄想に取り付かれたらこんなものではすまないですよ？　一季さんが凄い権力の持ち主で、タイプの違う女の子を集めてリアル恋愛シミュレーションゲームをしようとしている。本気になればそのくらいの妄想にとらわれてみせますよ」

　……妄想にとらわれてみせます、って凄い日本語だな。

「もしそうだとしても冬音だけは攻略しないから安心しろ」

「ひどい！」

「はいはい、楽しい会話はそのくらいにして……。今の季節は多分、冬だと思うんだよ～。長く見て11月から3月の間くらいだと思うんだよね。植物の状態を見れば想像できる。でね、今が1月の頭だとしたら、３ヶ月後は3月の末か、4月の頭ってことになるよね？」

　春海はみんなを見回して、花が咲いたかのような笑顔を作る。

「4月といえば新学期！　つまり、これはちょっと長めの春休みッ！」

　この状況でその考えはポジティブすぎるかもしれない。だけど……。

「そのくらい気楽に考えたほうがいいのかもな」

「そうですね。春休みと言われると、心がちょっと軽くなった気がします」

「うん、ボクもそれでいいと思うぞ」

「春休みって宿題のない唯一の長期休暇だわ。のん気な感じがしてほっとするわ」

「そうそう、のん気にいこうよ。台所を一通りチェックしたけど、お米と醤油と味噌は3ヶ月なら余裕で保《も》つと思うから、飢えで困っちゃうってことはないしね」

秋桜は両手を伸ばして背伸びをする。

「部屋に釣竿《つりざお》があった。明日、釣りをしてみる。魚が釣れるようだったら、おかずになるだろうし」

春休みって響きだけで、みんなの気持ちが明るくなったみたいだ。

――どうせすぐに不安になるだろうけど、こういう時間は長続きさせた方がいいと思う。

「よ〜しッ！　春休みをできるだけ楽しく過ごそうぜ！　あっ、今は笑顔で言ってるつもりだから」

笑顔で頷くみんなを見て、理由はわからないけど、軽い罪悪感のようなモノが心を過《よ》ぎった。


【1日経過】


眠気が少しずつ、薄れていくのを感じる。近くに人の気配がして……。

「あっ、目が覚めた？」

「うおっ⁉」

「きゃっ⁉　そっ、そんなに大声を出さなくてもいいだろ！」

俺はもそもそと起き上がった。

「ごめん。無表情のまま大声を出されたらビックリするよな」

「むっ、無表情は関係ないぞ。うん。大声を出されたら誰だってビックリするだけのことだ」

「それを言うなら、起きて目の前に誰かいたら、誰だってビックリする。で、どうしたんだ？」

秋桜は肩を下げる。

「いつまでも起きてこないから様子を見に来ただけだ。一応、ノックだってしたんだぞ。……手がどうなってるか気になったんだ」

「もう痛みはほとんどないよ」

手に巻き付けていた、冬音にもらった布を取る。

「とっ、とても痛みがないようには見えないけど」

薄い皮の下にぽつぽつと水泡ができていた。透明なアメーバが肌に寄生したみたいで気持ち悪い。

俺はパチンと手を叩いた。同時に、ズキンッ、と剣山を手のひらに押し付けたような痛みが脳天を突き上げた。布で手のひらの水を拭く。

「これでよし、と」

「よっ、よくないッ！　そっ、そんな乱暴なことしたら痛いだろ！」

「痛いけど水泡は邪魔だろ？　……ごめん。見ている方が痛いんだっけ？」

よくわからない感覚だ。

「それもそうだけど、乱暴なことしたら傷の治りが遅くなる！」

秋桜はポケットから包帯を取り出す。

「冬音が救急箱を見つけたんだ。お願いだからボクにさせてくれ」

俺の手を掴んで包帯を巻き始めた。申し訳ない気持ちになるけど、これをしないと秋桜の罪の意識が消えないのだろう。

秋桜は俺の手に、包帯を巻いていく。

「……ボクはこれから釣りに行くんだ。だから一緒に行かないか？　春海は山の方に行くって言うし、静夏と冬音はこの建物の中を隅々まで調べるって言ってるし。そっ、それに海に一人で行くのは危ないから、落ちて溺れたりしたら大変だしな」

「一緒に行っていいなら行くよ。俺は特にこれをしようっていうのがないしな」

包帯を巻き終えた秋桜は、ほっとしたように胸をなでおろす。

「一季が着替えたら行こう」

「わかった。んじゃ、着替えるよ」

俺がベッドから出て床に立つと同時に……。

「えっ？　なっ、なんで……」

秋桜は目を丸くして、ずずっ、と足を引きずるように後退する。

……え？　あっ！　パジャマの股間部分が膨らんでいた。簡単に言うと勃起していた。

「ちょ、ちょっと待って！　そんなベタな勘違いするな‼」

「かっ、かっ、かっ、勘違いなんかしてない！」

脱兎の勢いで秋桜は部屋を飛び出した。信じられん！　秋桜を追って廊下に出る。誤解を解かなくては相当に面倒なことになる。

廊下の曲がり角から、静夏と冬音が顔をのぞかせた。

「大騒ぎして、どうしたのかしら？」

「かっ、一季がアソコを大きくして追っかけてくる！」

「違うって！　だから、これはそういうのじゃなくて！」

静夏が日本刀のようにバールを構える。

「遺恨を残さないように私が叩き折るのだわ！　一季は正々堂々とそれで戦えばいいのだわ！」

「こんなもんで戦えるか！」

「問答無用ォ!!」

「問答させろッ！」

――いろいろあって俺はリビングで正座した状態で女の子達に取り囲まれている。

「朝起きたらこうなっているんです。排尿すれば戻ります。性的興奮とは一切関係ないです」

「こういうことを言いたいのかしら？　排尿の欲求と性的興奮の区別がつかない、と」

秋桜が心配そうに質問する。

「一季の心が壊れてるのって、痛みだけじゃなくて……」

「違います。おしっこをしたい時に興奮してるのかな？　と勘違いしたことはないです。俺の意思や心と関係ないとこで勝手に大きくなってしまうだけなんです。信じてください。毎朝なります」

静夏が確認するように言う。

「自分ではなくペニスが悪いと。それって一季に特有の現象なのかしら？」

「いえ、男性特有の現象です」

冬音は呆れたように、

「だとしたら、男性は人間として作りが雑すぎるのではないでしょうか？」

「俺に言われても！　そういうことは神様に陳情してくれよ！」

「えーっと、その……話を総合するとボクは謝った方がいいよな？」

「その必要はないわ。生理現象とはいえ、そんな状況で女の子を追っかけ回したのは事実だわ」

そう言った静夏に向かって、冬音はうんうんと首を縦に振って言う。

「しかも、一季さんいい笑顔で追っかけてましたよね」

「どうやって俺の表情を見たんだよ！」

「心の目ですよ」

「おまえの心は腐ってる！」

秋桜はガバッと頭を下げる。

「ごめんなさい！　ボク、男の子のこと全然知らなくて！」

「静夏の言う通り謝る必要はないよ。俺の不注意だし」

「謝ったところでこの話は終わりにしようよ～。……でも残念だな～。パジャマごしとはいえ、みんなだけ見てずるいな。どういうのか気になるかも」

春海にとっては軽いジョークだったのかもしれないけど、みんな思いっきりドン引いていた。


秋桜は釣竿、俺はバケツを持って外に出た。ここから見た限り海は静かなようだ。

「釣り道具は秋桜の部屋にあったんだよな？」

「多分、ボクの趣味は釣りみたいなんだ。仕掛けのこととか、見たらすぐにわかったしさ」

「この状況だとかなり実用的な趣味だな」

「そうだな。……あっ、あのさ。いろいろとごめん。ボイラーのことと、下半身のことは謝ったけど……。昨日のボクの態度は誉められたものではなかったからな」

「異様に無表情な奴がいたら、誰だって警戒するって。気にしてないよ」

「一季がボクのことバカにしてるような気がしたんだ。バカにされてたまるかって変なこと思ってしまって……とにかく謝らせておいてくれ。ごめんなさい」

「謝罪は受け取ったから、この話は終わり」

そんな気はしていたけど、秋桜って真面目な性格だ。

歩いてすぐの海岸は岩でできた磯だった。大きな岩があっちこっちに転がっているので、海水浴には適さないだろう。海は凪《な》いでいて空の色を反射した鏡みたいだ。

秋桜は仕掛けを投げ込むと、釣竿を岩の隙間に差し込んで両手をフリーにする。

「のんびりとした釣りなんだな」

しっかりと竿を握って真剣にやるのかと思ってた。

「一季がいるのに、ボクだけ真剣になっちゃうのも変だしな」

横にあるバケツには、親指ぐらいの大きさの、鋭角に尖った宝石の結晶にグロい色づけをしたようなものが幾つも入っていた。カメノテという貝の仲間だそうだ。波打ち際の岩にびっしりとくっついていたのを、マイナスドライバーでこそぎ取った。エサにはこれを使っているし、食べることもできるらしいので、多めに採取したのだ。

「春海は山を見て今は冬なんじゃないかって言ったけど、海を見た感じはどうだ？」

「そうだな。う～ん。ボクは、冬……じゃないような気がするよ。あそこの茶色の海草。あれって昆布だと思う。普通は北の海で生えるモノだ。北の冬だとしたら暖かすぎると思わないか？　でも海流の関係とかあるからな。季節を判断するなら海より山を見た方がいいのかも。ボクが期待してるのは、ここがどこなのか、大まかな位置がわかるかもってこと」

「海を見ると自分のいる位置がわかるのか？」

「海じゃなくて魚。タラの仲間が釣れたら北の海だし、スズキが釣れたら日本の真ん中くらいだし、タチウオだったら西の……と、そんな話をしてたら都合よく来たな」

釣竿の先が揺れていた。秋桜は岩の隙間から釣竿を引き抜いてリールを回す。20秒くらいリールを回し続けると、茶色と黒の模様に白い斑点を散らした、30センチはある魚が姿を現した。

秋桜は背筋を反らして魚を岩の上に持ち上げる。

「立派なのが釣れたぞ！　凄いぞ、ボク！」

岩の上でビチビチと暴れる魚の下顎を、馴れた手つきで掴んで、針を抜き取る。

「アイナメだ。白身で、どう料理してもおいしいんだぞ！　うわ〜、嬉しいな！　……あっ。………

アイナメは日本中に分布する魚だ」


【2日経過】


校舎っぽい建物の廊下を歩く冬音は、怯えた様子でキョロキョロする。

「誰もいない学校って怪奇現象に巻き込まれそうですよね。ふと気づいたら、完全に無表情の人が隣を歩いていたりしそうです」

「俺って怪奇現象だったの？」

「違うんですか?!」

「わざとらしくびっくりするな。デリカシーがないのか？」

「記憶喪失なものですからね。落としたものは拾わずに前だけ見て進む性格なんです」

「出会った時はあんなに怯えていたくせに、よくもそんなきわどい冗談を言えるな」

冬音はふふ〜んと鼻を鳴らす。

「発想の転換ですよ。あの時は一季さんの無表情に、怒りの感情を見ていたから怯えていたんです。

今は常に笑顔の一季さんを見ています」

「俺にもいろんな感情があるんだけどな」

冬音は体を縮めて泣きそうな顔をした。

「いやらしい顔で私を見ないでください」

「そんな感情は出してねーよ！」

静夏は相変わらず建物の中を調べてるし、春海は山へ、秋桜は海へ。何気なく余ってしまった二人で木造の校舎らしき建物を見に来たのだ。土足で上がろうかと思ったのだが、生徒玄関らしき場所にスリッパが置いてあったので、そこで履き替えて中に入った。

適当なドアを開けて教室に入ると、異様な光景が広がっていた。

「全席にノートパソコンですよ」

冬音が屈《かが》んで、パソコンのスイッチを入れると、低い起動音が響いて立ち上がった。

「やっぱりここもダメですね。日付は９９９９年９９月９９日です」

温泉宿のパソコンも９９９９年９９月９９日だったのだ。

「変なソフトが入ってたりしてないか？」

「宿にあるのと変わりませんね。と、変なアイコンがあります。自爆スイッチだと面白いんですが」

そう言いながら躊躇《ためら》いなくクリック。『ＴＨＥ合格』というソフトが立ち上がった。

「うっ。……私は勉強が嫌いだったみたいですね。軽く吐きそうです」

「もしかして、ここは予備校の合宿施設じゃないか？　周囲に人家がないのに校舎があることの説明になるだろ。俺達の目覚めた場所が寮で、ここが勉強する場所」

「もしそうだとしたら、私達五人だけがその合宿に参加した、ということになるんでしょうか？　その場合、もし他の生徒がいなくなったとしても私達の部屋のように、住む人の個性のある部屋があると思うんですよ。静夏さんと見て回りましたが、他は全部殺風景な部屋でしたよ？」

「……予備校って設定を、養護施設や閉鎖病棟に変えることもできるな」

「私達は全員記憶喪失で、一季さんはいろいろとアレですから、その可能性は高そうですけどね」

「自分で言ってなんだが、もしそうならあんな置手紙で患者を3ヶ月も放置したりはしないか……」

「結局、状況が異常すぎて、どう考えても納得できる答えもどきさえ見つけられないんですよね」

教室を出て1階の廊下を歩いていると、突き当たりにテンキーが横についた扉があった。こんな木造校舎に電子ロックの扉があるなんて、なんだか異様だ。

「隠し財宝ですかね」

「校舎に隠し財宝ってそんなことあるか？」

いろいろと試してみたけど、結局、扉は開かなかった。

【3日経過】

一本道を10分くらい歩いたところで、静夏は急に気づいたように言う。

「昨日のご飯はおいしかったわ。フジツボの味噌汁があんなに美味しいなんて……。思い出しただけで歓喜の震えが全身を走り抜けるわ。お魚も素敵だったわ。カメノテもそうだったけど、あんなにグロテスクなのに美味しいなんて不思議だわ。もっと天使のような姿であるべきなのだわ」

「天使の姿をしたモノを食える奴の精神力は相当なもんだと思うけどな。それにカメノテはともかく、アイナメやクロダイが大騒ぎするほどグロいとは思えないけど」

秋桜が釣ってきた魚を見て、食べ物とは思えない！　本当に食べるの?!　と静夏が大騒ぎしたのだ。

「全身に鱗《うろこ》があって顔だけ人間に似てるモノをグロテスクと言わずして何をグロテスクと言うのかしら」

「感じ方はそれぞれだけど、その話は後回しにしようぜ。温泉宿の探索はどうだったんだ？　朝になってから思い出したこととかないのか？」

「ないわ。なかなか尻尾を出さないわね。きっとどこかに真実を知る手がかりがあるはずだわ」

推理小説じゃないんだから、都合よく隠れているとは思えないけどな。

俺は前に向き直って、雨が降ったらぐちゃぐちゃになりそうな道に目をやる。今日はこの道をずっと歩くことにしたのだ。この道が何処《どこ》につながっているのか、知っておく必要がある。

遠出になるかもしれないから、おにぎりと水筒を用意済みだ。一人で行くつもりだったのだが、静夏が、ずっと温泉宿にいたから外を見たい、と言ってついてきたのだ。

「私が埃《ほこり》まみれになっていた間、山へ海へと出かけて女の子達と楽しんで、好感度アップに勤しんでいたようだけど、誰を攻略するのか、決まったら教えて欲しいわ」

「なんで静夏が、冬音のリアル恋愛シミュレーションゲーム妄想を引きずってるんだ？」

「私はプライドが高いから、そこらへんをくすぐるのが攻略のコツよ」

「……自分から攻略のヒントを教えるキャラって画期的だな」

静夏はテクテクと無言で歩いてから、

「一季と一緒にいると冗談を言いたくなるのね。冬音がぽんぽん変なことばかり言うわけだわ。傷つけてしまうかもしれないけど、無表情は怒っている顔だわ。だから冗談を言って、怒ってないと確認して不安を解消したいのよ。……私にこんな気を遣わせるなんて、本来なら極刑ものだわ」

「どんな国の司法もそんな極刑を許可しねーよ。気を遣わせて悪いとは思っているよ。だけど俺はよほどのことがない限り、怒らない性格だと思うぜ」

「そっ。……表情ナシ心ナシ玉ナシのぶっ壊れ人間なのに、穏やかな性格なのね」

「心は壊れてるだけだし、玉はちゃんとあるよ！」

「いつまでついているかわからないわよ？」

「おっかないことを言わないでください」

静夏は俺のお願いを無視して、宣言するように言う。

「それじゃ、元気を出して行くのだわ！」


静夏は海に沈む太陽を眩《まぶ》しそうに見つめながら、

「こういう時になんて言えばいいのかしら……」

「がっかり、じゃないか？」

「そうね。それがピッタリだわ。改めて言うけど、がっかりだわ」

山の奥へと向かったはずなのに、気づけば海に出ていた。しかも温泉宿の側の海。つまり、半日かけて環状の道を一周しただけ。

「この道がどこにもつながってないってわかっただけでも、無駄じゃなかったと思うぜ」

「そうね。……でも私達はどこから来たのかしら？」

「陸からじゃなければ、海なんだろうけど……。船が接岸できそうな港はないっぽいしな」

「港がないと船は陸地に近づけないものなの？」

「水深が浅いと船の底が海底にぶつかって、最悪、座礁して動けなくなるからな。船から小船やゴムボートを出すってことになるんだろうけど。俺達が来るのは可能だぜ？　だけど……」

振り返って巨大な円柱を見る。

「あんな建物を作るための資材を、小舟で荷揚げすんのは無理だろ？」

「ふふっ、ここの謎は手強いわね」

いろいろな期待を裏切られたというのに、静夏の声にはやけに張りがあった。強い女の子だ。


食卓で、俺と静夏からの報告を聞いた春海は右手を上げた。

「私から提案があります。私と一季ちゃんの二人で、ちょっとばかり本格的に山の方に行くのはどうかな？　道を外れて、真っ直ぐ山を目指してみようよ。あれだけ高い山だと登るのは絶対に無理だけど、周辺に何かあるかもしれないよ。例えば、登山道とか、山小屋とか、もしかしたらそのまま、なんとか山です、みたいな標識があるかもしれないし」

「どうして二人なんだ？　ボクも一緒に行くぞ」

「二人の方が小回りがきくし、それに体力的な問題もあるじゃない？」

「端的に言ってしまえば、私達は足手まといというわけね」

不満な様子もなく静夏は言った。

「探す場所が海なら秋桜ちゃんと一季ちゃんに行ってもらったと思うけど、私は山歩きに慣れているっぽいから〜。それに手分けして探索した方が、時間を有効に使えるじゃない」

秋桜はあきらめたように苦笑する。

「……そういうことならしょうがないな」

「一季ちゃんはどうかな？　今日はたくさん歩いたみたいだから、少し日を置いてからでもいいけど」

「大丈夫だ。体力はあるっぽいからな。それに火傷の傷もだいたい治ったし」

山の調査は早めにやっておいたほうがいいだろうと、俺も思う。

二章　生き続けること。殺し続けること。狂気。

【4日経過】

焚火《たきび》の前に座った春海の横顔を見ながら言う。

「焚火ってけっこう簡単に作れるもんだな」

「オイルライターがあったし。枯れ草も枝も乾燥してたからね～。冬にずっと雨が降ってないってことだから、ここは太平洋側なのかもね。日本海側だったら冬は雨や雪が多いはずだから」

「向こうの連中、心配してるかな？」

「そうなるかもとは言っておいたから……。でも、まさか本当に野宿することになるなんてね～」

日が傾きはじめたので帰ろうとしたのだが、やたらと起伏の激しい、木々の鬱蒼とした場所に入り込んでしまい、方角の頼りにしていた円柱と高山を見失ってしまったのだ。富士山の樹海で遭難する人の気持ちがわかった。近くに富士山があったとしても、これじゃ見えない。

なんとかそこを抜けた時には、暮れてしまっていた。ここはやたらと崖や谷の多い地形だ。暗闇で歩き回ったら、大怪我する可能性はかなり高めだ。選択肢は野宿しかない。

――どうなることかと思ったけど、火を見るとなんだか落ち着く。

「体力は大丈夫か？」

春海は顔の前でぴらぴらと手を振る。

「平気、平気。1日食べないくらいですぐ弱ったりなんてしないし、水筒は満タンだしね」

水は途中でぶつかった渓流で汲《く》んだものだ。

　春海の様子をうかがいながら、山を歩いている時に考えていた違和感を口にする。

「妄想みたいなものかもしれないけど、ここって誰かが作った場所なんじゃないか？」

「……一季ちゃんもそれを感じてた？」

「春海もか。偶然だとは思うんだけど……偶然って言い切るには、ちょっと変だろ？」

　ほとんど垂直に近い高い絶壁があったり深い谷があったり、迂回して別の方向に進むと、また新たな障害に当たったり。迂回の連続に時間を使ってしまったのが、野宿することになった一番の理由。

「それに食べられる草が多すぎる気がするよ。ちょっと見回しただけでも……アシタバ、ツワブキ、ユキノシタ。全部、冬の山菜。そこのキノコはヒラタケ。……記憶喪失だから断言はできないけど、ツワブキとヤマワサビって生息範囲が重なってないと思うんだ」

「……ここは山菜がありえないほど多い場所ってことか？」

　春海は小さく笑って言う。

「妄想で言っちゃうなら、手軽に自然を楽しむための人造空間？」

「だとしたらこんなに起伏が激しいのは変じゃないか？　方向を違《たが》えたら死にかねない地形だし、もし人工的に作ったなら、簡単に高山へと近づけるように整備するだろ？」

「……近づけないのが目的ってことも考えられるよ？」

「そういう考えもあるか……。そういえば、鹿がいたよな。捕まえて食べることって可能かな？」

　急に魚が獲れなくなる、という可能性だってあるんだから、考えておくべきかもしれない。

「できないことはないだろうけど……。止めておいた方がいいんじゃないかな？　ツノで刺されて谷底に突き落とされちゃうかも。それに魚ならともかく、哺乳類を殺すって生々しいじゃない？　鹿を殺せるってことは、人も殺せるんだって、みんなに思われちゃうかもよ」

「人と鹿は別だよ」

なんでかわからないけど、突き放すような口調になってしまう。

「あはっ。そうだよね。ごめんね、考えすぎちゃったみたい」

燃える枝が、ばちんっ、と音をたてた。その音が、森の暗闇に響いて消えていくのが不思議なことのように思えた。誰かが音を闇の中に引きずりこんでいるような気がした。

「春海が先に寝なよ」

「うん、わかった。それじゃ、お言葉に甘えて眠らせてもらうね」

二人揃って寝たので焚火が燃え広がって死にました、なんてことになったら馬鹿々々しいので交代で寝ることにしたのだ。

春海は乾燥した枯葉と枯れ草を敷き詰めて作った寝床で横になる。寝ている春海を見ているのは悪い気がして、何気なく上を見る。木々の隙間から真っ白な月が見えた。

「あの建物で寒さが気にならないのって温泉が出てるからなのかな？　枯れ草がないよりは全然マシなんだろうけど、地面に熱を奪われていく感じがするよ〜」

「そっか。枯れ草が足りな……あっ！」

俺の声に反応して春海は跳ね起きた。

「どうしたの？　ヘビでもいた？　マムシ？」

「そうじゃなくて、寒いのって辛いか？　痛いのと同じくらい辛いことか？」

キョトンと俺を見つめ返してから破顔する。

「もし辛いって言ったら、どうするつもりなのかな？」

「近くから木を拾ってきて焚火を大きくするよ。あっ、でも背中が冷たいんじゃ意味はないか。とりあえず春海は寝て待っていてくれよ」

「寝てろって、もしかしてとは思ってたけど……一季ちゃんの趣味って自己犠牲だったりする？」

「んな趣味の奴はいねーだろ」

「そんなことないよ。自己犠牲で自己陶酔と自己満足を満たせるんだから」

「自分を分析する趣味はないよ」

「心が壊れてると言われて、自分を分析しない人なんかいないよ。……怖いんだよね？」

焚火の光が届いていない部分、月光にさらされた春海の顔の半分がやけに青白く見えた。

「自分が異常だってことが？　みんなに嫌われるのが？　それとも私に嫌われるのがかな？」

「そうやって俺を追い詰めて、何を言わせたいんだ？」

「ん〜、言わせたいというよりも、理解して欲しいって言ったほうが正しいかな。自己犠牲をされたら重たいよ、ってこと。秋桜ちゃんだって随分、重たがっていたみたいだけど？」

「寝床を改造するか焚火を大きくするかって話で、自己犠牲は関係ないだろ」

「横でそんなことされてるのに眠れるほど、私の神経は太くないけどな〜。それにもう暗くて枯葉を集めたりできないんだから、寝床を改造するのは無理だよ」

ん？　そういうこと……なのか？　女の子からじゃ言いづらいのかもしれない。体温を奪われたら、体力が下がるってわかってるんだ。心が壊れてると思われたくないんだったら行動するしかない。

「……わかったよ」

腰を上げて、制服に付いた枯葉と土をぱんぱんと叩き落してから春海に近づく。真後ろに座り直し、股の間で挟むような形で、春海の背もたれになるようにピッタリと体をくっつける。

「んん?!　ちょ、ちょっと待って。これは何かな？」

とっても素の疑問を叩きつけられた。

「もしかして、間違ったことしましたか？」

予想外の反応に丁寧語になってしまう。

「まっ、まずは一季ちゃんの考えを聞こうかな」

「いや、だって背中が寒いみたいだし、寝床の改造も無理だし……。ということは春海はこうして欲しいのかと思って。だっ、だって、寒いのは辛いって言ってただろ」

「いっ、言ったけど、これは違うんじゃないかな？」

「いや、でも冷えた時に体をくっつけて体温の低下を避けるとか、何かで見たことあるような気がするし、それに半ば遭難したような状況だし、震えながら寝るよりはマシだろ？」

言い訳する俺を、どんなよこしまな感情をも見逃さないぞ、と決意したかのように春海が見る。

「……エッチなこと誘ってる？」

「誘ってません。ごめん、勘違いしたみたいだから離れるよ」

俺が立とうとした瞬間、春海はぐいとのしかかるように背中に力を入れた。

「ちょっと待って。行ったり来たりしなくていいってば。離れられたら寒いよ」

「じゃ、どうすればいいんだよ」

「私に体温を伝えることを許可してあげる。あはっ。でもこんな寒い時に体温ってずるいかも。半ば遭難したような状況だからやっぱり不安じゃない？　そういう時に人の温かさを感じると、ほっとするというか……。犬とか猫を撫でると安心するじゃない？　それに似た感じ」

「ほっとするならいいじゃん。ずるいと関係なくないか？」

「こうやって体温を伝えられちゃうと、好印象になっちゃうから……そこがずるい」

「……嫌われたんじゃなくて安心したよ」

「あはっ。まぁ、せっかくだからちょっと甘えようかな？」

甘える?!　こんな俺に?!

動揺を隠すために横を向いて鼻で深呼吸。ここから逃げたらいつまでも壊れたままな気もする。

「おっ、俺でよければどうぞ」

春海は俺の胸にぐ〜っと背中を押し付ける。

「仔猫か仔犬に甘えられた気持ちにならない？」

「俺はそこまで想像力、豊かじゃないっぽいな。だけど……」

抑えつけるように、春海のお腹の前に手を回して組む。こういう風にしてもらいたいんだろうなって、なんとなく思った。

「春海の体は柔らかくて安心する気がするよ」

「……それって太ってるってことかな？」

「ちっ、違う。記憶喪失だからわかんないけど、こんな風に女の子にさわるのはじめてだと思うから。女の子の体って柔らかいんだな、って普通に思っただけだよ」

「体とか〜、柔らかいとか〜。なんかエッチだぞ〜」

「あのな。そんな風に言われたら意識しちゃうだろうが！」

「意識してるの？」

「しっ、してない」

「本当に？　嘘をつかれたら傷付くけど？」

「…………してます」

しねーわけねーだろうが！　背中を押し付けられただけなのに、ふわふわな感じがわかるんだもん。考えちゃいけないってわかっていても考えてしまう。――もし……春海が逆を向いたらどれだけふわふわなんだろうって。きっと、マシュマロみたいな感じなんだと思う。そういう表現をどこかで見たことがある。超巨大マシュマロか……。喉が渇く単語だ。

「あはっ。まぁ、ちょっとは意識するよね。お互い」

おっ、お互いッ⁈　春海も⁈　喉が渇くとかいうレベルじゃない。

「そういうの抜きにしても、こうやって抱きしめられると安心するよ～。誰だってそうなるよ。知らないなら、覚えておいた方がいいんじゃないかな？」

お腹の前にある俺の手にふれる。

「一季ちゃんの手、凄く冷たいよ。温めてあげようか？」

「温めるってどうやって？」

「そっ、その服の中に手を入れるとか……」

んんんっ？　上擦《うわず》った声になってしまわないように気を落ち着け、なるべく平坦な口調を意識する。

「そんなことしてもいいのか？」

「大胆すぎな許可だよね？　あははは。手を擦《こす》ってあげる」

春海は俺の手に手を重ねる。

「一季ちゃん……エッチなこと考えてる？」

「かっ、考えてねーよ」

「うっかりって感じでおっぱいさわったら怒られるかな～、いやでもこの雰囲気ならいけるだろ～」

「そんな具体的なことは考えてない！」

腕の中で春海が身をよじる。

「一季ちゃんとは初めて会った気がしないんだよね」

春海に限らず、俺もみんなと会っていた気がする。実際、記憶喪失になる前から会っていたのかも。

「だから……。なんか不思議な感じ。私の中にちょっとだけど落ち着かない気持ちがあって……」

春海は少しの沈黙の後で、致命的なことを言う。

「……おっぱいにさわりたい？」

ずんっ！　と突き上げるような衝撃が走った。頭蓋骨のつなぎ目が緩くなったことを確信する。

「…………………」

互いの様子をうかがう沈黙が続く。心拍数が跳ね上がる。息を必死に噛み殺すけど、荒くなるのをごまかせない。

「はっ、春海は俺のこと好きだったりするのか？」

「そういうわけじゃないけど……。知り合ったばかりじゃない。それは一季ちゃんも一緒でしょ？」

「それはそうだけど、だったらどうしてそんなこと言うんだ？」

「男の人って胸をさわると安心するとか言うじゃない？　私を安心させようとしてくれたお返し」

たっ、たっ、試されてる？　おっぱいをリトマス試験紙の代わりに使いやがって！

「手をガタガタ震わせるほど、葛藤しなくてもいいんじゃないかな？」

「かっ、葛藤するに決まってんじゃん。それでは〜、なんて軽い気持ちでさわれるもんじゃないだろ」

「こうかーん！　じょーけーんッ‼」

春海は突然、奇声を張り上げた。

「交換条件。これなら一季ちゃんも私も気が楽になると思う。一季ちゃんはおっぱいをさわる代わりに、私の言うことを1つ聞くというのでどうかな？　あはっ。実はこれが目的だったりして」

「……それってなんだ？」

「私の身の上話というと変かもしれないけど、そういうのを聞いて欲しいな～、と思って」

「そんなのだったら、おっぱいを引き換えにしなくても、いつでも聞くぜ？」

「……ん～。だから、おっぱいを引き換えにするくらいの話って理解してくれればいいよ」

おっぱいの価値観に差異がないとしたら、相当に大変な話を聞かされることになるのだろう。どうすれば……って、どれだけ葛藤したって、こんな状況で出せる答えは1つしかない。

「さっ、さわります」

変に上擦った声が出てしまった。腕の中の春海がくすくす笑ってる。


【5日経過】


「メバルは魚の王様だわ！　この脂の輝き！　弾力！」

相変わらず食事に感動する静夏を見て、帰ってきたんだ、と実感する。1週間もたってないのにここが自分の場所だ、と強く思う。

食事が終わると、俺と春海は昨日あったことを詳しく説明した。当然エッチなことをしてしまったという話はしない。こういうことを他人に言ってはいけない、ってことくらいわかっている。

白湯を飲んでいた春海がため息交じりに言う。

「丈夫で長いロープがあれば踏破できると思うんだけど……」

「ボクはそこまで考えなくてもいいと思う。昨日だって凄く心配したんだ。ロープを持って山に行かれるだけで、不安でたまらなくなってしまうぞ」

「山の先に人里か金鉱脈があるなら別ですけど、命を危険にさらす必要があるとは思えませんね」

「わからないってことがわかっただけでも収穫だと思うわ。危険なことはやめましょう」

俺もみんなの意見に同意する。

「なんでここにいるのかわかっても、脱出する手段がないんだから、結局3ヶ月暮らすしかないしな」

冬音はやれやれと首を振る。

「調査よりも、ここでの生活をどうするか考えた方がいいですね」

「そのことで提案があるんだけど、いいかな？　ほら、私達は長めの春休みの真っ最中じゃない。でも3ヶ月も休み続けていたら、帰ってから困らないかな？　特に勉学の面で」

冬音は幽霊を見たような目をする。

「この状況下でそんなこと考えていたんですか？　おかしいです！」

「そっ、そうかな？　でも春休みって普通は1週間とちょっとくらいでしょ？　私達はそこを3ヶ月も休んじゃうんだから、少しくらい勉強をしておかないと困ると思うよ」

秋桜は腕組みをして頷く。

「2ヶ月以上授業を受けていなかったら、ついていくのが大変かも」

「それもそうだけど、私達って見た目通りの年齢だとしたら、受験を控えてる、という可能性もあるわけだし……。もしかしたら救出即受験なんてことも考えられるわけだよね？」

冬音が顔を青くして立ち上がる。

「もしそうだったら確実に発狂です。黄色い救急車が来ますよ！　最低でも嘔吐する自信があります」

「冬音はそんな繊細な性格じゃないのだわ」

「ひどい！」

秋桜がなだめるように手を上下に動かす。

「戻ってから嘔吐しないためにも、勉強をしておいた方がいいだろう?」

「受験は嫌いですが、勉強だって嫌いなんですよ!」

静夏は冬音を無視して言う。

「今は記憶がないからわからないけど、きっと私達にも将来の夢みたいなものがあったのだと思うわ」

春海は大きく頷く。

「やって損があるわけじゃないしね」

「校舎に放置されていたノートパソコンに、受験勉強用のソフトがインストールされてたもんな」

冬音は俺を恨めしそうに見て言う。

「そうやって外堀を埋めるのは、やめていただけませんか!」

「たまには学校に通うのもいいかもしれないわ。長期休暇に登校日はつきものだし……」

「3日に1回くらいみんなで登校すれば、生活にもメリハリが出ると思うんだけど、どうかな?」

「ボクは賛成だぞ。そういうことはしておいた方がいいと思う」

「俺も賛成だ」

「私も賛成。ということは学校へ行くことに決定だわ」

「決定?! 私の意見は?!」

「私からも提案があるのだけど……」

「無視された?! わかりました! もう! 静夏さんの提案の前に、私からも提案させてください!

みなさんは同級生設定で結構ですけど、私は学年下の後輩という扱いにしてください」

秋桜はきょとんとする。

「……どうしてだ？」

「年下って立場がしっくりくるんですよね～」

えへっ、と冬音は媚びた笑みを浮かべる。

「愛くるしいペットのように私を扱ってくださいね！」

「それで私から提案があるのだけど……」

「なんでさっきから私を無視するんですか？」

「つまんないことばかり言うからだわ」

「ひどい！」

「あそこが学校なら、ここは寮ということになると思うのだわ？」

静夏の言葉に春海は胸の前でパチンと手を打つ。

「あっ、そうだね～」

ずっとここに住むとは思えないから家とは言いづらいし、旅行に来たわけでもないのに温泉宿とも思えない。３ヶ月間だけ共同生活するこの場は、寮、と呼ぶのに相応《ふさわ》しい気がした。

秋桜は軽く笑う。

「本当に、春休みで合宿に来たような感じだな」

そう考えれば心が楽になるかもしれない。現実が形になったような……そういう、錯覚。


【6日経過】


秋桜は古びた教室を見回す。

「ボクは校舎に来るの初めてだけど……。なんだろう、この古いけど親しみのある雰囲気……昭和？」

「あ～。そういう感じではあるな」

昔の学園漫画とかに出てきそうなイメージ。

「昭和にノートパソコンはなかったんじゃないかな～。というかパソコンってあったのかな？」

秋桜は小首を傾げる。

「昭和ってそんなに前だったかな？」

記憶喪失なせいか時々、認識に微妙な差が出るのだ。本当に今はいつなんだろう。

春海は胸の前でパンと手を叩いた。

「それじゃ、みんな席についてみようよ」

秋桜はちょっとはしゃいだ感じで座る。

「制服を着て椅子に座ると、学校に来たって感じがする」

「ですね～。この軽く吐きそうな感じが懐かしいです」

「冬音は勉強云々の前に、学校にトラウマがあるんじゃないのか？」

春海はノートパソコンを起動した。

「この変なアイコンが受験勉強用のソフトなんだね？　カチッ、と」

ジャーンと音をたてて『ＴＨＥ合格』が立ち上がった。

静夏はあっちこっちをクリックしながら、

「ふ～ん。設定もいろいろ変えられるのね。私はどのくらいのレベルなのかしら？　偏差値が90より下というのはないと思うのだけど……」

「偏差値90って実在するのか？」

相当に偏った試験問題が出ないと、そんな数字は出なさそうだ。

「私の偏差値は10というところでしょうか？」

冬音は力なく言う。それって、90を出すのと同じくらい難しそうだ。

ノートパソコンをいじいじしていた春海が、少し考えてから提案する。

「今日は歴史の現代近代のテストをやってみようよ。今がいつなのかわかるかもしれないよ」

静夏は勢いをつけるように机をピシャッと叩く。

「いいわ！　それじゃあ始めましょう！」

………答え合わせは、当然ソフトが自動的に、一瞬でやってくれる。

「俺の推定偏差値は54だったけど……」

「私は71だよ～」

「ボクは67だ」

「おまえら頭いいな！」

「47だわ」

静夏がモニターを睨みつけながら、つぶやくように言った。微妙すぎて反応に困る数字。俺と一緒で平均的だけど、90より下はないと常軌を逸した豪語をしていただけにな……。極端に低かったりすれば、それはそれで笑えたんだが、これでは嘘つきという印象だけが残ってしまう。

「歴史は得意ではないのだわ。特に現代近代は入試であまり出ないわ。合理的に手を抜いて勉強していなかったのだわ。今のだって出題が近代よりだったら違った結果になっていたとしか思えないわ。日本史にしても、室町時代、江戸時代ときて明治ってなに？　急に元号なの？　私が思うに……」

執拗に言い訳を続ける静夏を無視して冬音を見る。

「私は15ですね。吐き気と動悸と寒気がひどくて、テストどころじゃなかったんですよね」

「勉強の前に、トラウマの解消を考えた方がいいかもしれないな」

「で、どうだったかな？　気になる問題はあった？　私達の知らない未来が書いてあったとか〜」

「なかったと思うぞ。普通のテストだったな」

「ん〜と、それじゃ、まだ時間はあるから別の歴史のテストをやってみようか」

春海の提案を聞いて、冬音が潰れたような悲鳴を響かせた。


【13日経過】


3日に一度、学校に通う、という決まりができたせいか、俺達の生活にもリズムというか、それぞれの役割のようなものが自然と生まれてきた。野菜の収穫は春海。海産物の捕獲が秋桜。寮の中の家事全般が静夏。各自のお手伝いが冬音。ご飯作りは春海を中心に、みんなが手分けしてやっている。

俺は風呂の管理と掃除。前のボイラーのことで風呂を管理するのは俺という雰囲気になったのだ。他にも円柱の裏側には畑や納屋があって、そこの整理や掃除をしながら、何かないか探してる。あとは、食器洗いとか力仕事とか……冬音と同じく雑用全般といったところだ。

食事を終えた静夏が幸せそうにテーブルに突っ伏した。

「うあ〜……。きょ、今日も美味しかったのだわ」

「それじゃ、ボクはお風呂に行こうかな」

「あっ、私も一緒に行きます」

秋桜は不機嫌な猫のような顔をする。

「冬音はすぐ他人の体を洗いたがるから嫌だ」

「可愛い健気な後輩として、みなさんに気を遣って、ご奉仕させていただいてるだけですよ？」

「そういう話はここでしない方がいいかも。一季ちゃんの呼吸が荒くなっちゃうよ～」

「鼻の下が伸びちゃって、いやらしいのだわ」

「表情がない人間に言うことか？」

こういうのは自分が受け入れられている気がして、安心する。

結局、秋桜は冬音に腕を引かれてリビングを出て行った。

春海は部屋に残った俺と静夏を交互に見ると、妙に重く口を開いた。

「静夏ちゃんはいつも美味しいって食べるけど、それは命に感謝や敬意を表しているからなの？」

静夏はびっくりしたように春海を見つめた。

「考えたこともなかったわ。感謝した方がいいかもしれないけど、美味しいのと感謝や敬意は別だわ」

「別なのかな？」

静夏はじっと黙考する。

「……別だわ。美味しくないものは美味しくないもの。完全に別の話」

「俺が言うのもなんだけど、それって冷たい考え方じゃないか？」

普段そんなことを考えてるわけじゃないけど、食べられるモノに感謝した方がいいとは思う。

「美味しいか美味しくないかで、命の価値を決めてしまうのに抵抗があるわ」

「そう言われればそうかもね。それじゃ、命を奪っていることに抵抗感はないのかな？」

「あるけどないわ。変な言い方ね。でも、そうなの。両方あるのだわ」

「じゃ、仮に静夏ちゃんが魚で、食べられそうになったらどうする？」

「秋桜に釣りを見せてもらったけど、魚はあらがっていたわ。私も同じことをする。全力で戦うわ」

「そういうことを考えても、魚を美味しいって食べられる？」

「食べられるわ！　だって美味しいもの！」

静夏は笑顔で力強く断言した。

「じゃ、もし美味しい人間がいたら、殺して食べるのかな？」

「食べないわよ？　だって人間じゃない。これだけで完璧な答えだわ。これが答えとして納得できないなら、春海の心もそこの男みたいに、壊れている、ということじゃないかしら？」

「……そうだね。人間が人間を食べていいわけないもんね」

にこっと静夏と春海は微笑んで、その会話は終わりとなった。

——春海はなんで急にそんな質問をしたんだろう？

こんな半自給自足の生活をしていたら、真面目な奴ほど、命を奪って自分が生きることの意味を考えてしまうのかもしれない。だけど、春海の質問は変にしつこかった気がするんだけど。


【14日経過】


ドアの開く音で目が覚めた。追い打ちをかけるように、冬音の慌てた声が響く。

「一季さん！」

頭に絡みつくこの眠気から想像するに、起きるには早い時間だと思う。

冬音は俺の顔にぐいぐいと、納屋にあった太いロープを押し付ける。

「このロープに首を通してください。急いでください。説明なら後から無限にしますから。急いで！」

「わかった。わかったって。このロープの先端の輪に頭を入れりゃいいんだな？」

「はい。ちゃんと顎の下にロープが来るように、それでいいです。私は逆の先端を鴨居《かもい》の上に通すので、待っててくださいね。あっ、椅子借ります」

冬音は慌てて椅子を移動させて上に乗ると、ロープの先端を鴨居の上の欄間《らんま》の隙間にぐりぐり通す。

「椅子から落ちないように気をつけろよ」

「心配していただいてありがとうございます。……優しいんですね、一季さん。もっともその優しさが見かけだけのものだと、私はよく知ってますけどね」

「えっ？　それってどういう意……えぐっ」

冬音がロープを引っ張った瞬間、首がギュッと締まる。

冬音は毅然と俺を睥睨《へいげい》しながら、ロープを引っ張る手を緩めた。

「きゅ、急に何をするんだよ！」

今になって気づくのも間抜けな話だが、俺の首にかかってるのって、首吊り自殺をする人がやる結び方になってんじゃん！

「なんであんなことをしたのか、答えてください！」

冬音が何を言いたいのかまったくわからん！

「せっかく武士の情けで、朝立ちした状態で殺してあげようと思ったのに！」

「どういう情けだ！　武士じゃないし、そもそも屈辱しかないだろ、それ！」

「それじゃ、勃起したまま死ぬのと、しおれたまま死ぬのとどっちがいいんですか！」

「そんな選択がこの世にあってたまるか！」

「ならば勃起したまま死ぬがよいのです！」

「ロープを引っ張ろうとするな！　せめて俺を殺そうとする理由を言えよ！」

冬音は無言でぬいぐるみを俺の眼前に突き付けた。

「……変わったぬいぐるみだな」

包帯みたいな布で胴体がグルグル巻きになっている。

「私のウサちゃんですよ！」

初めて会った時、冬音はウサギのぬいぐるみを抱いていた。

「自分でやって、とぼけるんですか！　リビングに置き忘れたウサちゃんを切り裂いたくせに！」

「やってない！」

なんだ、その、身に覚えがなさすぎる話は！

「犯行推定時間は、3時から5時の間です。なぜなら深夜に目を覚ました私が台所に水を飲みに行って、うっかりリビングにぬいぐるみを置いてしまったからです。私がさっきトイレに起きてリビングに行ったら、ウサちゃんが無残な姿に！　こんなことする人なんて一季さんしかいません！」

「勝手なことを言うな！　俺は一度寝たら起きないタイプだぞ！」

「あー、もう！　わかりました。言い訳は地獄の門番にでもしてください！」

「待てッ！　証拠はある！　冬音はたまたまリビングにぬいぐるみを忘れたんだな？　俺が犯人だとしても、その時までリビングにぬいぐるみがあることを知らなかったわけだ。つまり、衝動的にやった、ということだ。で、夜中に起きてリビングまで行ってトイレに行かない、なんてことはないだろ？」

「まぁ、そうでしょうね。その状況なら私もトイレに行きます」

「例えば5時に起きて、トイレに行ってだ。そしたら、アレがその……アレしてないんだよ」

「アレばっかりで何を言いたいのかわからないですよ？　ヒモを引っ張れという前振りですね！」

「だから……その場合は朝立ちしてないだろ」

「卑猥ッ！」

「生理現象なんだからしょうがねーだろ！　俺にはアリバイがある、ということだ」

過去、勃起をアリバイとして主張した人はいるのだろうか？

「本当にそうなってるのか、見ないことには信用できません。前に一度、見てるから驚きませんよ。こんな時に嘘はつきません。見せられないってことは、犯人だと告白したと判断しますからね」

ロープを引っ張るふりをする。

俺は、ばさっ、と布団をめくった。

「ほっ、ほら、ちゃんと立ってるだろ？」

「……ッ！」

冬音が顔を真っ赤にして、大きくぶるるっと震える。

「うわあ〜んっ！」

悲鳴を上げながら部屋を飛び出していった。

「えっ！　ちょっと待て、こら！」

ベッドを降りて走り出した瞬間、ロープを踏んでしまった。

「えぐっ！」

その状態で前に進もうとしたので、首を締め付けられ真後ろに倒れてしまう。

騒がしさに目が覚めたのか、ひょこ、と秋桜が廊下から顔をのぞかせて、

「朝から騒がしいな。冬音の悲鳴が聞こえたけど……。ぎゃっ！　か、一季！　一季が自殺？」

バタバタと廊下を走る音が響く。

「えっ?!　一季ちゃんが自殺？」

春海が目を大きく見開いて、今にも倒れてしまいそうなほど硬直している。

「ち、違う！　死んでないし、そもそも自殺なんか考えてない！」

「じっ、自殺未遂だわ」

遅れて現れた静夏がハッキリと言うのもわかる。鴨居にロープが吊るしてあって、その下に椅子があって、首にはロープがからまってるんだから、そう見えて当然。

「いったいこれはどういうことなんだ？　そっ、そんなにボク達との生活が苦しかった？」

「えぐっ、えぐっ」

いつの間にか戻ってきた冬音が、静夏の横で泣きまねをする。

「一季さんが、とっ、特殊なオナニーを見せてやるって急に言い出して……」

「その場のノリで無茶苦茶な嘘をつくんじゃねーよ！」

面白ければ他の事はどうでもいいのかよ！

「嘘じゃないです！　そっ、その証拠に大きくしてるじゃないですか！」

静夏はバールを胸の前で構えた。

「やはり叩き落としておくべきだったのだわ」

「なんで俺のコレに敵意をむき出しにするんだよ！　まずは俺の話を聞け！」

「問答無用ッ！」

「問答させろッ！」


「その時間にトイレに行っていれば大きくなっていないわけで俺は犯人じゃないということです」

女の子達に取り囲まれた状態で正座して丁寧語で喋っていた。しかも、首にロープ。俺はロープを首から外して放り捨てる。

「前回と違って完璧に俺は悪くないいじゃん！　なんで俺は正座してんだ?!」

周囲のプレッシャーに負けて自分からしたんだけど。

なぜか冬音がニコニコ顔だ。

「裏の納屋にロープがあるのを偶然見つけまして……。こういう冗談をしたら一季さんは喜ぶ！　そう思ったらもう無我夢中でした」

「無我夢中はもっと建設的な使い方をしろ！　ということはぬいぐるみが切り裂かれたのも嘘かよ」

「それは本当です。その怒りや悲しみとは別に、こういう過激な冗談は一季さん好みだろうと……」

「俺はこんな冗談が好きだって素振りを見せたことはないと思うぞ」

「ぬいぐるみを切り裂いたのは誰ですか？　私は誰かに恨まれるようなことをしたでしょうか？」

「俺にこんなことしてるんだから、心当たりは幾らでもあるだろ」

「それがないんですよね」

凄い自覚だ。

「きっと、不安が高じてイライラしてやってしまったのだわ。その気持ち、わかる気がするのだわ」

秋桜は目を細めて静夏を見る。

「まるで自分が犯人みたいな口ぶりじゃないか」

「違うわ。でも、こういうことをする気持ちはわかるということよ」

「ボクにはわからないぞ」

「そっ」

「そっ、って。もっと言い方ってもんがあるんじゃないか？」

「わからないことを説明しようとしても無駄だわ」

「無駄って！　ボクと話すのが無駄なのか？」

「まぁまぁ、落ち着いて秋桜ちゃん」

春海が二人の間に割って入る。

「誰がやったにしろ、ここで犯人を見つけて糾弾してもしょうがないよ」

「今回の場合は人じゃなく、ぬいぐるみですんでよかったと思うべきでしょうか？」

「そういう言い方をするな。今度は人がされるみたいじゃねーか」

「ぬいぐるみと人じゃ、全然違うから気にしない方がいいよ」

春海は苦笑して言うけど、人の形に似ているモノを切り裂いたっていうのが、気持ち悪いんだよな。

月が藍色に照らす夜道を学校に向かってトコトコ歩く。別に理由があるわけじゃなくて、歩き出した方向がたまたまそっちだったというだけのことだ。これから寝ようとしていた時に、こっそり散歩に行かない、と春海に誘われたのだ。５分くらい黙って歩き続けてから、春海は立ち止まった。山で遭難しかけた時に、話を聞くと約束していた。きっと、約束の時間が来たのだろう。

「私が話したいことってまずは、この世界のことなんだ。想像でしかないんだけど。私なりにこうじゃないかな？　というのがあって……。私達の感覚だと、あの円柱を作るのは不可能だよね？　もし作ったとしても周りに科学施設や観光施設があるはずだと思わない？」

ドバイか東京に建築された巨大な塔が、有名な観光名所になっていたはずだ。

「そうなっていないということは秘密の施設なのかも。でも、宇宙まで届く建築物を秘密にするなんて無理。ということは……。アレって、存在しない建物、ということにならないかな？」

「……そんなこと言ってもな。どう見てもアレは現実に存在してるだろう」

「うん。だから、間違ってるのは私達の常識の方ということになるよね」

「誰かが俺達の記憶から円柱に関する情報を抜いたってことか？　でも、そんなこと可能か？」

「円柱だけ抜くってことは不自然だから、誰かが私達の記憶を削除して２０００年の最初の頃の情報を入れたんじゃないかな？　だから、私達の思ってる現代って実は過去で、本当は巨大な円柱を何気なく作っちゃうくらい未来に生きてるのかも」

「そんなことを言い出すなら、俺達が未来にタイムスリップした可能性だってあるんじゃないか？」

「タイムスリップよりも、私の考えの方がリアリティがあると思うな〜。どっちもどっちかな」

「だいたいなんで２０００年の前半の記憶を入れたんだ？」

「それは私にもわからないけど、とにかく前提として、ここは未来だと思うんだよ」

春海はスキップするように前に進んでから振り返る。

「円柱って空を支えるために必要なんじゃないかな？」

「………どういう比喩だ？」

「比喩じゃなくてそのままの意味なんだけどね〜。宇宙ステーションとかスペースコロニーって言えばいいのかな？　多分そんな感じ」

空を円柱を指さす。

「天井を支える柱」

空を指す。

「モニターかスクリーンかわかんないけど、あの空は映像。本当は空じゃなくて、天井」

「本気で言ってるのか？　突飛すぎないか？」

「突飛すぎないよ？　だって、この空間が外周部に近づけない作りになってるって自分達で証明したじゃない。そんな作りなのは、ここが人造の空間だからじゃないかな？」

「宇宙まで話を持っていく必要ねーだろ。想像のスケールがデカすぎるよ。こんな空間を宇宙に作る必要はねーよ。砂漠だって海だってツンドラだって、不毛の土地は幾らでもあるんだしさ」

仮にここが人造の閉鎖された空間だとしても、そういうとこに作ればいいだけの話だ。

「一季ちゃんはまだ気づいてないのかな？　秋桜ちゃんはもう気づいてると思うけど、勘違いだと思ってるのかな？　それとも言うのが怖いのかな？　海にあんまり行かない静夏ちゃんや冬音ちゃんが気づかないのはしょうがないけど、一季ちゃんが気づかないのは、ちょっと注意力不足かな」

春海は不意に空を見上げた。視線の先を追う。木々の間から見える、一つ目の夜空。真っ白な月。

「月があるのに干満がないんだよ」

どくんっ、と心臓が跳ね上がった。月の引力に引っ張られて、海水面は低くなったり高くなったりすることくらい知っている。

「あの月が偽物だってことの証明だよね？」

開いた口がふさがらないとは、こういうことを言うのだろうな、と思う。

「こんなことにも気づかないなんて、一季ちゃんは本気でこの世界のこと調べてたのかな？」

「春海より本気度は低かったのかもしれないな」

山に行こうと言ったのも春海だしな。それって逆に言えば、春海には俺より本気で調べていた理由があるわけで……。それが、きっと正体だ。

「月のことは置いといて、もっと決定的な、何か、を話してないんだろ？」

もっと、個人的な、何か。

「どうしてそう思うのかな？」

「だってこういう話ならさ、交換条件とか言い出すようなことじゃないだろ？」

「うん。これからがようやく本題。聞かされても困ると思うけど、約束だから聞いてもらうね」

闇の中で、春海の目が、夜行性の動物のように輝いている気がした。

「言えよ」

「人を……誰かを。誰でもいいんだけどね。選り好みするような贅沢を言うつもりはないんだ」

何かを吐き出すように春海が言う。口が動く。

「誰かを殺したいんだ」

突飛な言葉を処理できない。慎重に追跡してたのに気づいていたら転んでいた。そんな感じ。

「心の奥底から沸き起こってくるんだ。実は結構、我慢してたり……」

「我慢って。……あっ！　冬音のぬいぐるみを切り裂いたのって」

「人間とぬいぐるみじゃ全然違うね。ジュースだと思ったらガソリンだったくらいの不快感」

なんだ、これ？　なんだ、これ？　……えっと？　なんだ、これ？

「覚えてないかな？　一季ちゃんがタラノキのトゲで指を切ったこと、あったじゃない。血を見て、私は凄くうろたえてたよね？　人を殺したいんだ〜、って気づいたのは、あの時だから」

「もしかしてその時に俺を殺そうとしたのか？」

「その時は思っただけ」

思い返してみれば、鹿を狩ろうと俺が提案した時も、冬音の作ったロープの輪を見た時も、春海の様子は変だった。もっと春海のことを真剣に考えていれば、こういうことになるって……わかるわけない。こんな壮絶な心理状態を想像するのは不可能だ。

――んんっ？　待てよ？　深夜に呼び出されて、寮から離れてるって……心が軋《きし》む。

「これから一季ちゃんを殺してもいい？」

心臓を掴まれた気がした。今晩、最大の声量で言わせていただきます。

「ちょっと待てッ！」

超巨乳にふれる代償はデカイと思ったけど、ここまでとは！

「大丈夫。今まで我慢したんだから、もう2、3日待つくらいどうってことないよ」

「短い！　もっと頑張れ！　ガッツを俺に見せてくれ！　春海はもっとできる娘だ！」

「う～ん。でも10日我慢しろと言われたら、それはねぇ？」

「ねぇ？　とか言って同意を求めんな！　春海さん。冷静に話をしようじゃないか！」

「冷静じゃないのは一季ちゃんみたいだけど……」

当たり前だ、ボケ！

「なんて呼べばいいかわからないけど、人を殺したいって欲望があるんだよな？」

「うん。殺人欲って言えばいいのかな？」

「その殺人欲と今までの話はどう関係あるんだ？」

質問して、時間を稼ごう。

「ここは殺人に関する実験施設なんじゃないかな？　環境や状況で、人を殺す人はたくさんいると思う。例えば、異民族を殺すのは当たり前な人達とか、戦国時代の武士とか……」

「敵を殺すのが名誉だと育てられたら、俺だって人を殺すかもな」

「うん。だから、先天的な殺人鬼はいるのか？　という疑問に答えるための実験なんだと思う。先天的かどうかを調べるわけだから、記憶は余計だよね？　だから記憶を削除。外部へ被害を出さないため宇宙に作られた閉鎖された空間で実験。つまり私がオオカミ役で、みんながヒツジ役」

全部おかしい！　どこから何を言えばいいのかわからない。

「大掛かりすぎるだろ！　そんな非人道的な実験のために、わざわざこんな空間を作るか？」

「未来ではたいしたことじゃないのかも～。別目的で作られたものを流用したのかもしれないし」

「時代が変わっても命は命だ。静夏だって、人間を殺さないことに説明はいらないって言ってたろ？」

　春海は葛藤してたから、静夏にあんなことを質問してたのか……。

「だから、思うんだよね～。一季ちゃんって人間？」

　ひどい質問に脳がつまづいて転んだ。

「もしかして、アンドロイドとかじゃないのかな？　静夏ちゃんも、秋桜ちゃんも、冬音ちゃんも、みんな本当に人間？　証明できる？」

　ここまで終わった妄想に取り付かれていたとは！

「証明ってどうすればいいんだ」

「解体してバラしてみればわかるかも～。頭の中にネジが入ってたりしてね」

「表情へとつながる回線が切れていて納得～とか？　こんな冗談、どう始末すりゃいいんだよ！」

「あはっ。冗談だとしたら悪質でヘビーすぎるよね」

　本気の方が悪質でヘビーだ。世界の秘密とか妄想とか――そういうのは横に置こう。問題は……。

「本当に人を殺したいんだよな？　そんな告白して、俺に反撃されると思わないのか？」

「実はちょっと期待してたり。だってほら、襲い掛かってくれれば勢いで一季ちゃんを殺せるし」

「逆に殺されるとは思わないのか？」

「思わない。だって一季ちゃんは、私が泣いて、殺さないで、って言えば殺さないでしょ？　自己犠牲が好きな一季ちゃんの性格の問題もあるしね」

「殺されるほどの自己犠牲を発揮するつもりはないぜ」

「でもためらうのは間違いないよね？　逆に私はそういう状況になったらためらわないから」

——春海がこれを本気で言っていると思えない。だって殺すって大変なことのはずだ。こんなに何気なく告白できることとは思えない。

「でもどうやる？　首を絞めるのか？　石で殴り殺すのか？」

春海は傷つけられたかのように唇を尖らせる。

「そんな野蛮なことするわけないよ～。えっとね。これで刺し殺すんだよ」

ブーツの中から取り出したのは大振りのナイフ。

「そっ、そんなもん持ち歩いてたのか。部屋にあったのか？」

「そうだよ～。部屋の引き出しの中に入ってたんだ」

春海の表情は変わらないのに威圧感が凄い。ナイフを持つことで内圧が高まったんだと思う。

「ナイフで殺すのって、石よりは文明的だよね」

心が反転した。醒める。周囲の感覚が遠ざかっていく錯覚。俺ってこういう、心、を持っているんだったな。初めて目覚めた時、同じような気持ちになった。心が壊れているせいなのかな？

心拍数が落ち着き、呼吸が緩やかになる。

「春海の理想のシナリオはどんな感じだ？」

「一季ちゃんを殺して、みんなを殺して、お終いかな。それから先のことは考えられないよ」

「ダメだ。春海の考えだとこれは実験なんだろ？　なら誰も殺さない結果だってあっていいはずだ」

「それはそうなんだけどね～。でもほとんど衝動みたいな感じで、我慢できそうにないんだよ」

「甘ったれんな。我慢しろよ」

「ううっ。……言い方が厳しいよ、一季ちゃん」

「こんなに時に優しくしてもらえる方が変だろ」

「ケーキとか用意されて、みんなに祝福されて感涙を流して、全員殺すのが理想なんだけどな～」

「……我慢できないいっぽいのか？」

「つっこみはナシ⁈」

「そんな安っぽい狂気に付き合ってられねーよ」

「普通に喋ってるだけなのに、安っぽい狂気とか言われた」

普通だと思う時点で狂ってるんだよ。

「で、我慢は無理っぽいのか？」

「正直、わかんない。今までは我慢できていたけど、やっぱり一季ちゃんのこと殺しちゃダメかな？」

こうするしかない、という答えが心の中にある。

「ここまで歩いたんだから、学校まで行こうぜ。刺されたら大声をあげちゃうかもしれないからな。変な声をみんなに聞かせたくないんだ」

「うっ、うん！」

嬉しそうに春海は頷いた。


夜の廊下を並んで歩く。――初めて出会った日に、春海は俺に似てる、って思った。同じ狂気みたいなものをあの時に感じていたのかな？　だとしたら、なんていうか……。嫌な話だ。

3階まで上がって、俺は屋上へと続く階段がある方向と逆向きの行き止まりにある教室を指差した。そこならみんなが興味を持って入る可能性が低いだろう。多少、血が飛び散っても、あとから気づかれる可能性は低いはずだ。こんなことで、みんなを不安にしたくない。

教室は窓から入る月光で藍色に染まっていた。これから起こる事を考えると足の裏の感覚が遠くて、海の中を歩いているみたいにふわふわする。心は平気だが体が過敏に反応してるみたいだ。

「みんな殺すつもりなのに、なんで学校に行こうと提案したりご飯を作ったりするんだ？　殺す予定の相手にそういうことをしたら、情が移って殺しづらくなるんじゃないのか？」

「そういうのは関係ないから。みんなのこと大好きになれそうだから仲良くしたいもん」

春海は終わってる。みんなを殺す前に自分を殺せよ、と思う。でも、それを口にしてはいけない。自分で自分を否定しろ、と言うのと一緒だ。そんなこと俺には言えない。

「もう一度言うけど、殺すのは絶対に我慢しろ」

「ここまで来てそんなこと言うの？　ここに私を連れてきたってことは考えがあるんだよね？」

春海をじっと見つめたままゆっくりと言う。

「無理だったら俺に来いよ」

「今、殺してもいいってことかな？」

「無理だったらって言ったろ」

「今！　今、無理っぽい」

「殺してもいいよ。だけど、一度に殺しちゃダメだ」

「……言っている意味がわからないんだけど」

「俺を殺したら他の連中を殺すんだろ？　だったら3ヶ月かけて俺を少しずつ殺せよ」

「ん～？　……それって、ちょっとずつ一季ちゃんを傷つけていくってこと？」

「言っておくけど、これ以上の妥協はできねーぞ」

「どうしてそんな気の遣い方をするのかな～？　みんなのことがそんなに大事なのかな～？」

「大事っていうより……失うのが嫌なんだ」

「もしかしてそれって私も含めて？」

「当たり前だろ。そうじゃなきゃこんなこと言わねーよ」

「そっか。あはっ。あはははは」

苦しそうに笑う。

「……一季ちゃん、全然わかってないね。自己犠牲されたら重たいよって、私、前に言ったよね」

「……だったらこの場合は他にどうすりゃいいんだよ」

春海はキスするみたいに顔を近づけ、叩きつけるように叫ぶ。

「私を殺せばいいじゃない‼」

そんなこと思えるなら最初っから思ってるし、そんなことできる自分なら春海を殺している。なんとなくだけど……。わかっている。俺は人を殺したことがある。でも、こうやって一緒に暮らした人を殺すほどの強さを俺は持っていない。そういう自分だけは、信用してやってもいい気がする。

「俺は絶対に春海を殺さない」

「ここまで言ったのに！　ここまで素直に喋ったのに！　ここまで告白すれば殺してくれるって思ったよ！　なのに自分から殺されるのを志願するなんておかしいよ！」

「心が壊れてる人間にそんなこと言ってどーすんだよ」

「せめて自殺しろって言ってよ！　言うべきだよ！」

泣きそうな声で叫ぶ。なんだ。さっきは終わってるだなんて思ったけど、ほっとするというか、拍子抜けするというか……。そういう考えはよくないな。安心した、が的確な表現なんだと思う。狂っているわけでも壊れてるわけでもない。

「春海は人を殺したいだけなんだろ？　そんなの自分を殺すほどのことじゃない」

「ほどのことだよ！　……どうしてこんな私まで受け止めようとするのかな？」

春海の口端から引きつった笑いが漏れる。

「そっ、そんなの無責任じゃないかな？」

「無責任じゃないよ。責任を持って受け止めてやるって言ってるんだよ」

「……一季ちゃんって凄いんだね。でも、その言葉が嘘だったら怒るよ」

「怒る前に、惚れろよ」

春海はびくんとのけ反った。

「かっ、カッコイイ！」

「だろ？　カッコイイんだよ、俺は」

「………でも。少し殺すだけで私は我慢できるかな？　そもそも、私のためにそこまでしてくれるのって、なんだか怖いよ。私のは自分じゃ抑えられない衝動だけど、一季ちゃんはちゃんと考えて言ってるんだよね？　そっちの方がずっと異常だと思う」

異常だろうがなんだろうが、それ以外の方法が見えないのだ。

「いいから、決めろよ」

春海は小さく、硬く、頷く。

「ありがとう。これから少しだけ一季ちゃんを殺すよ」

「最初だから内臓はダメだぞ。一発で死んでしまう。顔とか腕とかの肌が露出する場所もナシ。みんなに見られて不審がられたら、お互いに困るだろ？」

「じゃ、どこにしようか？　膝の裏とかは？」

「腕がちょっと動かないとかだったらごまかしようがあるけど、歩けないのは不審がられるだろ？」

「意外と条件に合うのはないかも～。太い血管が通ってる場所も避けた方がいいよね」

「動脈が切れて出血多量で死ぬのは避けたいな。あっ、そうだ。足の裏はどうだ？」

「ええっ⁈　そこなの？　泣いてしまうほど痛いと……一季ちゃんはどうでもいいんだったね」

「どうでもいいってことはねーよ。痛覚はあるんだぞ。靴下を脱ぐからちょっと待ってろ」

「私も準備するね」

遭難した時に使っていたのと同じオイルライターで、ナイフの刃を炙《あぶ》る。

「殺菌。一季ちゃんが病気になったり、傷口が化膿したりしたら困るから……」

嬉しい気遣いだ。

俺は椅子に座って、素足を春海に差し出す。

「刺すよ」

春海は左手で俺の足の親指を握ると、右手でナイフを構えた。

「貫通すんのはやばそうだから、やめてくれよ」

「うっ、うん」

刃の先端が震えて脚の裏をくすぐる。すぐに音。ズブッとかグサッとかそんな音じゃない。バリッ、だ。帆船の帆に使えそうな硬くて厚い布を切り裂いたら、きっと、こんな音。遅れて、こつん、とナイフの切っ先が骨に当たる音がした。その瞬間、どういう仕組みになっているのかわからないけど、強い耳鳴りがした。目の前で火花が散る。藍色だった教室が、一瞬、真っ白に。光を強く感じる。

「あっ、はっ！　ンンッ！」

夜の猫みたいに目を輝かせた春海が、ゆっくりとナイフを下へ動かした。びびっ、と鳥肌が立つ。

どう神経が連動しているのか、肩が勝手に大きく痙攣した。

「一季ちゃんの命を感じる気が……はぁはぁはぁ、すっ、するよ。一季ちゃん、痛い？　痛いよね？」

「そりゃ、痛いよ。くっ。あっ……」

「かっ、一季ちゃん。あっ、はぁはぁはぁ……。一季ちゃんを刺すの、気持ちよかった」

「それはかなりの変態さんだな」

「うわっ。血！　血、どうしよう！　ナイフを抜いたら血がたくさん、出てきたよ」

刺されることばっかり考えていて、その後のことを全然考えてなかった。

「どっ、どうしたら！　えっと……。あっ、下の階にあった救急箱を持ってくるから待ってて」

そう言い残して、春海はパタパタと教室を飛び出していく。

単純に麻痺してるだけなのかもしれないけど、痛みはもうそれほどでもない。ナイフが刺さってから数秒後くらいが一番痛かった。

——春海、興奮してたな。エッチなことをした時よりも、ずっとエロい顔をしていた。

「大丈夫？　まだ死んでないよね？」

「まだって嫌な言い方だな」

「最初ので殺しちゃったら申し訳ないもん」

その心配をするのはわかるけど、嫌な気の遣い方だ。春海はオロオロしてから振り切るように言う。

「止血剤っぽいのがなかったけど、針と糸があったから、これで！」

本当にそれしかないのか？　素人に縫えるものなのか？

俺は救急箱を奪い取って中を見る。

「針と糸は置け、フィブリンジェルがあるじゃねーか！」

「えっ？　それって何なのかな？」

「メジャーな止血剤だぞ。もしもの時のために、家には必ずあると思うんだけど……」

どっちの記憶が正しいんだ？　いや、そんな大げさな話じゃないか。家にあっても名前は知らないなんてこともあるだろう。

「接着剤みたいな成分も入ってて、すぐに血が止まるんだよ」

「塗り薬なんだよね。私に塗らせて。こういうのは私がしないといけないと思うんだ」

春海は俺の手からチューブを奪い取り、自分の指先にクリーム状の薬を乗せて傷口に塗る。

「あっ……。こっ、これ凄いね。塗ったところから出血が止まっていく」

春海が傷口をそっと指先で確認して、足を両手でがっしりと掴んでから唇を押し当て、

「んちゅっ。んむっ、ちゅっ」

「なっ、何をしてるんだ？」

「私のために流してくれた血だから、ちゃんとしてあげないといけないと思ったんだけど？」

「……それが春海の、ちゃんとなのか？」

春海は不安そうに俺を見上げる。

「へっ、変だったかな？」

「……いや、そんなことないかもしれないけど、足なんか汚いだろ」

「だったら余計に綺麗にしてあげたいと思うよ」

「春海の気が済むんだったらそれでいいけど……」

「うん。それじゃ、続けるね……。んっ、んっ」

俺の足の裏を舐め回す。熱くぬるぬるした感触。足の裏が痛くて、くすぐったくって、気持ちよく

て、どうしたらいいのかわからない気持ちになる。

足を舐め続ける春海の肩が小刻みに震えだした。

「かっ、一季ちゃん」

頬を伝った涙が、ぽたっ、と床に落ちた。

「なっ、なんで私は人を殺したいなんて、ひどいこと思うのかな？　納得できる理由があるのかな？

……そんなのわかんないよね。困らせて、ごめんね」

春海は綺麗に血を舐め取ると、俺の足を離す。

「納得できる理由があってもなくても、そういうのが春海なら受け入れるしかないだろ」

「一季ちゃんを刺したのが嬉しいなんて、こんなの！　……死にたいよ。やっぱり、殺してよ」

「やだ」

「そんなあっさりとした断り方はないんじゃないかな？　こんなことを本気で続けるつもり？」

「だから、苦しくなったら俺に来いよ」

春海は嗚咽を噛み殺す。

「どうして、そんなこと言うの？　意味がわからないよ」

「俺は痛みに耐えるのが上手みたいだし、死ぬのは平気じゃないけど、耐えられると思う。これって心が壊れてるからだろ。だったら、壊れてることに意味があったんだって思えて安心する。それに、みんなが冷たかった時に、春海は話しかけてくれただろ？　あれには助かったから、それの恩返しだ」

崩れるように春海は床にペタンと座り込んだ。

「……一季ちゃん」

真っ直ぐな視線に射抜かれる。

「俺、もしかして変なことを言った？」

気づいたら口が軽くなってしまっていた。

「一季ちゃん。惚れました。出会った時から好意みたいなのはあって、だから、その……もっと好きになってもいいですか？　あはっ。びっくりしないで欲しいな。好きじゃなかったら、胸をさわらせてあげたりしないよ〜。それに、ここまでされて、好きにならない女の子なんかいないよ」

「でもさ。俺なんか好きになっても、いいことなんか絶対にないぜ」

「分かりきったことを言わないで！」

ピシャリと言われてしまった。

「別に一季ちゃんに私のことを好きになれなんて言わないけど……私は好き。迷惑かもしれないけど知って欲しかったんだ」

……俺が春海の気持ちを受け入れることができるのか？　それが問題なんだよな。

「迷惑なんかじゃねーよ」

「ほっ、本当に？」

俺は春海を受け入れよう。ここまでして、受け入れない方がどうかしている。

「うん。だから、ほら、来いよ。抱きしめるからさ。……そういうことで間違ってないよな？」

「全然、間違ってないと思うけど、そんなことまでしてもらっていいのかな？」

「いいよ。俺だってそういうこと、してみたいんだからさ」

ぎゅっと春海は俺に抱きついた。柔らかい感触と温もり。それと、俺の血の匂い。切っ先に鮮血をまとったままのナイフが虚ろに天井を見上げている。

傷口が開いたら面倒なので、一本道を来た時の3倍くらいの時間をかけてゆっくりと歩く。

「足の裏にあんな傷があるのによく歩けるね。肩を貸してもいいんだけど……」

「逆に歩きづらいからいいよ。それに左足の裏はただ地面に置くだけで踏ん張ってないから」

「ただ地面に置くだけでも激痛だと思うけど、一季ちゃんは気にならないんだよね？」

「気にはなるって。もうこの話はいいだろ」ここらへんのことは、どう説明しても理解されない。

「静夏ちゃんを驚かせちゃうから、この服を洗濯機に入れておくわけにはいかないよね」

月の光だとあまり目立たないけど、血の点々が制服のあっちこっちに付着していた。

「血って洗ったら落ちるのか？」

「すぐに洗えばね。もう時間がたっちゃったから、手洗いでゴシゴシしてもなかなか落ちないかな」

「だったら、捨てるしかないな。適当な場所に埋めておくから、後から制服をくれよ」

「でも、私達だけ洗濯物を出さなかったら、静夏ちゃんが変に思わないかな？」

「新しい服を洗濯機に入れておけばいい。干す時にチェックするけど洗う前はしないだろ？」

「は〜。一季ちゃんって意外と悪だね」

春海は、ととっ、と早足で俺の前に回り込む。

「3ヶ月保つかな？　それに3ヶ月たったからって殺人欲が消えるわけじゃないよね？」

「春海の想像が本当なら、実験が終了したら手当てしてくれる。間違っていても、カウンセラーか心理学者がどうにかしてくれるって。3ヶ月。そこから先のことは考えてもしょうがないよ」

50キロ走ってから、もっと走れと言われても無理だけど、あと1キロ走れ、と言われるならできるかもしれない。具体的な数字が必要だ。

「一季ちゃん。私、がんばるよ」

月の光に照らされて、春海の白い肌が、青ざめて見えた。緑の香りを抱えたそよ風に揺れる春海の前髪が、おいでおいでをしている。

【33日経過】

納屋にあったジャガイモの数を確認して寮に戻ると、無音だった。強い風は吹かないし、虫もいないし、近所なんて存在しない。音があまり存在しない。だから誰もいない、とすぐにわかる。

肩を回しながらリビングを見回す。背中が突っ張る。4日前、春海に背中を時代劇みたいにズバッと切られたのだ。後ろから巨人に背中をつねられてるみたいな感覚が気持ち悪い。切り傷を早く治す手段があれば……って！　なんで今まで気づかなかったんだ？　湯治《とうじ》！　ここの温泉がどういう成分なのかは知らないけど、体を温めるだけでも傷に効果があるんじゃなかったか？　せっかく誰もいないんだし、ゆっくりと風呂に入るか。

脱衣所で服を脱ぎ散らし、横開きのドアを開け風呂場に入った瞬間、今まで夢見ていた光景が唐突に現れた。裸の静夏と秋桜。網膜に二人の裸が焼き付く。焦げ付く。

「きゃあああっ！」

秋桜が胸を隠して悲鳴を上げた瞬間、静夏が走った。いや、疾った！

――えっ？　視界から静夏の姿が唐突に消えた半瞬後、視界の隅に影。

「うおっ?!」

俺は身を屈めつつ後ろに倒れるようにバックステップ。ぶんっ、とうなりを上げて、鉄の棒が顔面スレスレを通り過ぎた。風に巻き込まれて前髪が揺れた。ぞぞっ、と鳥肌が立つ。

「ちっ」

冷酷な舌打ちが響く。死角から攻撃するため、横に跳ねて俺の視界から姿を消したのか？

静夏の綺麗な体がバネのように縮んでから、ぐんっ、と俺に向かって伸びた。

「次は外さないわ」

俺は頭を抱えるように防御しながら、手足を振り回して廊下に飛び出した。

鼻血を噴出しながらぶっ倒れたりしたかっただけだ！　やだーエッチ！　とか言われたかっただけだ！　こんなリアルな暴力は違うッ！　春海の場合は確認を取ってゆっくりと殺意をぶつけてくれるから覚悟する余裕がある。だけど静夏のは衝動そのものだ。

──行き止まり?!　初日に静夏が壁を殴りまくっていた場所に俺はいた。壁に背中をぴったりとくっつけて振り返る。殺気のオーラを漂わせた静夏がゆらりと近づいてくる。

「うふふっ。覚悟はいいかしら？」

「そっ、その前に服を着ろ！　服を！　見えてる！　いろんなとこが見えてるって！」

「死にゆく人へのサービスだと思えば慈悲深い自分に酔えるわ」

「そんなもんに酔うな！　あと慈悲深くないし、サービスだとも思えねーよ！」

せっかく裸の女の子が目の前にいるのに！　可愛い女の子が裸なのに！　恐怖しか感じない！

「私だけ武器を持っているのは卑怯ね。それを大きく膨らませる時間をあげるわ」

「こんな場面で興奮できるか！　だいたいこれは武器じゃねーよ！」

「嘘だわ。私だって、それが刀や拳銃に例えられていることくらい知っているのよ。バールの曲がった部分の先端か裏か、どっちで頭を砕かれるか、選ばせてあげるわ」

「結果は一緒だ！　まず互いに大切な場所を隠そう」

俺は股間を隠し半分背中を見せる格好をする。

「笑止！　そうやって自分が両手を使って隠せば、私がバールをつい離してしまうと……一季ッ！」

ばんっ、と静夏はバールを投げ捨てて俺に駆け寄ってきた。

「どうしたのよ、背中のこの大きな傷！」

「お～い、一季！　生きてるか?!」

下着姿でパタパタと廊下を走ってきた秋桜が絶句。

「しっ、静夏……。裸を見られて怒るのはわかるけど、そこまで残酷なことをしなくても……」

「違うわ！　バールで殴っても陥没するだけで、こんな切り傷はできないわ」

しまった。二人が言っているのは俺の背中の大きな切り傷のことだ。

「えっ、えっとだな。その……これは前からあった古傷なんだ」

口から出まかせで嘘をつく。

「古傷にしては生々しいぞ。これは新しい傷なんじゃないのか？」

かっ、考えろ。喋り続ければどうにかごまかせるはずだ！

「なんでか治りが遅いんだよ」

静夏が真剣に俺の目を見る。

「……今、一季は本当のことを言っているのよね？」

「本当のことだよ。っていうか、胸を隠せ！」

「胸なんかどうでもいいわ。一季は今、私と秋桜に本当のことを言ったのね？」

「本当のことだよ」

静夏はそこでようやく胸と局部を両手で隠した。

「なんだか可哀想だし……。私達の裸を忘れるなら、今日のことは許してあげるわ」

「完璧に忘れた」

力強く断言。

「……秋桜の乳首の色は？」

「ぴん……ッ。多分、緑色だったと思う。エメラルドグリーンだったと思う」

「本当に忘れたようね。湯冷めしてしまうから私と秋桜はお風呂に入り直すわ。一緒に入る？」

「はっ、入りません」

そっ、残念だわ、と言い捨てて、静夏は秋桜を連れて廊下を戻っていった。

小さくて可愛いお尻だなぁ、なんてことを、その時になってようやく思うことができた。


俺はリビングで、湯上がりの二人に挟まれるように立っている。

「改めてどうしてのぞいたのか説明してもらおうか。お願いする過程を抜いて、結果だけを手に入れよう、という考えがボクは好きじゃないな」

その言い方だと頼めば見せてもらえるんだろうか？

「俺も普通に風呂に入るつもりだったんだ。そっちこそ、なんでこんな時間に入浴していたんだ？」

「昼前から静夏と一緒に釣りに行っていたんだ」

「ハッキリ言ってしまうけど、私と秋桜はちょっと気が合わないところがあったわ。だからあえて一緒に行動してみたのよ。それで喋っているうちに口論になってしまったのだわ。ほら、そうなりそうな時は春海が止めたり、冬音が冗談を言ってうやむやにしてくれるんだけど……」

「エスカレートしてしまったんだ。口論しているうちに、静夏が足を滑らせて海に落ちてな」

「助けてくれようとした秋桜まで落ちてしまって、大変だったわ。冬の海って冷たいのね」

「なんとか這い上がって……。そしたらなんだか今までのこと、どうでもいいと思えたんだ」

「そうね。互いに些細なことでギクシャクしていたんだってわかって、笑ってしまったのだわ」

そんな青春ドラマみたいな出来事が……。

「体が冷えたから二人でお風呂に入っていたんだ」

「秋桜は最近、みんなの裸を観察するみたいに見るから、エッチなことされるかと思ったんだけど、何もなかったわ。そういえば前に一季の裸を見たいと言ってたじゃない。夢がかなってよかったわね」

「ボクはエッチな意味で言ったわけじゃないんだぞ！」

「他にどういう意味があるのかしら？」

異性の体に興味ある年頃なのかもな。

「だから！　……もう、いい！　で、一季はなぜことに及ぼうと決意したんだ」

「ことに及ぶ、とか言うな。温泉は傷にいいって聞いたことがあるのを思い出しただけ」

「一季に自分の傷を気にする能力があるなんてほっとしたわ」

「気づいた時からあった傷ということは、最短でも1ヶ月以上前の傷ということだよな。それなのにあんな生々しいってどういう傷なんだ？」

「俺にもわかんないって。記憶喪失なんだからな」

わかんない、と言い張ればどうにかなるはずだ。

……結局、そういう傷もあるのだろう、という結論で話をうやむやにして終わらせることができた。


【45日経過】

みんなで登校している途中、秋桜が急にもじもじして立ち止まった。

「先に学校に行っていてくれないか？　なんだか朝からお腹の調子が悪くてさ。そっ、それじゃ……」

小走りで来た道を戻っていく。

冬音は秋桜の背中を見つめる。

「みんな同じモノを食べているはずなのに、秋桜さんだけお腹を壊すというのも変な……あ〜。魚の呪いです。魚の立場で見れば、秋桜さんは大量殺戮者ですからね」

「呪うなんて高度なことをする知能が魚にあるのか？」

「魚をバカにしてはいけませんよ、一季さん。……とは言ったものの、魚の知能に関する知識がないので話を膨らますことはできませんが……」

「相変わらず寒気がするほど適当に喋ってるな……」

「一季さんにも誰かを呪うなんてことはできないでしょう、とだけ言っておきましょうか」

「それって俺の知能が魚並みだって言いたいのか？」

春海は心配そうに、遠ざかる秋桜の背中を見つめる。

「そういえば食欲もあんまりなかったみたいだし。……女の子の日かな？」

「その可能性は高いけど……興味を持って聞き耳をたてている男の子もいるのだわ」

「聞き耳を立ててはいねーよ」

というかそういう生々しい話は聞きたくねーし。

「秋桜が先に行ってろ、と言ったのだから、私達は学校に行きましょう」

【50日経過】

夜の教室。春海が俺の胸に切っ先を当てる。

「体重をかけたら一季ちゃんは死んじゃうよ？　死ぬってわかってるのに逃げないのは私のことを信用しているってこと？」

「してるよ。春海は俺のこと、好きなんだろう？　好きな人との約束は破らないだろ」

春海が無邪気に頷く。殺人欲は相当にまずいことになってきているのを実感するけど、なんとかここを乗り切ってしまえば……。どうにかなるんだろうか？

「今日も少しだけ殺すね」

銀色の先端に押されて、胸の肉が少しへこんでから皮膚が割れた瞬間だった。

──唐突にドアの開く音が響く。

「春海ッ！　やめろッ！」

背筋が氷柱に変わってしまったような気がした。愕然とした春海が震える声で言う。

「……あっ、秋桜ちゃん？」

振り返った先にいたのは秋桜だけじゃない。静夏と冬音もいた。

「春海！　何があったのかは知らないけど、落ち着いてナイフを降ろすんだ」

秋桜の声に反応して、春海の中で何かが揺らぐ気配があった。俺は咄嗟に春海の手首を強く握って、ナイフを奪い取る。ここで春海が誰かを殺したら、今までやってきたことが台無しになってしまう。

俺は教室に入ってきた三人を見回す。

「えっと……。こんばんは。みんなどうしたんだ？」

「ここでボケる度胸はないですね。なんせ今の一季さんは全身でツッコミ待ち状態なわけですし」

秋桜はカツンと床を靴底で叩くようにして前に出る。

「どうして一季を殺そうとしてたんだ？」

「そっ、それは……ンッ？」

春海の手首を握る手に力を込めて、黙ってろ、と合図する。

「俺が痛みに鈍感なことは知ってるよな？　……痛みに鈍感なせいなのか生きている実感があまりないんだ。だから春海に切ってもらってたんだ。性癖みたいなもんだよ」

無表情の静夏が言う。

「ふ～ん。わかりやすい話だわ。死に近づけは、生を意識する、ということね」

「どうしてみんなに相談してくれなかったんだ？　春海を選んだ理由があるはずだろ？」

「春海ならそういうことをしてくれそうな気がしただけだよ。直観で選んだだけだよ」

「そんなことを一季に頼まれたらボクなら誰かに相談する。でもボク達は春海に相談されてないぞ」

「俺が誰にも言うなって言ったんだよ」

「それなら春海を選んだ理由を教えてくれ」

「さっき答えただろう。直観だよ」

「本当に一季が春海を選んだのか？　春海が一季を選んだんじゃないのか？　冬音の人形を刃物で切り裂いたのは春海だろ」

この確信がありそうな喋り方。秋桜は何を知っているんだ？　――指紋じゃないよな？　警察にあるような道具が、寮にあるとは思えない。ということはカンか？

「静夏も秋桜も冬音もやってないから消去法で春海が犯人だ、と言うわけじゃないだろうな」

「今、わかったんだ。あのことが気になって冬音にぬいぐるみを借りていろいろ試してたんだ。ぬいぐるみって柔らかくて切りづらいんだ。寮にある刃物だと、あんな風に綺麗に切ることなんて絶対にできない。ハサミの切れ方とも、繊維の乱れが違った。だとしたら犯人は切れ味の鋭い刃物を隠し持っている人だ、という結論に達するしかないだろう？」

「あははは、秋桜ちゃんって名探偵だったんだ～」

「こんなの推理でもなんでもない。だって目の前の証拠を見るまで答えにたどり着けないんだから」

「そうだよ。冬音ちゃんのぬいぐみを切ったのは私だよ～」

なんでもないことのように言う。

「わっ、私。春海さんの恨みを買うようなことをしたでしょうか？」

「ごめんね、冬音ちゃん。アレは……えっと代償行為って言えばいいのかな？　……秋桜ちゃん。今までの話し方だと、みんなを連れてここに来たのは偶然じゃないんだよね？」

「……うん。血がたくさんついた制服を海岸に捨てただろ？　それを見つけちゃったんだ」

俺は寮の裏に穴を掘って埋めたはずだ。血の匂いに引き寄せられた動物が掘り返したりしたのか？

「血がついてるんだから、誰かが怪我をしたってことだ。だけどお風呂でみんなの裸を見ても、そんな怪我をした様子はない。怪我をしてるのは一季だけだ」

風呂でみんなの裸を観察してたのも、俺の裸を見たいと言っていたのも調べるためだったのか……。

「制服についていた血は、一季を切った返り血ってこと。……そしてごめん。通学中に急に帰ったことがあっただろう？　あの日、みんなの部屋に勝手に入って制服の数を確認した。何度、数え直しても春海だけ1枚足りなかった。だから、気になって二人をそれとなく観察していたんだ。そして今日二人が出かけていくのを見かけたから……みんなを連れてあとをつけたんだ」

「……気になってたなら、どうして今まで黙ってたんだ」

「何かを見つけるまで言えなかった。だって一季はごまかすだろう」

秋桜は絞り出すように言った。

「こうなってしまったのだから、本当のことを言って欲しいし、そうするしかないと思うのだわ」

静夏にうながされ、春海は囁くように、それでもみんなの耳に届く声量で、言った。

「私ね、殺人鬼なんだ。誰かを殺したくてたまらないんだ。嘘じゃないよ？　今だって、みんなのこと殺したい。殺人欲があるんだ。ご飯を食べないとお腹すくよね？　それと一緒。誰かを殺さないと心が飢餓状態になっちゃう」

カタカタと窓ガラスを撫でる風の音が、笑ってるみたいに聞こえた。

「そんなところじゃないかと思っていたわ。…………一季からツッコミがないから、自分で訂正するわ。そう思っていたのは嘘だけども」

「……こういう時に面倒なことを言うのはやめろよ」

「今はこういう状況なのかしら？　殺人鬼らしく、一季を殺そうとしていた、と。……でも変ね。前に返り血を浴びたそうだけど、それなのに一季が死んでないのはどうして？」

「私がみんなを殺してしまわないように、3ヶ月かけて少しずつ殺されることを志願してくれたんだ」

「少しずつ殺すというのは、簡単には死なないように一季を切り裂いていくということかしら？」

確認するように言った静夏に向かって春海が頷いた瞬間、俺は秋桜を怒鳴りつけてしまった。

「春海を嗅ぎ回ってみんなの前で暴いて、それでどうにかなるのか？　みんなを殺したくないから隠してたんだぞ！　みんなと仲良くできていたのに、こうなったらもうできない！　誰が得するんだ！」

秋桜に悪意があったわけじゃない、俺と春海を心配していただけだ、ってわかってるのに……。

静夏のやけに低い声が響いた。

「春海は本当の本当に、私達のことを殺したいの？」

「……みんなのことは大好きだけど。それとは別にみんなのことを殺したいよ」

「春海は一季を殺すつもりなの？」

「できれば殺したくないと思っているけど。わっ、わかんないよ！　私、こんなんだから！」

「実際、一季の体に傷があるみたいだし。春海は本当に少しずつ一季を殺していたようね」

「……本当だよ。こんな時に、嘘なんかつけないよ」

　静夏は納得したように何度も頷いて
「春海は一季のこと好きなの？」

「えっ?!　うっ、うん。……大好きだよ」

「そっ。言っておくけど、私もその男のこと好きなのよ。だから勝手に殺されては困るわ。でも、なんて言うか……。その様子だと、すっかり春海のモノになっちゃってるみたいだし」

「わっ、私のモノだなんて、そっ、そんなんじゃないよ」

「一季が壊れているとしても、春海のモノだって覚悟もなしに自分を少しずつ殺させたりはしないわ」

「……そっ、それは一季ちゃんが優しいだけで」

「優しさだけでこんな惨状を語るのは無理だと思うのだけど……。二人がこれでいいと言うなら、これでいいんじゃないかしら？　どうぞご自由に」

　冷たく、突き放すように静夏は言い放った。

　春海は力なくうつむく。

「私、寮に戻らない方がいいよね」

「そうね。私は春海のこと好きだけど、何かが解決するまでは一緒に住めないわ」

「私、学校で暮らすね。みんなともう会わないようにするよ」

「一季にここまでのことをさせて、自殺なんかしたら許さないわよ？」

「……うん。そんなことしたら一季ちゃんに悪いよね」

「一応言っておくけど、自殺なんかしたら、私が代わりに一季を殺すわ。私は約束を絶対に守るタイプだから。私に一季を奪われたくないんだったら死なないことね」

「あはっ。そうならないように努力するよ」

「……努力ね。あっ、そうだ。前から春海に教えて欲しいことがあったのだわ。今、いいかしら？」

静夏は教室の隅にあるアルミ製の掃除用具入れの扉を開けると、バケツやモップを乱暴にかき出す。

「どの掃除用具入れにも変な数式が書いてあるわ。春海ならわかると思うのだけど？」

「どこに……きゃっ⁈」

掃除用具入れに近づいた春海の背中を押して中に突き入れると、バタン、とドアを閉め、「てやっ！」と流れるような動作でバールを取っ手に通した。

「しっ、静夏ちゃん？　あっ、開かないよ⁈　静夏ちゃん⁈」

揺れる掃除用具入れを押さえる。

「一季に春海の私物を運ばせるわ。それまでここにいて。私達がいない間に飛び降り自殺でもされたら私の目覚めが悪くなってしまうわ。……死なさないわよ、春海」

みんな黙り込んで通学路を歩く。あんな事実を知ったら心の置き場を探すだけで精一杯なはずだ。

静夏は冗談っぽく言う。

「掃除用具入れに春海を監禁したままというわけにはいかないかしら？」

「無理だろ。中で本気で暴れたら、あんな取っ手、簡単に壊れるよ」

「私達は春海を殺したくないのに、春海は殺《や》る気ってことが問題なのよね」

　極端に言ってしまえば殺し合いになったら俺達は確実に勝てない、ということだ。

「限界が来たら交代ね。一季が死ぬ寸前まで傷つけられたら、今度は私が少しずつ殺されるわ」

「静夏は俺みたいに痛いのに耐えられないんだろ。それに女の子の体に残るような傷がついたら……」

　静夏は呆れたように俺を見上げて、

「痛いのは嫌いだし傷が残るのも嫌。でもそんなのたいした問題じゃないわ。私が痛みに耐えられないのなら、両手両足を縛って転がしておけばいいだけの話。私が泣き叫んで死にかけてもいいの。一季が死ぬよりはずっとマシよ。前に一季も言っていたけど、痛いのなんて痛いだけのことだわ」

「ごめん。ボク、余計なことをしたんだよな？」

「さっきはカッとなって叫んで悪かった。俺の心配をしていろいろ調べてくれてたんだもんな」

「春海が本当のことを喋り出した時、春海が自殺するしかないと思った！　それ以外に解決方法なんかないって……。みんなが沈黙した時、これは早すぎる葬儀の時間だって、残酷な時間だって思った。でも残酷なのはボクだけ。同じ時、一季や静夏は自殺させない方法を考えてたのに……」

「秋桜さんが普通です。一季さんや静夏さんの方がおかしいんです」

「ボクが春海を追い詰めたのに死を望んだんだぞ。自分がこんなに冷たい人だなんて思わなかった」

「俺は秋桜を冷たい人だとも、間違っているとも、思わないよ。秋桜は春海に死ねとは言わなかっただろ。それで充分だよ。思うことと行動することとは別だからな」

　冬音は同感するように頷く。

「一季さんだって私達のおっぱいさわりたい、と思っても行動はしませんもんね～。……あれ？　みなさん唖然とされてますけど、どうしましたか？」

「おまえが一番、壊れてると思うぞ」

このタイミングでそんなこと言うなんて異常すぎる。

「そうだ。私からのアドバイスです。辛い時や苦しい時は、わは～ん、と叫んでください。私にもなぜだかわかりませんが、心がすーっと楽になって楽しい気持ちになります」

口の中で呟いてみたけど、少しもそんな気持ちにはならなかった。

【62日経過】

俺の上着のボタンをぷちぷちとはめていた春海が、顔を上げて夕日に染まる窓の外を見た。

「もう、日が暮れちゃうんだね。……今日もありがとう」

「どういたしまして」

ここ数日でわかったのは、結構深く切っても意外と大丈夫ということと、傷口は消毒しないほうが治りが早いということ。きっと、消毒すると傷を治すのに役立つ菌も死ぬんだと思う。それと回復スピードは明らかに早くなってる。人間って結構頑丈だ。文明に馴れきっていても獣だった時の本能はまだまだ残っているらしい。野生の俺だ。

「一季ちゃんの体、傷だらけになっちゃったね」

「どうってことねーよ」

「よかった。……一季ちゃんのことまだまだ殺せるね。一季ちゃんのこと大好き」

俺を少し殺したあとは、いろいろと不安な気持ちがたまってしまうのか、春海は甘えん坊になる。

春海はぐりぐりと頭を俺の胸に押し付けながら、顔を上げて頬擦《ほおず》りする。

「よーし、よしよし」

後頭部をわしゃわしゃとなで回す。

「あはっ。そんな風にされたら、自分が犬か猫になっちゃったみたいだよ～」

「犬か猫ならお腹もなでてやるよ」

手で円を描くように、春海の腹をくにくにする。

「犬はなんでお腹を撫でられるのが好きなのかな？　トロンとなるほどは気持ちよくはないよね？」

あっ。これって胸をさわれるタイミングなんじゃ。

「春海はこっちの方が好きだもんな」

「きゃっ！　あっ、はっ……ンッ」

どんな時でも、その機会だけは逃したくない！

春海は、びくんっ、と腰を痙攣させる。

「ペットを……いじめちゃ……だっ、だめだよ」

「ペットなら、くう～ん、か、にゃ～ん、と言ったらどうなんだ？」

「え？　……くう～ん、くぅ～ん。あっんっ、くぅっ。ダメだよ、一季ちゃん！」

春海は俺から離れて肩で荒い息をする。

「へっ、へんな世界に連れ込まれちゃいそうだったよ」

「ほら、ポチ、おいで。わんわんっ、っておいで」

「わんわんっ！　じゃなくて！　もうすぐご飯の時間。一季ちゃんよりご飯の方が大事ってわけじゃないんだよ？　だけど、その……エッチなことをしてる時に空腹が気になって集中できなくなったら嫌だし、お腹がぐ～っと鳴ったら恥ずかしいよ。……ご飯を作ってくるね」

校舎にはちゃんとした家庭科室があって、電気コンロも炊飯器もそろっているのだ。

春海が教室から出て行くのを確認してから、夕焼けに染まった外を見つめる。

――死ぬっていったい何だろう？　死にかけている俺は、死んでるわけじゃない。死か……。考えてみればこの校舎だって、死んだ木の集合体。生きている俺だって、魚や野菜の死の集合体と言えるのかもしれない。気づいてみれば死の集合体だらけだ。俺達は死に囲まれてる。

――何かが掴めそうな気がするのに、何も掴めないってわかっている、思考。

頭の中に死が蓄積されていく。体中に死が刻み付けられていく。

【70日経過】

基本的には学校で春海と暮らしているけど、1日置きくらいのペースで、俺は寮にも顔を出している。俺を玄関で出迎えた秋桜が、

「結果はどうだった？」

「……ん～。涙を流して感動してはいたよ。だけど、それだけだ」

「お手紙作戦も功をなしませんでしたか……」

みんなに、春海への思いをつづったテキストをノートパソコンに打ち込んでもらったのだ。

「感情の方から殺人欲を抑制するのは無理っぽいな」

いろいろと試したのだが感動はしても殺人欲が消える、ということはなかった。

「まあまあ、お茶を入れましたので飲みながら考えましょうよ」

冬音がみんなの前に湯呑を置く。

秋桜はそれを両手で抱えて言った。

「……ビワ茶の作り方は春海が教えてくれたんだったな」

俺は右腕で持ち上げた左腕を何気なく机の上に置く。

「改めて聞くけど春海の考えをどう思う？」

「ここが宇宙コロニーで、殺人鬼実験が行われているという話ですか……」

春海の考えはみんなに伝えてある。非現実的な話だが俺達はそれを否定する証拠を持ってない。

「言い忘れていたけど、潮の満ち引きはあったぞ。海岸にマークをつけて調べたんだけど、数センチの干潮はある。ただ、ほとんどないのも確かだ」

「それって何を意味するんだ？」

「まず考えられるのは、海じゃなくて巨大な湖だって可能性。水の量が少なければそれだけ重力の影響は少なくなるからな。でも日本近海で獲れる魚ばかりいるから、湖って可能性は低いと思う。海岸の地形の問題じゃないかな？　どういう条件でそうなるのかまでは知らないけど……」

「でもそこを否定したところで、あの円柱に説明をつけないと、どうにもならないですよね」

「事実がどうだろうと春海の考えに乗った方がいいかもしれないとボクは思う。誰も殺しませんでした、という実験結果を出せばいいだけなんだから」

設定から崩していくのが無理なら、設定に乗った上でどうするかを考えたほうが建設的かも。

静夏の手が湯飲みに当たって倒れ、お茶が俺の手の甲にかかる。

「大丈夫？　火傷してないかしら？」

「火傷するような熱湯じゃないから大丈夫」

俺が腕を机の上に置いたまま、近くの布でお湯を拭き取るのを見ていた静夏は唐突に立った。

「誰かトイレに行きたい人はいない？　お腹の具合から考えるに長くなってしまいそうだわ。だから、行きたい人がいるなら先にどうぞ」

みんな首を横に振るのを見て、静夏はすたすたとリビングを出ていった。

「ここに残るわけにはいかないんですか？　もう充分に一季さんは頑張ったと思うんですが……」

「別に頑張ってはいねーよ。二人だって、同じ体だったら、同じことしたと思うぜ」

秋桜は俺を責めるように言う。

「ボクは少しずつ殺されるなんて恐怖に耐える自信はないぞ」

「俺だって別に怖くないわけじゃねーよ」

だけど、春海のこと好きだしな。

「せめて誰がこんな場所を作ったのか、わかればいいんだけど……」

「あの円柱を作るのは死ぬほど大変だったでしょうから、記念のプレートとかありそうですよね～」

死ぬほど大変か……。死ぬほど大変。ん？　何か頭の中で……あれ？　――掴めそうな気がする。

少しの沈黙のあと、秋桜がふと気づいたように、廊下の方に目をやる。

「そういえばトイレが長いな？」

冬音が笑顔で立ち上がった。

「見てきます。もし、えげつない音が聞こえても、私に聞かれるのなら冗談にできるでしょうし」

自分のキャラを把握してるな。

「倒れてなきゃいいけど……」

秋桜が心配そうにつぶやく。まぁ、何もないだろうけど……。

「大変です！」

トイレの方から冬音の声が響く。

「鍵がかかっているのに、ノックをしても返事がありません」

それって中で気絶してるってことか？　秋桜の不安が現実に？

秋桜が玄関に向かって走りながら叫ぶ。

「外に出て窓から中を見てみよう！」

外から見るとトイレの窓が全開。ドアの鍵はかかっているのだから、窓から外に出たということだ。

――まさか、静夏は一人で学校に？　なっ、なんでそういうことをするんだよ。

「あっ、一季⁈」

俺は二人を残して、学校に向かって全力で走り始めた。


一季ちゃんの帰りを待って、私は教室でぼ〜っとしていた。待っている時間が怖い。殺人欲と向かい合わなきゃいけない気がして、変な気持ちになりそうで……。

カン、カン、カン、カン、カン。足音とは違う、何かで壁を叩く甲高い音がリズムよく響く。

一季ちゃん、ご機嫌なのかな？　いいことあったのかな？　教室を出て階段に向かう。

――えっ？　階下から響くのは、静夏ちゃんの声だ。

「ランラン♪　ラララ〜♪」

どんどん声が近づいてくる。

「うっふん、愛ってなんだろう♪」

調子の外れた、音程の外れた、デタラメな曲。

階段を1階まで降りると、廊下の向こうに静夏ちゃん。

「ランラン、ララ〜♪」

カンカンと歌にあわせてバールで壁を叩き、あいさつもせずに私を真っ直ぐに見つめる。

「愛ってなんでしょ〜♪」

これって質問なんだよね？

「えっと……。私には難しくてわからないな」

「歌いながら言って〜♪」

ええええっ?! そこまでのノリを要求するの？ 静夏ちゃんは急かすように、カン、カン、カン、カン、とバールで壁を叩く。

「あっ、愛が何かは〜♪ 難しくて答えられないな〜♪ ……こっ、こんな感じでいいかな？」

「素敵なものだわ〜♪ 春海のごはんも愛だわ〜♪」

カンッ！ 静夏ちゃんはバールで壁を思いっきり殴りつける。

「歌うなんてくだらないわ」

唖然。エキセントリックすぎるよ、静夏ちゃん。

「こういう緊張の場面で歌うのってカッコイイかと思ってやってみたけど、春海が歌ってるのを見たら間抜けだったから止めたわ」

……私、間抜けだったんだ。地味に傷つく一言だ。

——それはそれとして。

「今、緊張の場面なんだ？」

「そうなる予定。腕が動かなくなるくらい刺す、って素敵な愛とは思えない。一季の名誉のために言うけど、腕が動かないのを隠していたわ。私が熱いお茶を腕めがけてこぼしたのに、痙攣はしたけど、腕を引こうとしなかったのよ。我慢するのが得意なだけで、痛いこと自体は嫌なのにね」

まったく、と投げ捨てるようにつぶやいて、

「右腕を上手に使って左腕を自然に動かしてたわ。両手を垂らしておけば気づかれなかっただろうに、自然に見えるように不自然に動かすから気づくのよ。そういうことされると余計に不安になるって、いつになったらぁあの男は気づくのかしら」

静夏ちゃんは冷淡な口調で続ける。

「ソフトSMみたいなものかと楽観していたのだけど、腕を動かなくするなんて、ハードすぎるわ」

「私だってそうしちゃうつもりじゃなかったんだけど、刺したら動かなくなっちゃって……」

「こんなこと聞くのは残酷だと思うけど、どうして自殺しないの？」

「あはっ。だって死んじゃったら誰も殺せないじゃない？」

「うふふっ。素敵な言葉だわ。望みどおりと言ってもいいのだわ。ねぇ？　春海。私、ご自由に、なんて前に言ったけど本当は、一季が殺されるの、いやなのよ。二人が納得していたとしてもね」

「……それで、静夏ちゃんはどうしたいのかな？」

「ここで言葉は無意味だわ。どちらかがどちらかを打ちのめして、言うことを聞かせる。シンプルな答えだわ。私好みの解決法だわ」

静夏ちゃんは胸の前でバールを構える。

「私は静夏ちゃんを叩いたりするのは嫌だけど殺せるよ？　それでもいいの？」

「こういう時になんて言えばいいのかしら？　えーっと。あっ、うん。これだわ。上等ッ！　どう？　相応《ふさわ》しいでしょう？　では、始めましょう。待っててあげるから、ナイフを持ってくればいいのだわ」

「大丈夫。ブーツに入れてあるから」

ナイフを引っ張り出して、鞘《さや》を払った。

「覚悟なさい。縛り上げて、私のために美味しいご飯を作るだけのマシーンになってもらうわ」

「縛られたりしたら、ご飯を作れないと思うな」

「そんなのヘレン・ケラーに比べればどうってことない努力だと思うわよ」

静夏ちゃんはくすくすと笑う。

「一応、言っておくけど私、春海のこと好きよ。それじゃ始めましょう」

静夏ちゃんは私に向かって猛スピードで走り出す。

最初からそんなに全力で?! わっ、私、まだ気持ちが……。

「やああああっ！」

真正面から、少しの小細工もなく接近して遠慮なくバールを振り下ろした。

――始まってから何分がたったのだろう？ 5分くらいな気もするし、1時間くらいな気もする。

最初は振り下ろされるバールをかわすのに必死だった。バールとナイフじゃ長さが全然違うから、振り回されたら勝負にならない。逃げ回っているうちに、横に振り回したバールが壁に当たって静夏ちゃんの手を離れたのだ。きっと握力が弱っていたんだと思う。

すぐに静夏ちゃんが叫び声を上げながら飛び掛かってきて、もつれあって、ぐちゃぐちゃになって、気づいたら静夏ちゃんに馬乗りになっていた。

「春海の勝ちだわ。……殺してもいいわよ」

「しっ、静夏ちゃんはどうしてこんなこと、してくれるの？」

「してくれるの？ それぞれ条件をつけて、私が負けて、春海が勝っただけのことだわ」

「最初から私に殺されるつもりで来たんでしょ？ 嘘が下手だよ。当たりそうになったら、バールの勢いが弱くなったもん。闘おうだなんて、私が静夏ちゃんを殺しやすくするための工夫でしょ？」

「呆れたわ。想像力が豊かなのね」

「ねぇ？　どうして？　どうして私なんかに殺されてあげようと思うの?!　そんなことしてもらうほどのことを静夏ちゃんにした？　静夏ちゃんも一季ちゃんもなんでそんなに優しいの?!」

「優しさとは違うわ。これは……私のわがまま。私はみんなのこと好きだから、みんな無事で90日過ごしたいわ。でも、腕が動かなくなるなんて一季は無事じゃないし、限界。だから次は私の番」

「一季ちゃんの代わりに少しずつ死ぬってこと？　でも私はここで最後まで殺すかもしれないよ」

「そうなっちゃう覚悟くらいはしてきたわ。でも、私は痛みにのたうち回って命乞いしたり、暴れ回ったりして殺しがいがあるから、一度にやるのはもったいないと思うわ」

……どこまで本気でこんなことを言っているのだろう。刺してみればわかるのかな？

致命傷にならない場所は、わかってる。私は無言でナイフを振り上げる。

静夏ちゃんはそっと目を閉じて、甘えるように言う。

「大好きよ、春海。だから入れていいわ」

「ありがとう。私も静夏ちゃんのこと、大好きだよ」

笑顔につられて私も笑ってしまった。


ガラス窓越しにナイフが見える。春海が静夏を刺そうとしてるのか?!

――どうする？　って！　ガラスの向こうに、んな光景があるのに！　何を冷静ぶってんだ？　こういう時、俺は異様に冷たいことを考えてしまう。春海に静夏を刺させて、様子を見た方が？　なんてことを本気で思いそうになっていた。気持ちを切り替えろ！　心を冷まして、春海に殺され続けても、どうにもならなかったから、ガラスの向こうで静夏が春海に刺されそうになっちゃってる！　脳を熱く焼いて焦がして燃やして！　無理矢理でいい！　無理矢理がいい！　1秒でも早く二人のところに！　縮めた1秒が熱だ！　玄関から入ってる場合じゃない。燃え上がれ！　加速ッ！　左手が動かないから走りづらいけど関係ない！　筋肉を動かすたびに全身の傷を引っ張るみたいなのが邪魔で、だけど！　引っ張られるってことは縮もうとする力が働いてるってこと！　バネを仕込まれているようなもんだと思えば、より速く走れるッ！

——無理してる。熱くなんかなれないのに熱くなろうとしている。

黙れ！　飛び込め！　突撃ッ！　俺は二人への最短距離、廊下の窓ガラスに頭から突っ込んだ。同時に物凄い音。窓ガラスが割れた音だってわかってるけど、体に雷が落ちたのかと思った！　ガラスの破片まみれになりながら廊下に滑り込んで、壁にぶつかりながら叫ぶッ！

「うおおおおっ!!」

春海と静夏がびっくりして悲鳴を上げる。

「いつまでも驚いてるんじゃねーッ！」

「おっ、驚くわよ！」

「そうだよ！　血まみれだよ！　頭から出血してるよ！」

頭に手をやるとじゃりじゃりする。ガラスの破片が幾つも刺さってる。

「いろいろと言いたいことがあるけど春海は真っ当だ！　ごめん！　俺を少しずつ殺すことで春海は殺人欲を我慢できてたんだから、もっと早く気づくべきだったんだ」

「……なっ、何に気づくべきだったのかな？」

「俺達はみんな殺人鬼なんだ！　俺も、静夏も、秋桜も、冬音も、みんな全員殺人鬼だよ。気づいてないだけで、みんな殺人鬼なんだ。生きるってことは、それだけで殺人鬼だってことなんだ。この校舎を作った人だって、命を削って作ったんだ」

キョトンとしている春海に必死に話し続ける。

「時間を使って作ったわけだろ？　生きている時間をそれに捧げたわけだろ。何もかも他人の死だよ。そのナイフだってバールだって死だ」

俺は右腕で左腕を下から持ち上げて春海の肩に乗せ、改めて右腕で春海の肩を掴む。見つめる。表情はないから、全身に気合を入れて、体で、全部で、気持ちを伝える努力をする。

「生きてるってことは、他人を殺してるってことなんだ」

「……あっ、あの。そんな詭弁で私の殺人欲が収まると思うのかな？」

「詭弁じゃねーよ！　騙したか？　俺がいつ春海を騙した？　俺は真剣だ。謝ってくれ！」

「ごっ、ごめん」

いい感じに気合が空回りしてきた！　冷たい心は今はいらないんだ。

「春海は俺を少し殺すことで我慢できたじゃん。それって死の断片を意識するだけで心が休まるってことだろ！」

「え？　うっ、うん。そっ、そうなのかな？」

「俺がぶち壊したこのガラス！　これを作った人は、このガラスに自分の時間を捧げていたんだ。だから、このガラスには作った奴の死が入ってる。生きてる奴らは全員殺人鬼だ。生きてるってことはさ、誰かに殺され続けているってことで！　俺達は正しいんだよ。春海と俺はそれをわかりやすくやりすぎたかもしれない。だけど少しも間違ってないんだ。俺達は死に囲まれてるんだ」

「わっ、私……一季ちゃんの言うこと真剣に聞いてるよ。だけど、そんなことで……」

「春海も死だよ。俺達は生きてるだけで死に向かってる。ナイフを使わなくても、死への時間を加速させなくても、感じ取ればいいだけだろ？　わかるだろ？　俺達は死に囲まれてるんだから」

「……わかるように努力してるよ。えっと……わっ、私は死への時間を進めるだけで満足できてたんだ。それなら……。それならってことなのかな？」

「俺達は死なんだ。だから俺達を傷つけなくても、春海は満足できるはずなんだよ」

「それじゃ、私のこの殺人欲は？　そんな理屈が成立するなら、みんな私みたいになってないと」

「気づくか気づかないかの差だろ。みんなが殺人鬼で、みんなが少しずつ殺されてるんだ。それってとっても普通のことで、みんな意識してないだけで、だけど春海はそれを理解してしまって、しかも理解してるだけじゃなくて、それをさわるように感じちゃったんだよ」

「私がそれに気づいていたとして、どうして殺人欲だなんて形になったのかな？」

　話を聞いていた静夏が肩をすくめる。

「ここまで説明されたら普通はわかるわ」

「えっ？　そっ、そうなの？」

　疑問符だらけの春海に言う。

「俺のこと好きだからだろ」

「私のこと好きだからじゃない」

　春海はペタンと落ちるように座り込んだ。

「あっ、あっ、ああっ」

　嗚咽《おえつ》を虚空に漏らす。

「春海は嫉妬深くて独占欲が強いのね。私達の時間、死を、自分でコントロールしたかったのね」

「私は……。少しずつ殺すことで……私は……。みんなをしっかりと私のモノに……したくて……」

「そんな怖い春海でもずっと友達でいてあげるわ。私、そういう性格みたいだから」

「私って……。私って……うわっ、ふっ、んっ、あぁっ」

涙が、こぼれる。

「俺もずっと春海のこと好きでいるよ」

「かっ、一季ちゃん。しっ、静夏ちゃん……私！　私！」

静夏は床に落ちる春海の涙を見る。

「私がここにいたらお邪魔だろうから帰るわね」

そう言い残して、静夏は颯爽《さっそう》と廊下を歩いていく。凄くカッコイイぞ、静夏。

俺は右手で左手を掴んで輪を作り、その中にすっぽりと春海を入れて右手で左手を引っ張る。

ぎゅっ、と抱きしめる。

「俺はしっかりここにいるぜ。俺の死は俺の中にちゃんとあるよ」

「わたしはひどい女の子だよ。こんなことに気づいちゃったら……生きていけないよ」

「誰よりも死を意識できるのに、そんな解決の仕方があるか。敏感だっただけだよ」

「でも！　でも！　こんな性格の自分が怖いよ！」

「自覚できたなら治すことも我慢することもできるはずだ。いいから、ほら。寮に戻ろうぜ」

「ええっ？　そっ、それは無理だよ！　みんなが怯えちゃうよ」

「んなこと気にしなくていいって。あいつら相当に春海のこと好きだぜ」

「わっ、私だって好きだけど。だけど、私の変なとこが出ちゃったら……どうするの？」

「その時は俺に来いって！　それに春海に戻ってもらわなきゃいけない理由があるんだ。……春海とお風呂でエッチなことしたいんだ。寮に戻らないとできないだろ？」

びっくりしたように口をぱくぱくする春海をじっと見据えて、力強く断言する。

「春海のおっぱいが湯船に浮かんでるとこが見たい」

「とっ、とっても男らしいよ、一季ちゃん」

説得で自分の気持ちをねじ伏せられるより、熱く求められた方がきっと春海にとっては楽だ。こんな時にシモネタしか思いつかない自分はどうかと思うけど、本当の気持ちだから。本当の気持ちじゃないと、本気で求めているって伝わらないと思ったから。

「優しすぎるよ、一季ちゃん」

ほっとしたせいか、熱さの反動か、心が、冷たくなる。春海は俺が誰かを殺す代わりに、俺を少しずつ殺してくれていたのだ。これから俺は自分の変な気持ちと真正面から向かい合わないといけなくて……。それは辛いな、と思っている。

「一季ちゃんは優しいいよ」

春海の笑顔が、痛い。


【89日経過】


春海は俺の部屋のベッドに腰かけている。

「明日、本当に誰かが助けに来るのかな？」

「それは誰にもわかんないな」

春海はぺたぺたと俺の顔をさわる。

「私達、ちゃんと存在するよね。私達は記憶がなくて、ここのことしか知らなくて……。もしかしたらプログラムみたいなもので実体なんかなくて、実験が終わったら、電源を落とされて。それでお終い、みたいなことないかな？」

俺は春海の柔らかい頬をぷにぷにと押す。

「想像力が豊かすぎるって。大丈夫だよ。俺はちゃんといるし、春海もちゃんといる」

「そうだよね。……これからもずっと好きでいてね」

春海は俺を裸にして、自分がつけた傷を1つ1つ丁寧に舐めた。感謝と謝罪を何度も口にしながら……自分が残した死の数を数える――……世界が暗転する。

その場にいる全員が、回転しながら落ちていく曖昧な夢を見ている。


薄暗い部屋。部屋の隅には複雑な配管に囲まれたモニターがある。壁の一面には水族館にあるような巨大な水槽があり、無数のクラゲが泳いでいる。水槽の前で少女が本を読んでいる。そこにもう一人の少女が近づき、話しかける。

「結局、殺人鬼誕生にならなくて残念だったね。あんな本質からかけ離れた説得で納得しちゃうなんてな～」

「気持ちの問題だもの。気持ちが強ければ、想いが強ければ、納得してしまうものじゃない」

「上着を掘り起こして秋桜に発見させたのってあなたでしょ？　なんでそんなことしたの？」

「秋桜にどれだけのことができるか確かめるため」

「ふ～ん。で、次はどんなカーネーションにしようかな。……ねっ？　その本はなに？　心に残ったとこを教えて。私とあなたで情報を共有しておいた方がいいもの」

「『秘蔵宝鑰《ひぞうほうやく》』。空海が書いた、他宗教より真言密教が優れていることを主張した書」

そう言ってから少女は朗読を始める。

「三界の狂人は狂せることを知らず。四生《ししょう》の盲者は盲なることを識《さと》らず。生まれ生まれ生まれ生まれて生《しょう》の始めに暗く。死に死に死に死んで死の終わりに冥《くら》し」

——同じ部屋。二人の少女が見ていない壁は、毛細血管のように生々しく複雑なパイプのようなもので覆われていた。その中央にモニターがある。

そのモニターに一瞬、何か映った。

「(ﾟДﾟ)」

それはすぐに消える。二人の少女はまったく気づいていない。

永遠が終わるまで、それに気づくことはない。気づくのは彼女たちではないと、彼女は思っているから。

三章　死体と時計。届かない答え。理知。

【1日経過】

バケツを持った俺の横を釣竿を持った秋桜が歩いている。海の様子を確認にいくついでに釣りに行かないかと誘われたのだ。

「しつこいかもしれないけど、昨日のことは本当にすまなかった」

昨日のことというのは、俺に表情がないことを知らずに秋桜が怯えていたことと、ボイラーのバルブが故障して俺が手のひらを火傷したことだ。

そういえば昨日、トゲだらけの木を掴みそうになって春海に注意された。もし掴んでいたら血が出ていただろう。もしかしたら、手のひらに怪我をする呪いがかかっているのかもしれない。

「昨日のボクはみんなを暗い気持ちにしたと思う。罪滅ぼしというわけではないけど、明るく振舞ってみんなを前向きな気持ちにしたいんだ。ボクがそういうことしたら変かな？」

そんなことを真剣に考えるなんて秋桜は真面目な性格なんだな。

「何かあればすぐに誰か落ち込んじゃいそうな状況だから、そういう努力をするのはいいことだと思う」

秋桜は救われたように、うんっ、と大きく頷く。

「思い返せば一季だって、みんなが引いてるのに、おもしろいことを言おうと努力してたもんな」

心が痛むことを何気なく言われた。

「……で、ボクの3サイズを聞きたいんだったか？　それとも心拍数？」

いきなりボケたな！

「どんなマニアックな嗜好だよ！　俺は陸上競技の監督か？　俺が今聞きたいのは釣りについてだ」

「う～ん、あんまり語ることはないな」

「意気揚々と釣竿を持って歩く奴の言うことか？　ってボケがしつこいよ！　話が進まない！」

秋桜は遠い目をする。

「やっぱり馴れないことはしない方がいいのかもしれないな」

「まぁ、そこらへんはやってるうちに、ペースを掴めてくるんじゃないか？」

「こんなことで落ち込んでるようでは、みんなを明るくするのは無理だな。……でも会話が進まないのは一季のツッコミが悪いんじゃないか？」

まさかの俺へのダメ出しだ。

「……スタスタと海に向かってるけど、餌は？　山でミミズを捕ったりしなくていいのか？」

「渓流釣りだと食いつきがいいんだが、海の場合だとミミズはあんまりだな」

「考えてみれば海にミミズはいないもんな。そんなもんを差し出されても魚だって困るか……」

「悪食の魚も多いけどね。心配しなくても大丈夫。餌なら海にあると思う。……あれ？」

秋桜の指差す先、用水路の側の土の上に大きな魚がいた。40センチはありそうだ。

「ジャンプして飛び出しちゃったのかな？」

「コイやフナならそうだろうが、クロダイだぞ。海水魚が用水路にいるわけないぞ。竜巻で巻き上げられたとかの異常現象が起きたんじゃなければ誰かが放置したんだろうけど。腐ってはいないようだな。ということは最近のか……。あっ、口に針が刺さったままだ。もったいないからもらっておこう」

魚の口から糸のついた針を取る。

「もしかして記憶を失う前の秋桜が釣った魚じゃないか？」

「こんな大きなクロダイが釣れるなんてドキドキしてきた！　親指逆立ちで海まで競争だ！」

「それって人類に可能なことなのか？」

親指逆立ちってだけでもギリギリだと思う。

釣竿をぴょんぴょんさせて秋桜は走り始めた。いろいろな意味でがんばってる背中だ。

秋桜は海岸につくと興奮した様子で周囲を見回す。

「うわっ！　凄い凄い！　見事な磯だぁ！」

俺は釣りに詳しくないが、岩で作られた複雑な海岸線は見事なんだという説得力があった。

「で、それはいいとして餌はどうするんだ？」

秋桜はポケットからマイナスドライバーを取り出し、岩の上でスキップするように海際に向かう。いかにも歩き馴れてるって感じだ。記憶を失う前もここで釣りをしていたのかもしれない。

「え～っと……。ほら、ここにあった」

秋桜が指さした波打ち際の岩の隙間に、親指ぐらいの大きさの、鋭角に尖った宝石の結晶にグロい色づけをしたようなものがびっしりと生えていた。

「カメノテっていうんだ。根本の部分から枝分かれしてるのが亀の手みたいだろう？　これをマイナスドライバーでこそいで餌にする。人が食べても美味しいんだぞ。幾つか持って帰ろう」

「俺にやらせてくれよ。せっかく来たんだから、そのくらい手伝わせてくれ」

「ダメだ。左手は不便だから右手を使うとか言い出すだろう？」

「左手を使います」

「本当だな？　嘘をついたらボクは脱ぐぞ」

「だったら右手を使うよ！」

「もちろん、その状態でボクは泣きながら寮に戻るけど」

「俺はみんなに折檻《せっかん》されるな。左手を使うからマイナスドライバーを貸して。約束は絶対に守る」

「うん。約束を守って一生、ボクを幸せにするんだぞ」

「結婚の約束はしてねーよ！　というかボケすぎじゃないか」

秋桜は難しそうな顔をして溜息をつく。

「……やっぱり冗談って難しいものだな」

秋桜は仕掛けを投げ込むと、釣竿の根本を岩の隙間に差し込んでぼ～っと海を見つめている。

俺は岩を伝って波打ち際に行ってみる。海に幾つもの半透明の物体が浮いていた。

「波打ち際のクラゲがすくえそうだけど、これはエサにできないのか？」

「カワハギやアジを釣る時に使うらしいけど、大きくて肉厚なエチゼンクラゲみたいのじゃないとダメだと思う。そこにいるような小さいのだと、針に刺しただけで千切れてしまいそうだ。それにクラゲに刺されたらとっても痛いぞ。あっ、この警告は無意味なのかな？」

「自分からすすんで痛い目に遭おうとは思わねーよ。で、これ、なんてクラゲなんだ？」

「記憶喪失だからこんなこと言ってもしょうがないけど、初めて見る気がする。……とは言ってもボクが見分けられるのは、ミズクラゲとアンドンクラゲとアカクラゲくらいなものだけどね。……あっ。今、ボケるタイミングだったか？」

「……そういうことは気にせずに、もっと自然にやってください」

この努力家め！

「春海は山を見て今は冬かも、と言ってたけど、海を見た感じはどうだ？」

「季節を判断するなら山を見た方がいいと思う。ボクが期待してるのはここの位置がわかるかもしれないってこと。見慣れない魚が釣れたら日本じゃない可能性がある。タラの仲間が釣れたら北の海だし、スズキが釣れたら真ん中くらいだろうし、タチウオだったら西の方。リヴァイアサンが釣れたら旧約聖書の中、ということだ」

「……そのボケで笑うには教養が必要だな」

旧約聖書なんか知らねーよ。

釣竿の先がビクビクと揺れる。

「そういう話をしていたらさっそく来たな」

秋桜は岩の隙間から釣竿を引き抜いてリールを回す。茶色と黒の模様に白い斑点を散らした30センチはある魚が姿を現す。岩の上でビチビチと暴れる魚の下顎を馴れた手つきで掴んで針を抜く。

「これはアイナメだ。白身で脂がのっていておいしいんだぞ！」

はしゃいで言ってから、肩を落として苦笑する。

「アイナメは日本中に分布する魚だ」


秋桜はみんなを台所に集めると魚籠《びく》から魚を出す。

「大きなアイナメが2匹も釣れたんだぞ！」

春海は巨大な胸の前で拍手して、冬音は感心したようにうなって、静夏は甲高い悲鳴を張り上げる。

「きゃあ！　蛇だわ！　あっ、秋桜が蛇を捕まえてきたのだわ！」

「……よく見ろよ。これは蛇じゃないだろうが」

「よく見るなんて怖くて無理なのだわ。頭だけあって他は胴体だわ」

「いいから見ろよ。エラがあって、背ビレがあって、尾ビレがあって、こんな蛇いないだろ？」

秋桜は首を傾げる。

「ウナギやアナゴやハモを見て蛇と勘違いするならわかるんだけど……」

「……あの～、もしかして静夏さんって魚を知らないんですか？」

「しっ、知ってるわ！　赤くて小さくて丸っこい水の生き物なのだわ」

「その特徴を持つのは金魚だけですよ。静夏さんは特殊な記憶喪失をしたみたいですね」

「そっ、そうだとしても、そんなヌルヌルした生き物を家の中に持ち込むなんて非常識だわ！」

「いや、その……非常識っていうか……。これからそれを食べるんだよ」

「NOッ!!」

なぜか英語で叫んだ。

「それを食べるの？　みんな私を騙そうとしているのだわ！」

「ボク達の様子を見れば嘘をついてないってことくらい、わかるだろう？」

静夏は大きく深呼吸をする。

「みんなの様子を見れば私が変だってことくらいわかるわ」

「それじゃ、私がこれからお魚をさばく……って意味わかるかな？　解体するから見てみない？」

静夏は殺気の漂う笑みを浮かべた。

「これから生き物を解体するのに、その顔……只者《ただもの》じゃないわ」

「まずは魚をまな板に置いて……」

春海がドンと力強く包丁を振り下ろして頭を落とした。

「NOッ!!　オウマイゴッドなのだわ！　さっ、殺人鬼なのだわ！」

「あははっ、この場合は殺人鬼じゃなくて殺魚鬼だね」

「おっ、恐ろしいのだわ。魚をこんな風にできるなら人を殺すのなんかなんでもないことだわ」

「あははは、人と魚は全然別だよ～」

「その通りなのだわ。そうでないと今日から、怖くて眠れなくなってしまうのだわ」

「それでこうやって、切り開いて内臓を取り出して」

静夏の顔から血の気が引いて、目に見えて青くなる。気づいてない秋桜が横から春海に口をだす。

「肝も美味しいんだ。緑色の部分は苦いから取り除いて、そこの大きい……」

「……おえっ」

「きゃっ！　しっ、静夏ちゃんが吐いちゃったよ！」

「だっ、大丈夫か？」

犬か猫みたいに躊躇《ため》いなく簡単に吐いたな！　そんなにショックだったか？

俺は冬音と一緒に静夏を抱えて台所を後にした。


静夏は青ざめた顔で食卓にならんだ刺身を見る。

「バラバラに解体されて綺麗に皿にもりつけられてしまうなんて、魚はどんな気持ちなのかしら？」

「あんまりそういうことを考えるな。本当に食えなくなるぞ？」

「えっ？　魚の死体を綺麗に刻んだのを自慢しているだけではないの？　ハンターが鹿の剥製《はくせい》を飾るのと同じ行為なのかと思っていたわ」

魚に関する記憶をなくしてしまう記憶喪失なんてあるのだろうか？

「さっき味見してみたんだけど凄くおいしかったよ～」

「……春海。私にはこれが生のように見えるのだけど、そう見えるだけかしら？」

「お刺身は生で食べる料理なんだよ～」

びくんっ、と静夏の全身が跳ね上がった。

「うふふっ。やっ、やってくれるわね」

秋桜は不安そうに静夏を見つめる。

「無理する必要はないんだぞ？」

「無理させてもらうわ！　せっかく秋桜が獲ってきてくれたんですもの。がんばらせて欲しいわ！」

春海は小皿を差し出す。

「醤油とワサビで食べるんだけど、今日は醤油とヤマワサビで……」

静夏はガタガタと震えながら、箸で刺身を一切れ摘むと丹念に醤油をつけて、気合と同時に口の中に放り込む。左手で口を押さえ箸をテーブルに置く。

「もちゃっとして……ンッ！　ううっ、ぐすっ……。うわ～ん！」

天井見上げて男泣きに泣きじゃくる。

「こんな美味しいもの食べたことないのだわ！」

ほっ、とした空気が流れる。

「まったく、静夏は大げさだな。びっくりしたぞ」

「大げさなんかじゃないわ！　秋桜は天才ハンターなのだわ！」

静夏は叫んでから黙々と食べる。

「あはっ。静夏ちゃんを見てると、それだけでお腹がいっぱいになっちゃいそうだよ～」

「そんなにおいしいのか？　……と」

俺が箸を取ろうとしたら、横からさっと秋桜に奪われた。

「手の火傷が治ってないだろ。今日まではボクが食べさせるから。あ～ん、ってするんだ。早く！」

ぐいぐいと刺身を俺の口元に押し付けてくる。

「……あ～ん」

俺が言われた通りに口を開くと秋桜はニッコリと笑った。

冬音が吐き捨てるように言う。

「こっちは見てるだけで胸が一杯になりそうですね」

「うっ、うるさい！　ボクは好きでやってるわけじゃないんだからな」

冬音はまったく信じてませんという顔をする。

「ですよね～。好きでやってませんよね～」


【2日経過】


部屋のドアをノックする音で目を覚ます。

「……開いてるぞ～」

「まだ寝てたのか？　もう、こんにゃち……。んっ、こんにちは、の時間だぞ」

「……こんにゃん？」

「違う！　そんなこと言ってないぞ。こんにゃん……んっ、こんにちはの時間だって言ったんだ」

起き上がった俺は秋桜にペコリと頭を下げる。

「こんにゃん」

「言ってない！」

「うんにゃん」

「猫語は通じない！　こんにゃち、くっ！」

意識すると同じミスをしてしまうタイプみたいだ。

「にゃんにゃん」

「こ、ん、に、ち、はッ‼」

肩を怒らせて叫んでから、両手を伸ばして俺を制止した。

「あっ！　うっ、動くな！」

凶悪犯に拳銃を向けるような緊張感のある声で言った。

「……大きくなってるんだろう？　だっ、だから布団をはいだり、立ち上がったりしちゃダメだ」

拳銃を向けていたのは俺の方だったか……。

「右手の様子はどうだ？」

「まだ水ぶくれが残ってるけど、もう治ったって言ってもいい状態だと思うぜ」

「水ぶくれが残ってるのは治ったなんて言えない。新しい包帯を巻くからじっとしていてくれ」

「助かる。だけど、あんまり引け目に感じないでくれよ。これから長い付き合いになるんだしさ」

「だからこそ、こういうことはしっかりしておきたいんだ」

「でも、そういうとこで気を張られると俺は疲れちゃうんだけどな」

秋桜は不安そうにうつむく。

「……もっ、もしかして、ボクのこと迷惑に思ってる？」

「これからの話。今回のことは終わりで、俺と秋桜は引け目なしの対等な関係ってことにしようぜ」

秋桜はキュッと包帯を結んだ。

「……わかった。改めて、これからよろしく。それで、一季は今日は何をするつもりなんだ？」

「山に向かって歩いていくと、校舎みたいな建物があるんだ。冬音とそこを調べにいく予定」

「ボクは海の方にしか行ってないから興味あるな。一緒に行っていいか？」

秋桜はなぜか慌てたように言った。


鬱蒼とした森の中を歩いていると、忽然と視界が広がり、木造の校舎が現れる。

「こんなところにあるんだから、森に一体化してるボロボロで不気味な校舎を想像してたぞ」

「でも周囲に人家がないのに、ちゃんとしてるっていうのも、不気味と言えば不気味だよな」

「絶妙な違和感のあるこの不気味な感じは、人間で例えるなら、表情のない一季さんですね」

「……言われた当人が否定できないことを、よくもそう簡単に言えるな」

冬音はへらへら笑う。

「まぁ、気にしないでください。なんでも馴れですよ」

「なんで傷をつけた側の冬音が俺を慰めてるんだよ」

「まぁ、いいじゃないか。冬音の言う通りだ。ボクは一季のそういうとこにもう馴れたしな」

突然、冬音が柳眉を逆立てた。

「秋桜さんッ！」

「えっ？　ボク、なっ、何か変なことを言ったかな？」

「言いたいことは2つです。まず、今の話は言う通りだ、で終わらせるにはもったいないです。それと一季さんはマゾ気味ですから、ひどいことを言っても大丈夫。変にフォローしない方がいいです」

「そっ、そうだったのか」

「そうだったのかじゃねーよ！」

ここまで道すがら、秋桜は冬音に、おもしろいことを言えるように指導して欲しい、と頼んだのだ。そもそも冬音がおもしろいことを言っているということ自体、大いに疑問だし、そんなもんが指導でどうにかなるのかも疑問だ。

「だいたいなんで会ってから3日しかたってないのに、俺がそんな性格だってわかるんだ？」

「違います？　一季さんって自分の欠点を指摘されると、安心するタイプなんじゃないですか？」

……こいつ、なんでそんなことを把握してるんだ？　表情のない俺からどうやって察した？

「自分の欠点を冗談にしてもらうことで、欠点がなんでもない日常の出来事として受け入れられている気がして安心するんですよね？」

「ですよね、じゃねーよ！　同意を求めんな！　冬音にはデリカシーってもんがないのか？」

「そんなものがあったら、こんなこと言ってるわけないじゃないですか!!」

「逆ギレすんな」

「そっか。一季はそういう性格なのか……」

「納得しなくていい。冬音が適当に言ってるだけだからな。もういいから、中に入ろうぜ」

玄関で靴を脱いで中に入る。一階の廊下をずっと歩いた先に扉があった。秋桜は扉に手をかけて、

「この扉だけ明らかに違うな。鍵かかってるし横にボックスがあるぞ。……これは暗証番号式の鍵だな。ソケットがついてるとこを見ると、時間さえかければ解除できそうだけど……」

「学校の中にこんなのがあるなんて珍しくないですか？」

「生徒の手に触れないようにするだけなら、普通の鍵で充分だもんな」

「……それも変だけど、この位置に扉があるのっておかしいぞ。この廊下って結構長いと思うんだ。

校舎の長さから考えて、この先に教室があるようなスペースってあるのかな？」

「んっ？　あー、そういうことか……」

ここは廊下の端だから……。窓を開けて、外に身を乗り出す。

「この先の校舎は２メートルもないぞ」

当たり前だが、この扉の先のスペースは奥行き２メートル以下しかない、ということになる。

「それだけの空間のために、こんな厳重な鍵をつけるなんて。……黄金ですね。静夏さんを呼んでくれば、黒目を¥に変えてバールを振り回して破壊してくれますよ！」

秋桜は冬音をなだめるように落ち着いた様子で言う。

「普通に考えれば、生徒の個人情報とかじゃないか？」

「個人情報！　それこそ黄金みたいなものじゃないですか！」

「犯罪に手を染めようとするのはやめておけ」

「でも、それを見れば、ここがどこで今が何年の何月なのかくらいはわかるかもしれないぞ？」

「……それはそうだけど。でもすぐに開くようなもんじゃないし、後回しにして他を見て回ろうぜ」

「先に分け前の%を決めなくていいですか？」

しつこく食い下がる冬音を無視して、階段に向かった。

校舎全体をぐるっと見て回り、最後に階段を上って屋上に出る。

「結局、謎を解く手がかりになりそうなものはなかったな」

ノートパソコンがたくさんあるってことくらいしか、わからなかった。

「最近まで使われていた形跡があるとわかっただけでも、重要な情報を得たことになると思うぞ」

——屋上でいろんなことを喋ったけど、結局、これは、って意見も証拠も出てこなかった。

冬音は制服のスカートの皺《しわ》を直しながら聞いてくる。

「お二人はこのあと海に行かれるんですよね？」

冬なら牡蠣があるかも、と秋桜が提案したので探すことにしたのだ。

「冬音は行かないのか？」

「私にだって、一人で考えごとをしてみたくなることくらいあるんですよ」

まぁ、そういうこともあるのだろう、とそのくらいのことしか俺は思わなかった。


温泉宿に戻ると、静夏と春海がリビングにいた。

「あら？　冬音はどうしたのかしら？　山に捨ててきた？　それとも海に捨ててきたのかしら？」

静夏の問いに秋桜は微かに眉をひそめた。

「ということは、冬音は帰ってきてないのか？」

静夏は小さく頷く。

「私はずっとこの建物の中を調べていたけど、冬音が帰ってきた気配はなかったわ」

「冬音が一人で考え事をしたいと言ったから校舎の前で別れて、俺と秋桜は海に行ったんだ」

「冬音ちゃんは山の方に行ったのかな？　私も山を散策してたけど会わなかったな」

軽い不安が胸をよぎる。

「もしかして、山で動けなくなってるんじゃないのか？」

「……ありうる話だわ。運悪く穴に落ちて出られなくなりました、とか冬音に似合いそうだもの」

秋桜は外を見る。

「まだ明るいうちに探しに行かないか？　何もなければそれでいいんだし」

「その前に冬音の部屋に行ってみようぜ。こっそり帰ってきて、寝てるかもしれないだろ？」

みんなで冬音の部屋に向かう。トントンとドアをノックをするが返事はナシ。熟睡してるのか、それともいないのか……。少し躊躇してから俺はドアを開けた。窓の方角の関係で、夕陽が入ってこないので部屋は暗い。誰かが入ってきても平然と寝ていそうだから、明かりをつけて確認した方がいいよな。部屋の作りは同じはずだから、ここに蛍光灯のスイッチが…………え？

どのくらいの時間、呆然としていたのかわからない。――冬音はいたけど、その状態を理解できなかったし、それを受けてどう行動すればいいのかもわからなかった。床に倒れていた冬音の虚ろな目は天井に向けて固定されてしまっていた。腕も脚も、指も足も、頬も唇も、肩だって、首だって、止まったまま。ただ倒れて動かないだけじゃなくて……。異様で、異常で、常識外。狂ってる。

……なんだ、これ？

なんだ、これ。なんだ、これ。なんだ、これ。なんだ、これ。なんだ、これ。なんだ、これ。冬音の腹部が、異様に、盛り上がっていたのだ。なんだ、これ。なんだ、これ。妊婦のそれとは明らかに違う。もっと鋭角的に……。間違いなく冬音の腹の中に、何かが、入っている。

――腹に異物を入れて、冬音が死んでいた。

これをやったのは俺じゃないよな。理由がない。理由？　理由なんか必要か？　じゃなくてやり方がわからない。だから俺じゃない。やった記憶だってない。

「冬音ちゃん？」

春海の震える声が静寂を破った。それを合図に、俺は冬音に駆け寄って手首を掴む。無駄なことをする自分が気持ち悪い。脈拍なんてない。それ以前の問題。冷たい。口に手をやる。呼吸はない。無駄だ。最初に見た時からわかってたけど、これをしなかったら俺は人間じゃないって思われそうだ。

他人の目？　例えば、誰もいなかったら、俺はここまで動揺したか？

「冬音は死んでいるのかしら？」

静夏の感情を押し殺した声。

「えっ？　あっ、うん、死んでる」

冬音のまぶたを強く引っ張って目を閉じる。

「人工呼吸と心臓マッサージをしないと！」

冬音の死体に取り付こうとする春海を制止する。

「さわればわかるけど、冬音の体はもう冷たい。冬音は完全に死んでるよ。蘇生は無駄だよ」

秋桜が喘ぐように言う。

「どっ、どうして……。冬音が……死んでるんだ？」

そんな質問に答えられる奴なんているわけがない。もしいたとしても、答えるわけがない。

パチンッ、と音が響いた。秋桜が自分で、自分の頬を思いっきり叩いた音だった。

「……こっ、心を鬼にしないと、ダメだよね。泣くのも悲しむのもあとからできる。ぼっ、ボクだってこんなこと言いたくない！　だけど驚きで感情が麻痺してる今ならできる……死因を調べないと」

春海は頭をふってうつむく。

「冬音ちゃんが死んじゃったばかりなのにそっ、そういうのって。なっ、なんて言ったらいいのかわからないけど……。なんか違うんじゃないかな」

「春海の言いたいことはわかる。だけど、この死体を見れば……そんなこと言ってられないぞ」

「そうね。冷たいことを言うようだけど、これが首吊りとかならそんなことしなくていいわ」

「これは異常すぎる」

見過ごせない。放置できない。何が起きて鋭角的に腹が膨らむのか想像できない。両手で自分の頬を張る。こういう動作さえ冷静になろうとしている自分をアピールしてるみたいだ。なんでこんな時に自分のことを考えてるんだ？　今は冬音のことを真面目に考えないと！

「死因はお腹だよな」

お腹に水がたまっているとかじゃない。膨らみ方があまりにも不自然。昼過ぎまで一緒にいたのだ。長く見ても3～4時間の間に、急速に腹部が膨らむ病気なんてあるか？　あるのかもしれないけど、きっとこれは違う。形が歪《いびつ》すぎる。

「腹に何かが入ってるんだよな」

秋桜は冬音の死体に近づいた。

「血は出てないみたいだけど……。上着を脱がすぞ」

全員が無言で頷いたのを確認してから、秋桜は冬音のボタンを外していく。改めて、異様、だった。小さな腹が膨れ上がり、裏から無理矢理ひっくり返そうとしてるかのように臍《へそ》が広がっていた。

秋桜が苦しそうに目をそらし、両手で口を押さえた。

「秋桜、吐いちゃダメだわ。……どんな姿になったたって、死んでしまったとしたって、冬音の体に汚い場所だって、気持ち悪い場所だってないわ。だから吐く理由なんかないはずだわ」

「静夏の言うとおりだ。冬音を見て吐こうとするなんて、どうかしていた。……お腹に傷はないな」

肌が今にも千切れそうなほど伸びきってはいるけど、出血はない。ということは……。腹を切り裂いて入れたんじゃなくて、内部に挿入したということだ。

「一季、目を伏せていてくれないか？　異物を腹に入れたとしたら入口はその……」

あっ、そうか。……膣か肛門だ。

「わかった。下を向いてるよ」

春海が泣きそうな声で叫ぶ。

「可哀想だよ！　こんなことしたって、冬音ちゃんは蘇らないんだよ」

「死因がわからないと俺達は互いに疑うことになるぜ」

「かっ、一季ちゃん！」

「その話はあとからにしましょう。どうして冬音が死んだのかを調べるほうが先だわ」

「どちらの穴にも裂傷はないぞ。こんなに大きなものを入れて裂けないわけがないと思うんだ」

「膨らむ粉を呑んだんじゃないのか？　乾燥ワカメみたいなものを大量に食べてから水を飲むとか」

「でも、そんなものだったら吐くと思うぞ？　こんなにお腹が膨れたりなんてしないはずだ」

「吐けないような粘着性の強いものなんじゃないか？　もしくは飲んだあと、喉に何か詰めたとか」

「……ッ！」

春海がダッと床を蹴って、部屋を飛び出す。取り残された三人で顔を見合わせる。

「……ボクが死因を探っているから、怒ってしまったのかな？」

「春海の気持ちもわかるわ。でも、冬音をこのまま放置しておけないのも間違いないわ」

廊下を全力疾走する音が近づいてくる。戻ってきた春海は肩で息をしながらナイフを突き出した。

「私の部屋にあったんだ。包丁じゃよく切れないと思うから……。これで切って」

秋桜は驚いて春海を見上げる。

「そんなことしていいのか？」

「冬音ちゃんの前で、お腹に何が入ってるのか議論し合うほうが残酷で可哀想だよ。それに最後はこうするしかないってわかってるんだから……。こうするしかないでしょう？」

「そうだな。……ボクもそうするしかないと思う」

秋桜が受け取ろうしたナイフを横から奪う。

「俺がやる。さっきから秋桜が全部やってるし。こういうのを一人で受け止める必要はねーよ」

こういうのは、心が壊れてる人間がやったほうがいい。それならみんなだって、心が壊れているからできたんだって思える。

秋桜が何か言いそうだったので、その前に冬音の膨らんだ腹にナイフの先端を当てた。

冬音に謝る。

「ごめん。すぐ終わらせるから……」

ナイフに力を入れるとすぐにカチン、と金属に当たったような感触。骨？　でも、ここに骨なんかない。伸びきった腹の皮を切り裂いていく。ヤシの実の皮のような硬い繊維を持つ植物を切る時の感触に似ている気がした。ある程度まで切ると、腹圧という奴なのだろうか、中に入っていたモノが、にゅるり、と自分から姿を現した。驚愕に、全員が固まる。誰も動けない。

なんで、こんなものが腹の中に入っているんだ？　ありえない。ありえない。ありえない。アリエナイアリエナイアリエナイアリエナイアリエナイアリエナイアリエナイアリエナイアリエナイ。

言葉の羅列が、全身に行き渡ってから、ようやく思考を再開できる。

体液に濡れた、直径30センチくらいの円状の金属。しかも、それは今も稼動していて……。なんで？　どうして？　――どうして壁掛け時計が、腹の中に入っているんだ?!

秒針が、こちっ、こちっ、こちっ、こちっ。気が狂いそうだ。

気づくと、俺は女の子達の悲鳴の中にいた。その中でも秒針の音はハッキリ聞こえた。

こちっ。どうしておまえは悲鳴を上げて、泣き叫ばない？　表情がないから泣けない？　本当に？

こちっ。壊れてるって、本当なの？　都合がいいから、そう思いたいだけじゃないの？

――気絶するなら今だって思うけど、絶対に気絶できないことも分かっていた。


温泉宿の裏側の地面にスコップで黙々と穴を掘る。楽だ。考えなくていいから。これが終わってしまったら、と思うと……。怖い。

「……そんなに深く掘る必要はないと思うぞ」

無言のまま部屋の布団にくるんだ死体をみんなで持ち上げて穴の中に入れる。別れの言葉は誰も発しない。それをする余裕がなかった。スコップで土をかける。埋めた後もしばらく俺達はそこに立ちすくんでいた。死ぬまでずっとここに全員で立っているんじゃないかって、そんな気がした。


みんなで沈黙したまま食卓を囲んでいた。春海が不意に立ち上がる。

「私はもう寝るね。おやすみなさい」

そう言い残して、ふらつく足取りでリビングを出ていった。

「……ボクも寝るよ」

春海に続いて秋桜も出ていった。

3分くらいの沈黙のあと、静夏が意を決したように俺に顔を向けた。

「私と一季は大丈夫。こういうのに秋桜や春海より耐えられるわ。悲しいしショックだけど、根本的にあの二人より強いと思うわ」

「さばかれた魚を見て、嘔吐した奴の言うことか？」

「みんなに気を許していたからよ。気を張っていれば、どんなことだってなんでもないわ」

「どんなことだって？」

「どんなことだってよ」

静夏はあっさりと言ってのけた。

「一週間くらいはしょうがないとして、ずっと暗い雰囲気のままなのは厳しいわ。病は気からと言うし。私は春海のフォローをする。一季は秋桜のフォローをして。その方が立ち直りが早いと思うわ」

「それはいいけど、どうしてその組み合わせなんだ？」

「一季は気づいてないかもしれないけど、私と秋桜はほんの少しだけギクシャクしてるのよ。別に嫌い合っているわけではないのだけど……。こういう時は私より一季の方がいいと思うわ」

「……わかったよ。暗い雰囲気のままでいて欲しいなんて、冬音も思わないだろうし」

静夏はびっくりしたように目を見開く。

「一季でもそういうことを言うのね」

「言うよ……。で、自殺と他殺、どっちだと思う？」

静夏は自嘲するように頬を緩めた。

「そんなの私にわかるわけないいわ」

「……他殺だとしたら、俺達は殺人犯と生活しないといけないんだぞ？　俺と秋桜はお互いのアリバイを証明できる。もし他殺なら、静夏か春海が犯人だってことになる。そして、静夏が犯人じゃないなら、春海が犯人ってことになるぞ？　それでフォローできるのか？」

「私から見れば一季と秋桜の共犯かも。平気よ。この中に犯人はいない。説明できないけどわかるわ」

確信ありげに言うと、静夏は、寝る、と言い捨てて部屋を出ていった。

――犯人がいない、ということは自殺ということになるけど、あんな自殺ってあるか？

【10日経過】

「そろそろ帰ろうぜ」

夕焼けに赤く染まった海を見つめて一季は言った。

「……そうだね。帰ろうか」

ボクは仕掛けを引き上げるためにキュルキュルとリールを回す。

針に残った餌を外して海に捨てる。

「冬音が死んでから、もう1週間くらいたつんだな」

本当はこんなことを言うつもりじゃなかったけど、言わないと一季がボクのことを見てくれない気がして。

——死体。冬音の死を一季に見てもらうために使うだなんて、ボクは卑怯で情けない存在だ。

——死体。出っ張った腹部。時計。この時間になると死体のことを考えてしまう。悪夢みたいな光景なら自分を許せると思う。そんな風に思っちゃいけないって言い聞かせて終わりな気がする。

「……ボクはひどいんだ」

言ったらどうなるか考えずに、口を開く。ひどい露悪趣味だと思う。心の表面の部分では伝えたくないって思っているのに、心の奥底では伝えたいと思っている。

一季に自分の汚いトコを全部見てもらいたがっている、不潔で淫らなボクがいる。

「何がひどいんだ？」

無表情の男の子が言う。口調は優しくて、少し肩を下げている。ボクを安心させようという姿勢だ。

それだけで嬉しくて、悲しくて、泣きそうだ。

「ボクは……。冬音の死体のことを、かっ、考えちゃうんだ！」

「それはみんな考えてることだよ」

だから気にするな、という言葉を含んでいる。

「冬音が死んだことじゃなくて……」

ほとんど無意識だった。一季の上着を両手で握り締める。

「死体について考えちゃうんだ！」

「俺だって考えるぜ。あんな異常な死に方をしたんだから、誰だって考えるよ」

違う！　違う！

「パズルみたいに考えちゃうんだ！　どうすれば同じことができるんだろうって。悲しいのは本当なのに考えている時はそれに夢中で！　こんなに残酷な自分を知りたくなかった！」

冬音が死んで優しくされたからって、一季を好きになってしまう自分なんか知りたくなかった。

「……秋桜は、冬音がどうしてあんな風に死んだのかわかるのか？」

「わかんないけど、考えてしまうんだ！」

あの死体を作る方法が知りたいんだ。

「俺は考えることを放棄してた。だけど、逃げずに考えてた秋桜は立派だと思うよ」

えっ？　ボクが立派？　冬音の死を頭の中でもてあそんでいるのに?!

「秋桜の考えは間違っていないと思う。誰かに殺されたとしたら、あんなことした奴は許せない」

それはそうだ。どんな理由があっても、ボクはその人を許したりなんてできない。

「自殺だとしたら、あんな異常な死に方をしたのは、冬音からのメッセージかもしれない。事故だとしたら、原因がわかれば未然に防げる」

だから、ボクの考えは正しいってことか……。

「でも、ボクはそういうことを……。冬音への悲しみとは別に考えちゃってるんだぞ」

「大切なのは謎を明らかにすることだろ？　悔いる必要なんかねーよ」

優しいこと、言わないでくれ！　ボクは冬音の死をもてあそんでいただけだ！

「俺にも手伝わせてくれよ。もし秋桜が嫌じゃなかったら一緒にやろうぜ」

「えっ？」

心が一瞬、真っ白になって……。心が、変になる。

「冬音を死んだだけにするとこだった。秋桜に言ってもらえて、俺はそれだけで救われた気分だよ」

「……一季は本当にそんなことを思っているのか？」

救われた。こんなに最低なボクに？

「思ってるよ。……というか反省してる。秋桜だけにつらい思いをさせちゃってたな」

「そっ、そんなんじゃないよ。ぼっ、ボクは……」

「もういいだろ？　一緒にやろうぜ。いやか？」

こんな決断をしていいのかボクにはわからないけど、一季がそこまで言ってくれるなら言える。

「ボクはするよ！　あの謎を必ず解明してみせる！　だから一季、手伝ってくれ！」


食事を終えてリビングでダラダラするふりをしてから、秋桜の部屋に向かった。もしかしたら、静夏か春海が犯人かもしれないから、詳しい話は二人の時にすることにしたのだ。

——海岸で俺にすがりつく秋桜を思い出す。砂糖で作った人形、みたいだと思った。さわったら崩れそうで……。砂の人形みたいじゃなくて砂糖なのは、苦しんでる秋桜を見ていると甘い気持ちになってしまうからだ。それはいけないことなのだとは思うけど……。それを理解して意識したって……。

苦しんで俺にすがりつく秋桜の姿は、甘くて切ない。

ドアをノックして、返事を聞いてから部屋に入る。

「コタツに入ってくれ。一季がボクの部屋に来るのは初めてだな」

魚拓《ぎょたく》がかざってあったり、釣竿やルアーがあったり、秋桜の部屋って感じだ。

俺はもそもそとコタツに入って、

「さっそくだけど、今までに秋桜が考えていたことを教えてくれよ」

「先に言っておくけど犯人の特定はできてない。想像しているのはその手前の手前まで。ボクの意見で一季の考えを固定したくないから、変だと思ったらドンドン言って欲しい」

俺が頷いたのを確認して、秋桜は口を開く。

「問題はどこから時計が入ったか、だと思う。肛門も膣も違うのは確認した。かといって口はなさそうだ。つまり、時計を入れる穴はどこにもない。これが大前提」

「そんなもんを前提にしてしまったら、話が進まないんじゃないか？」

「考えたくはないだろうけど……。お腹に時計を入れようと考えた時、穴から入れようとするか？」

「……穴に執着でもない限りそんな面倒なことはしないな」

「面倒だし、本気でやろうと思ったら穴を大きく切り裂かなきゃいけない」

「でも冬音の腹には切った痕跡はなかったんだぞ？　傷があれば見逃すわけがない」

「うん。お腹には少しの傷もなかった。だとしたら他の場所にはあった、ということだ」

「他の場所？　……………あっ。あ～。こういうことか？　背中を裂いて入れたんじゃないか、と」

「うん。あの時にちゃんと調べなかったから、わからなかったんじゃないか？」

人体の構造を考えてみる。

「……時計を入れるには肋骨が邪魔じゃないかな？」

「縦に入れるのは無理だけど横にして肋骨の隙間から入れるなら可能だと思う」

「正解だと思うぜ。謎なんかじゃなくて、背中を確認すればすぐわかったことなのかもな」

「それはそれとして、もう1つ問題があるんだ。それは冬音がいつ死んだかなんだ」

「えっと……。正確な時間はわからないけど、校舎で別れたのが昼の2時か3時だろ？　死体を発見したのは夕方だから5時頃か。その間に死んだので間違いないだろ」

「2時間か3時間の間に、殺して背中を切り裂いて時計を入れる、というのはできるのかな？」

「できないこともないんじゃないか？」

「外で殺したとしたら、死体を部屋の中まで運ばないといけない。部屋の中で殺して背中を切り裂いたなら、血の始末はどうしたんだろう？」

冬音の血で部屋が汚れていた記憶はない。

「静夏に気づかれないように死体を運び込むのも、血を始末するのも大変そうだよな」

ん？　あっ……そういうことになるのか。

「……秋桜が考えてるのは、そういうことなのか？」

「単純に考えればそうなる。言っておくが、ボクは静夏が犯人だって言っているわけじゃないんだぞ。時計の入れ方は謎でもなんでもないとして、わかんないのはどうして時計を入れたかなんだ」

俺は少し考えてから言う。

「…………死体を掘り起こしてみないか？」

びくっ、と秋桜は微かに慄《おのの》く。

「そっ、それは……。そんなことしていいんだろうか？」

「前提が間違ってたら、真相には絶対にたどりつけないぜ。確かめられることは確かめたほうがいい」

秋桜はガチガチに緊張して頷く。

「静夏と春海には言わないほうがいいな」

「春海は怒りそうだし、自分達が疑われていると知ったらいい気分じゃないだろうしな」

秋桜は無理矢理といった様子で微笑んだ。

「一季に言ってよかったぞ。死体を掘り起こそうなんて思いつかなかったし、思いついても実行できなかった。男の子はこういう時に頼りになるんだな」

「別に男は関係ないよ」

俺が壊れてる、ということの方が関係ありそうだと思う。


静夏と春海が眠る時間になるのを待って、温泉宿の裏の冬音を埋めた場所に向かう。

「……あれ？　何か変じゃないか？」

月の光に照らされた地面が濃い青に見える。冬音を埋めた場所の土が不自然に盛り上がっていた。

「秋桜はここで待ってろ」

春海が山で鹿を見たと言っていた。鹿がいるなら熊だっているかも。

「一季だけを危険な目に遭わせるわけにはいかないぞ」

「何かあったら一緒にやられちゃうかもしれないじゃん。落とし穴があった時、一人が後ろにいれば落ちた人を助けられるだろ？　だから秋桜は待機していてくれ」

スコップを胸の前で構えて盛土に近づく。誰が何の目的で掘り起こしたんだ？　熊が死体を食べるためとかの納得できる理由であって欲しい。

――どっ、どうして⁉　嘔吐はしない。トラウマになったりもしない。でも、そうなる人がいても納得できる姿だった。見せたくないけど、犯人を捜す手がかりになるのかもしれないのだ。

「俺の説明を聞いて覚悟を決めてから来い。冬音が掘り起こされてる。酸っぱい匂いがするから腐っていると思う。だけどそうじゃなくて、仰向けなのに冬音の顔が見えないんだ」

「見えないって……。皮膚が腐り落ちているってことか」

「顔面に穴が開いている。刃物か棒でぐちゃぐちゃにしたんだと思う」

秋桜の息を呑む気配がした。

「……覚悟した。そっちに行くぞ」

秋桜は小走りで近づくと、死体を見てすぐに目をそらした。

「だっ、誰がこんなひどいことしたんだ？」

夜でよかった、と思う。もし昼だったら、見たくないものがよりハッキリと見えていたと思う。夜は藍と黒だけの世界だから、藍色の冬音の顔に、暗い穴が幾つもに見えるだけで現実感が薄い。

「肩や胸にも穴はあるな」

服が不自然に切り裂かれて、その隙間から黒い穴が幾つか見えた。

秋桜はポニーテールを左右に揺らす。

「いったい冬音にどういう恨みがあったらこんなことが？」

「事件を解決したら、その謎も明らかになるだろ。今は冷酷になろう」

「冷酷にって。……うん、そうだな。感情的になるのは後からでもできる。背中を確認しよう」

俺は冬音の背中に手を入れる。スコップを使ってやろうかと思ったが、モノのように扱うことになる気がしてできなかった。その一方で、死体に手がめり込んだら嫌だな、と思ったが腐敗はそれほど進んでいないらしく、簡単に裏返すことができた。

「……冬音、悪いな。脱がすぞ」

土のついた制服をぐいぐいと引っ張って、背中を露《あらわ》にする。掘り起こした奴は冬音の背中に興味がなかったらしく刺し傷は1つもなかった。背中の肌はまるで生きているかのように張りがあって、つるっ、としていて。――傷はない。

「もっと上かもしれないぞ」

背中が残らず見える位置まで服を引っ張るけど……傷はない。

「そっ、そんなわけ……」

信じられない様子だ。だけどどれだけ観察してもない。

「あっ！　脇腹は？」

秋桜は服が汚れるのもかまわず、地面にひざまずき、顔を冬音の左右の脇腹に近づける。

「そんな……傷がないなんて」

秋桜がショックから立ち直るのを俺は死臭の中で待っている。どうしたらいいのかわからない。

剥がされていた布団に冬音を丁寧に包み直し、元の状態に埋め戻した。

「こういうことを言うと、冬音に悪い気もするんだけど、俺達、臭いよな」

秋桜は苦笑する。

「全身から真夏の漁港の下水を数倍に濃縮したような臭いがするな」

苦笑の意味がわかる気がした。冬音にこういうことをされるのはイタズラをされているような、そういう感じがする。これが見知らぬ人の死臭だったら気持ち悪くてたまらなかったと思うのだ。だけど冬音の死臭だから苦笑になる。考え過ぎなのかもしれないけど、秋桜が俺と同じことを少しでも考えていてくれたら、何かが救われるような気がした。

「風呂に入ってこいよ」

あの露天風呂は俺が掃除している時間をのぞけば24時間営業。

「俺は秋桜があがったら入るからさ」

秋桜はすがるように俺を見つめる。

「一緒に入ってくれないか？　一季だって臭いがついてるんだ」

「そうだけどさ……。でっ、でも……いいのか？」

「一人でいるのが不安なんだ」

秋桜に気づかれないように嘆息する。こんなことがあって不安じゃないわけがない。冬音の死体を見て、さらに不安になったはずだ。

「夕方にボクは思ったんだ。見られたくないけど、本当は見られたいって。ボクの心の全部、見せてしまいたいって思ったんだ。だから……見てもらいたいんだ。心だけじゃなくて――」

女の子の不安に乗じてこんなこととしてしまうのは、いけないことだと思う。だけど、こんな秋桜が目の前にいて――甘い秋桜が甘い気持ちをぶつけてきたら、俺の気持ちだって無事でいられない。秋桜の両肩に手を置いて、唇を近づける。秋桜の全身にキュッと力が入る。

――ほとんど衝動的にキスをする。

唇を離すと、秋桜は緊張した顔のまま微笑んだ。

「もっと早くキスしてくれるかと思ってたぞ」

「遅れてごめん」

そう言って俺は秋桜の頭を撫でてから手を握った。恐怖に押されるようにこんなことするのは、間違ってる気がする。だけど真っ当な行為だとも思う。――だって怖いんだから。恐怖を前にしたら、体は重なるはずだ。そうすれば乗り越えられるのだから。


恥ずかしいから先に入ってくれ、と言われたので、洗い場で体を洗いながら待っている。

ドアが開き、小さなタオルで器用に体を隠した秋桜が入ってきた。

「ちょっと待って！　ボクから言ったことだし、一季が言いたいこともわかるけど恥ずかしいんだ。……自分じゃそういうこと、できそうもないから。かっ、一季がタオルを引っ張ってくれないか」

そっちの方が恥ずかしいと思うが、自分でしたわけじゃないと考えれば気が楽になるのかも。

秋桜に近づいてタオルを引っ張り下ろした。大きな胸が揺れる。秋桜は真っ赤な顔で横を向く。

「いっ、今は見るだけにしてくれ。こういう時にそれ以上のことするのは……いけないことだと思う」

喋るたびに敏感そうな乳首が揺れていて、頭がおかしくなってしまいそうだ。

秋桜は我慢できなくなったように震える。

「ボクだって一季にさわられたいけど今はダメだ」

そう言って、洗い場の椅子に腰を落とした。

「体を洗おう。洗いあったりはしないぞ！　そんなことしたら歯止めがかからなくなることくらいボクだってわかるんだ。たっ、タオルをよこしてくれ」

俺からタオルを受け取ると、肌が剥けそうな勢いで体を拭き始める。その秋桜を見つめてしまう。

「ボクを見てないで、頼むから一季も体を洗ってくれ！」

真っ赤な秋桜が泣きそうな声で言う。

――温泉は乳白色で、湯船に入ってしまうと胸元から下は見えない。そのせいもあるのか、さっきまでのおかしくなってしまいそうな興奮は徐々に落ち着いてきた。

秋桜は露天風呂から夜空を見上げる。

「背中に傷がなかった。ボクは何を見落としているんだ？　超能力で時計を入れたんだろうか？」

「それを言ってしまったら終わりだって気がするぞ。そういう考えはやめておこうぜ。あの状態の冬音に入れるのは無理なわけだ。ということは、時計に何かあるんじゃないか？」

「……時計に？　あっ、そうか。時計を細かく分解して中で組み立てるという手段もあるのか。肛門から部品を入れてお腹の中で組み立てる……そんなこと可能だろうか？」

「例えば長いピンセットと内視鏡があればどうだ？　中で組み立てる工夫があるのかもしれない」

「もしかしたら、それが正解かもしれないぞ。時計を見れば確認できる」

秋桜は湯船から手を出し、鼻に近づける。

「漁港の下水みたいな臭いもとれたな。すぐに冬音の部屋に行って確認……あっ！　ボク達は何をしてるんだ！　冬音を掘り起こした人の体に、死臭が残っているはずだ！　掘り起こしたのが二人のうちのどちらかなら……」

「あっ、そっか。静夏と春海の部屋に行こう！」

二人そろってこんなことに気づかないなんて！

――湯船で立ち上がった瞬間、脱衣所のドアが開いた。

入ってきた裸の静夏が淡々と言う。

「二人は一緒にお風呂に入るほど仲良くなったのね」

「ちゃんと隠せよ！　いろいろ見えてるって」

静夏は全裸のまま毅然と胸を張る。

「二人の関係をギクシャクさせようと思って裸になったのに、隠したら意味がないわ。一季がいるのは知って来たのだから、見られることは覚悟の上よ」

「覚悟ってなんでそんな…………………静夏から死臭がするぞ」

「その匂いを落としに来たんだから、して当たり前だわ」

がばっ、と立ち上がった秋桜を静夏は湯船に戻るように手を振る。

「話し合わないといけないことがあるみたいだから私は来たのだわ。……春海、入ってきなさい」

それを合図に春海が現れた。びっ、びっくりした！　いろんな感情が一瞬、全部吹っ飛んでしまう。

……しっ、知ってはいたけど、デカイ！　超デカイ！

「……あっ、あんまり……みっ、見ないで欲しいな」

「ふんっ、いやらしい男なのだわ」

「かっ、一季ッ！　ボクの裸を見て、すぐに別の女の子の裸に夢中になるなんて最低だ！」

「違うって！　そういうのじゃなくて、ただ驚いただけだ」

「見ただけでイッてるくせに何を言っているのかしら」

「そんなビックリ人間じゃねーよ！　そいつは日常生活を送るの無理だろ。あー、もうちょっと黙れ！　くだらないこと言ってる状況じゃないだろ。……二人そろって死臭を洗いに来たのか？」

「そうだわ。話は体を洗ってからでもいいかしら？」

「わかった。待つよ」

俺の隣で秋桜が無言のまま硬く頷く。

「私と春海の裸をちゃんと見て欲しいわ。バールやナイフを持ってないことを確認して欲しいのよ。

そういうのって今は大切なことだと思うわ」

三人の女の子とお風呂に入るという夢の時間が成立してしまった。……これが夢なら夢精は確実だが現実は凄い。だって、四人ともここに死臭を落とすために集結したのだ。エロい気分は皆無。

「冬音の死体を掘り起こして顔面を傷つけたのは二人なんだな。なんでそんなことしたんだ？」

春海が湯船のお湯を揺らして前のめりになる。

「私から話すよ。静夏ちゃんは巻き込まれちゃっただけだから……。私、人を殺してみたかったんだ」

絶句した俺と秋桜を見て、静夏は顎を引いた。

「驚く気持ちはわかるわ。私も最初は驚いたもの」

「じゃ、冬音を殺したのは！」

「信じてもらうのは無理かもしれないけど、私は冬音ちゃんを殺してないよ」

――春海の話はこういうことだった。冬音の死体を見ると同時に、殺人欲、とでも呼ぶべき感情が目覚めてしまった。死体の観察をやめろ、と言っていたのは、そういうことをすると感情が高ぶって何かをしてしまいそうだったから。その時は何もしなくてすんだけど、日がたつにつれて殺人欲は強くなっていった。その感情をどうしたらいいのかわからなくなって静夏に相談したのだ。人を殺したいんだけど、どうすればいいか？　と。春海は静夏と相談して、冬音の死体を刺して自分の気持ちを確認してみる、という結論に達した。そして、今日。二人は死体を掘り起こしたのだ。

「冬音ちゃんの死体をナイフで刺している時……興奮したんだ。何度も刺した。だけど、急に気づいたんだ。しちゃいけないことだって。だっ、だってね。えっと……。うまく言えなくて、ごめん」

「説明できなくて当然だわ。人を殺しちゃダメだなんて、当たり前の感情だもの。誰にとっても当たり前のことを説明するのは難しくて当然だわ」

「うん。だから、私は人を殺したりしないって決意した。欲望は消えてないけど、我慢できる」

「……今も人を殺したいのか？」

「うん。だけど、もっと強い気持ちで、殺しちゃいけないって思ってる。冬音ちゃんをああしないと気づけなかったなんて最低だけど……。本当の気持ちだよ」

「どうして死体を埋め戻さなかったんだ？」

「一季と秋桜が急に来たから、慌てて逃げただけのことだわ」

「どうして逃げたんだ？　その時に事情をボク達に説明してくれれば……」

「逃げるって不思議だわ。つい逃げ出してしまっただけなのに、逃げるってことだけで頭がいっぱいになってしまうのだわ。落ち着いて考えれば、逃げる必要なんかなかったのだわ。だったら二人がお風呂に入っているとこにおしかけようって。裸なら私達のこと警戒しないはずだわ」

秋桜は警戒を崩さずに春海を見つめる。

「確認だけど、殺人欲が今もあるんだよな？」

「うん、あるよ。だけど、絶対に誰も殺さない。本当だよ」

「ボクは春海じゃないから、どこまで本当のことを言っているのかわからないんだ」

静夏が話に割って入る。

「冬音に取りすがって泣く春海を見たわ。本当の気持ちで泣いてたと私は思ったわ。私は春海を信じる。あつかましい言い方だけど私が信用する春海を信じて欲しいわ」

「………わかったよ。俺は信じる」

「一季がそう言うならボクも信じるよ」

「で、何度も確認するけど、冬音を殺したのは春海じゃないんだな？」

「うん。殺人欲に目覚めたのは冬音ちゃんの死体を見てからだから、絶対に違うよ」

「私は自殺だと思うわ。冬音はいつも白い雪だるまの髪飾りをつけていたけど、あの時の冬音の髪飾りは黒い雪だるまだったわ。……あれって喪服みたいな意味じゃないかしら？」

　新しい制服に着替えて、秋桜と一緒に廊下を歩く。

「推理小説とかじゃ犯行現場を見てから推理するじゃないか。それなのに冬音の背中の傷も、時計も、推理してから現場に見に行ってる。順番が逆だ」

「こんなことがスムーズに行く方が変なんだって」

「しかも髪飾りのこと、静夏に教えられるまで気づかないなんて」

「あんな状態じゃ気づかないよ。静夏もたまたま気づいただけなんだし、後悔してもしょうがないぞ」

　秋桜はドアの前で立ち止まり、律儀にノックをしてから開けた。漂ってきたのは、冬音が身にまとっていた、どこか甘い感じのする香り。秋桜は蛍光灯のスイッチを入れると、部屋に放置されていた時計に近づき両手で持ち上げた。折り曲げようとするかのように力を入れたり、つなぎ目に爪を立てたりをしばらく続けてから、無言で俺に時計を渡す。

　時計を受け取った瞬間にわかってしまった。つなぎ目が少なく数本のネジだけで固定されてる。つまり１つ１つの部品が大きいということだ。傷がつかない程度に広げた肛門から部品を入れて、ピンセットなどを使って中で組み立てるのは不可能。秋桜は脱力して言う。

「……考え直しだな」

「方向性は間違っていないと思うぜ。体を傷をつけずに時計を入れるなら細かくするしかない」

「でも時計は大きくしか分解できないんだぞ。ボク達がまだ思いつきもしない方法があるんだ。……今は時計にこだわるのをやめて、部屋を見直してみよう。何か新しい発見があるかもしれない」

「ここで冬音は倒れて……あれ？　いきなりだけど新しい発見をした。ここに渦巻き模様がある」

フェルトペンで書いたっぽい、手のひらサイズのナルト模様が床にあった。

「ここって、冬音の死体があった場所だぞ。ダイイングメッセージじゃないか？」

「もしダイイングメッセージだとして、なんでぐるぐるなんだろう？」

「普通はイニシャルとかだよな。……事件と関係あると思って見るのは危険かもな。そういえば床に血がなくないか？　誰かが掃除したってわけじゃないよな？」

床に血痕がまったくない。

「言われてみれば手についた血を洗ったとか、そういう記憶がないぞ。あー、もう！　1週間も考えていたのにボクは見落としばかりじゃないか！」

「秋桜は刑事でも探偵でもないんだから、それが当たり前なんだって」

「そうだな。……お腹を切っても血が出なかったっていうのはヒントじゃないか？　血がないってことは、血を抜かれたってことだ。外傷がないのにどこから血を抜くんだ？」

「……ん？　あっ、そうか。血を抜いたのと逆の手段を使えば」

「注射器を使えば簡単に抜けるのかな？　だとしたら時計を注射器で体内に、というのは無理がありすぎるな。……とにかく、今はあまり考えずに部屋の調査に集中しよう」

他に変わったところは……と。

「テーブルに将棋があるな。コマも並べてある。……詰将棋か」

詰将棋は将棋のルールを利用したパズルだ。冬音は渋い趣味をしてたんだな。

「ミステリー小説なら、これが大きなヒントになったりするんだろうけど」

盤をじっと見詰める秋桜の動きが止まった。

「この詰将棋、変な感じがする」

秋桜の言う通り、ミステリー小説ならありそうだけど、こんな遠まわしなメッセージを残すとは思えないし、こんな手がかりを残す犯人もいなさそうだ。だというのに秋桜は真剣に考え込んでいる。

「秋桜って将棋できるのか？」

「コマの動かし方を知っている程度だと思うけど。……ボクはもうちょっとこの詰将棋を考えるよ」

俺は死体があった場所を再び調べる。……んっ？　腹を切っても血が出ないのは当然かも。死んだということは血液の循環がないということだ。それなら重力に引っ張られて、血は背中やお尻に溜まるはずだ。医学の知識がないから本当にそうなのかはわからないけど……。

「これは詰将棋じゃない。詰将棋は王を詰めるのが目的だってことくらい知っているよな？　でもこれは王を詰めようとすると、元の状態に戻る。王が右に行って上に行って左に行って下に行って、このループから外れたら王手を続けられなくなってしまう。詰将棋は連続で王手、が決まり。だから、これは詰将棋としては破綻してる。……あっ。つまり、これはネットや新聞で公開されている詰将棋じゃないってことだよな。だって破綻した作品は公開されない。ということは冬音が作ったんだと思う」

「詰将棋の創作とか、冬音は渋い趣味をしてるな」

俺にはそのくらいの感想しかないのだけど、秋桜はじっと考え込んでいる。

「う～ん。これはもういいよ。ボクも部屋を調べるの手伝うぞ……っと？」

立ち上がると同時に、大きくよろめいた秋桜を慌てて支える。

「あっ、あれ？　……大丈夫だ。ただの立ちくらみだ」

「今日はもうやめにしようぜ。時計を見てみろよ。夜が明ける時間だ。解決まで長引くかもしれないんだ。冷静に考えると、今日はいろいろと飛ばしすぎだったと思うぞ」

「……まだできると言いたいけど、一季の言うとおりだ。今日は休むよ。……当然、一緒に寝てくれるんだろうな。一人じゃ眠れそうにないんだ」

額を俺の胸に押し付けながら言う。


秋桜の部屋のベッドで抱き合うように横になる。

「ボクのわがままをきいてくれてありがとう」

「殺人欲を持った奴と同じ屋根の下にいるんだから、怖くて当然だよ」

「一季は春海のこと、信用したんじゃなかったのか？」

「言葉だけだ。信用しないって言ったら春海は俺を警戒するだろ？　これから何が起こるにしろ、警戒されない方がいいに決まってる。何を言ったとしたって、春海が怪しいのは間違いないだろ」

「あの二人が冬音を殺したと思う？　可能性とかじゃなく、犯人と思うか思わないかを聞きたい」

「……正直に言うと、少しも思ってないよ」

「ボクもそうなんだ。あの二人を見れば見るほど信用していい気がする。というよりも信用するしかない気がするんだ。疑うのが当然なんだけど……本気では疑えない」

「そうじゃないと、冬音が死んでからも一緒に暮らすなんて、できなかっただろうからな」

「本当なら疑いまくって、怖がっていないといけないはずなのに……」

曖昧な沈黙。

「……それじゃ、秋桜は何が怖いんだ」

「ボクが怖いのは……理由がわからないことだよ。それが怖いんだ」

【20日経過】

海岸で春海からナイフを受け取る。春海の殺人欲を刺激する元凶の1つであるナイフを、海に投棄することにしたのだ。できるだけ遠くに投げたい、という春海の希望で、この中では一番力があるだろう俺が投げることになったのだ。

静夏は投げようとした俺を制止した。

「せっかく投げるのだから、素敵なかけ声が欲しいわ」

「うんうん、思い出したくないことしかつまってないけど、カッコイイこと言って捨てて欲しいな」

「そうだな。ラブロマンス！　みたいにカッコイイ言葉を言って欲しいぞ」

「秋桜にとってはそれがカッコイイ言葉なのか？」

フリスビーを投げる時のようにナイフを持ち手と逆の脇に巻き込むように引いて腕と腰を回す。

「こんにゃんッ！」

ナイフはくるくる回転しながら放物線を描き、ぽちゃん、と海に沈んで消えた。

静夏が不思議そうに「こんにゃん？」と聞き返した瞬間、秋桜の顔色が変わる。

「こんにゃん、って何かな？　秋桜ちゃん知ってる？」

「いや、あの、えっと……」

「こんにちは、の秋桜語だよ」

静夏はじと～と秋桜を見る。

「猫語で甘えてるのね。ベッドの中では文字通りにゃんにゃん、と」

「ボクに向かって、中年男性みたいことを言わないでくれないか！」

春海が猫の手をしながら甘えた声を出す。

「ごろにゃ〜ん、これは何かにゃ〜。伸びてきたにゃ〜、みたいな感じ？」

「そのえげつなさには俺でも引くぞ」

ひどい！　あまりにもひどいシモネタだ。

「間違って1回言っただけなんだ！　たまたま噛んだだけだ！」

「秋桜って、たまたまを噛んだりしてるの？」

「それ以上言うなら、ボクが海に沈むか、静夏を海に沈めるかのどちらかだ！」

「でも〜、こんにゃんって可愛いよね〜」

春海はペコリと静夏に頭を下げて「こんにゃん」。

静夏もペコリと頭を下げて「うんにゃん」。

同時に顔を上げて、はにかんだように笑ってから、「にゃんにゃん」と声を合わせて言った。

「素敵な挨拶なのだわ」

「ボクの言い間違いで挨拶するな！」

「なぜか笑顔になってしまうわ。もしかしたらこれは歴史に残る挨拶かもしれないのだわ」

「そんなわけない！　とにかくもう禁止！」

不満そうに二人がぶーぶー言う。

「本当に投げちゃったけど、よかったのか？　殺人欲が消えたわけじゃないんだろ？　どうしても殺したくなったらどうするんだ？　もしその時は、ほら、俺って痛いの我慢できる体質だから」

静夏はなぜか軽蔑するように俺をにらむ。

「耐えられなくなったら自分を刺せと言うつもりかしら？」

「一季ちゃんは心配しなくていいよ。冬音ちゃんを刺した時に本当にダメだってわかったんだから」

「それに、平和的な方法で春海の殺人欲を解消する方法を思いついたのだわ」

春海は慌てたように両手をわたわたした。

「しっ、静夏ちゃん。その話は秘密でお願い」

「わかったわ。行きましょう。海岸は一季と秋桜の聖なる場所だから私達が長居すると迷惑だわ」

「そっ、そんな気の遣い方しなくていいんだぞ」

「私達抜きでいろいろしたいことがあるはずだわ」

そう言って静夏は、春海を連れて離れていく。

「で、今日はどうする？　校舎に結果を見に行くか？」

冬音の死を調べ始めてから1週間近くが経過したけど、これという証拠を見つけることも、これだという推理をすることもできずにいた。冬音と別れた場所の周辺を探し回っても何も見つからず、今は冬音が気にしていた学校の扉を開ける方法を探しているところだ。

「ノートパソコンがどうなってるのか気になるけど……その前に話しておきたいことがあるんだ。これはほとんど妄想だと思うのだけど、それだけに早めに否定しておきたいんだ。もし他殺だと仮定したら……。やっぱりそれは静夏でも春海でもないとボクは思う」

「それって仮定自体が成立してないいんじゃないか？」

「ここにいるのはボク達だけじゃないかもしれない。まだ姿を現してない人がいるかもしれない。最初に言っただろ。妄想そのものだって」

秋桜はそう言うけど可能性はなくはないか。何か理由があって姿を隠し続けたままの人がいる、ということは充分にありうる。

「今の状態なままより、思いついたことはなんでもした方がいいな」

「もしボク達以外の誰かがいるとしたら、その人はどこにいると思う？」

「さすがに温泉宿に住んでるってことはないよな。ということは……校舎か」

「校舎も見て回ったけど、唯一わからないのは、冬音も気にしていた、あの扉だ」

【23日経過】

夕方。鍵がかかった謎の扉の前の床を見た瞬間、秋桜が息を呑んだのがわかった。

——計画通りに行動することになるなんて驚きだ。

俺は扉の横についている電子ロックとケーブルで接続したノートパソコンのモニターを見つめて、やれやれ、とつぶやきながらため息をついた。

「おっかしいなぁ。キーの解除は簡単だと思ったんだが……。この電子ロックは物凄く原始的なシステムで、数字の並びで解除できるはずだから、総当りで試すことができるソフトを走らせてるんだけど、どういうわけか開かないいんだよ」

「総当りだから時間がかかっているだけなのでは？」

「1億まで試してるんだぞ。常識的に考えてキーを解除すんのにそんな長い数字は使わないだろ。もしかしたら、このボックスはダミーなのかも。もしくは、誰かが放置してたこのノートパソコンを操作しているのかも。誰かが暗証番号を途中で変えたのかもしれない」

「その可能性は低そうだな。静夏や春海がそんなことするなんて思えないぞ」

「まぁ、一応新しいソフトを作っておいたんで、それを試してみるよ」

俺は小脇に抱えていたノートパソコンに接続し直す。

「時間はかかるけど、かなり進化してるからな。途中で何かされても大丈夫だ。んじゃ、行こうぜ」

俺と秋桜はその場を立ち去った。

無言で一本道を歩き、森を抜けたところで秋桜に話しかける。

「砂が乱れてたな」

「……うん。見間違いじゃない。あれは誰かが踏んだ跡だぞ」

海岸で廊下の色と似た色の砂を探して、昨日ノートパソコンを電子ロックに接続しながら、扉の前に一直線にまいたのだ。それが乱れていたということは、誰かが扉から出た、ということだ。

そいつがどこかで聞き耳を立てている可能性があるので、森を抜けるまで喋らなかったのだ。秋桜が立ち止まる。

「今から学校に戻ろうか？　それとも静夏と春海も呼んだ方がいいかな？　こういう時は人数が多い方がいいと思うんだ」

「ダメだ。静夏は相手が誰でも突撃しそうだ。逃げなきゃいけない時に静夏は邪魔になる。それに、殺人欲を我慢してる春海を、危険なことが起こるかもしれない場所に連れて行きたくない」

「……そうだな。一季の言うとおりだと思うぞ。予定通り二人で行こう」

「いや、俺一人で行きたいんだ。腹の中に時計を入れちゃうような変な奴だ。そういう危険な場所に秋桜は行かないほうがいい」

「……だったらどうして一季は行くんだ？」

「みんなの話を聞いていると、痛いと何もできなくなるんだろ。でも俺は動ける。腹の中に時計をぶち込まれても逃げたり反撃したりできる。頭さえ守ってれば何をされても平気だと思うんだ」

「ばっ、バカじゃないか！　その時はいいけど、傷の処置ができなくて死んだらどうするんだ？　ボクにはバックアップもできないっていうのか？」

「そういうわけじゃないって。相手がどんな奴だかわかんないって話だよ」

「それで一季が死んだりしたら、ボクは後悔で生きていけない！」

秋桜は眉間に皺を寄せ、俺の上着を両手で掴んで乱暴に引き寄せた。

「一季って、自分のこと、どうでもいいと思ってるんだろう？　一季はボクの好きな一季だ！　ボクは一季に怪我して欲しくない！」

「……でも今回の場合は、そういうの、避けられないかもしれないだろ」

「余計について来いって言うべきじゃないか！　ボクだって一季を守りたいんだ！　どうしてボクの気持ちがわかんないんだ！　ボクのこと好きじゃなくてもいい。でも自分の体を大事にするのが当たり前だってことだけ理解してくれ。今日死ななくても、このままなら一季は簡単に死んじゃうぞ。ボクは一季に死なれたくないんだ。なんでも背負おうとするのはやめてくれ！」

「ごめん。俺……。正直に言って秋桜の言っていることは理解できないよ。でも、秋桜の気持ちはわかったから。その気持ちに従う。皮肉じゃなくて、俺は自分が正しいなんて思ったことないしな」

「ボクは一季を言い負かしたくて言った訳じゃないんだぞ」

「わかってる。秋桜の気持ちは伝わったって言ったろ。だから急には無理でも、少しずつ理解して治していくよ。今はそれでいいか？　……できれば理解したって言いたいけど、そんなの嘘だからな」

「わかった。正直に言ってくれて嬉しいぞ。……ボクは一季について行く。いいな？」

「わかったよ。もしもの時はバックアップを頼むぞ」

秋桜は服の袖でぐいぐい涙を拭く。

「この事件が終わったら、たっぷり教育するから覚悟するんだぞ」

すでに暗くなった道を、校舎の前を通り過ぎて山へ向かう。少し進んでから森へ分け入り、月の光を頼りに、校舎の裏側へ出る。あらかじめ鍵を開けておいた窓を見つけ、そっと開く。

秋桜が四つん這いになった俺を踏み台にして校舎に入り、続けて俺が窓枠を鉄棒みたいに掴んで一気に体を持ち上げて転がり入る。廊下側の窓から見られて気づかれないように、柱にぴったりと背中を貼り付ける。この教室は開かずの扉の側だ。扉が開けば必ず気づくはずだから、ここで待つ。もしかしたら誰も出てこなくて一晩中このままということも考えられるけど……忍耐勝負だ。

秋桜が俺の手を握った。その手を握り返す。こういうことは俺からしないとダメだよな。

時間が過ぎていく。——今日は開かないんじゃ。そう30回くらい思った時、鈍い音が響いた。

目を見開いた秋桜に頷く。足音。柱を挟んですぐ向こうの廊下に誰かがいる。

足音が壁を隔てて俺達のところまできた瞬間、秋桜の手をパッと離した。秋桜が走り出す。計画通り秋桜は教室のドアの前から、俺は後ろから挟み撃ちだ。秋桜の方が一瞬早く飛び出したのはおとりにするため。秋桜にびっくりして立ち止まったところを、俺が後ろから抱き付いて押し倒す作戦。

「えっ?!」

コンマ数秒早く廊下に出た秋桜が凍りついていた。俺も同じく硬直する。

俺達に挟まれて廊下に立っていたのは——冬音だった。

「なんですかいきなり！　びっくりし過ぎて声も出ませんでしたよ！　……驚かした側のお二人とも私よりビックリしてますね。このくらい想像してなかったんですか？　しっかりしてください」

俺と秋桜は驚きのあまり何も言うことができない。

「ドアの電子ロックに新しいノートパソコンを接続して、私を外に誘い出したんですよね。でも、計画通りだとすれば最初の一手が見えません。何がきっかけでこんなことをしようと思ったのです？」

秋桜は呆然として口をぱくぱくしてから、ようやく言葉を発する。

「ふっ、冬音なんだな？」

「冬音ですが？　見ればわかるじゃありませんか」

「じゃ、死んだのは誰なんだ！」

「屋上で話しませんか？　逃げたりしませんし、逃げるところもありませんしね。お二人は知らないでしょうけど、逃げる場所なんて、本当にこの世のどこにもないんですよ」

意味のわからないことを言い捨てて、冬音は勝手に歩き始めた。


冬音は屋上の手すりの側まで歩いてから振り返る。

「久しぶりに冗談を聞きたくありませんか？」

秋桜は冬音に向かって踏み出す。

「いったいどういうことなんだ？」

「ダメですよ。最初から容疑者に説明を求めるなんて、名探偵のすることではありませんよ」

「ボクは名探偵なんかじゃない！」

「真似事はしたんですから、最後までやってみたらどうですか？」

「もし冬音が犯人なら、最初からボクに推理をさせる余地を残すつもりはなかったんだろ？」

「変なことを言いますね。秋桜さんが何を考えたのか教えてくれませんか？」

「……あの時計は、飲ませたか、もしくは注射したんじゃないか？」

んっ？　注射？　飲ませるはまだわかるけど、時計を注射ってどういう意味だ?!

「なーんだ。理解してるんですね。たまたま私を発見しただけなら残念だなと思っていたんです。続けてください。容疑者に肯定してもらわないと喋れない名探偵はどうかと思います」

秋桜は覚悟を決めたように冬音をにらみつけた。

「あっ、頭がおかしいと思われるかもしれないけど、こっ、この世界はループしてるんじゃないのか？」

はぁ?!　るっ、ループ？　秋桜は何を言い出したんだ？

「正確に言うと完全なループじゃなくて……。ある時間と同じ状態になろうという力が、ここ全体に働いてるんじゃないのか？　もし全部が元に戻るという意味でのループなら、あんな現象は起きないはずだ。だけど、同じ状態になろう、という力が働いてるなら可能なんじゃないかと思うんだ」

「……正解です、秋桜さん。正解した秋桜さんは今回が初めてですよ」

「二人で納得すんな。俺には言っている意味がわかんねーぞ」

「ある状態に戻ろうとする力が、この空間には働いているんだ。そういう状況で粉状にした時計を体内に入れればどうなる？」

元の状態に戻ろうとするんだから……。

「自然と腹の中で時計が組み立てられるっていうのか？」

「一季も言ってただろ。あんな死体を作るには、細かくして入れるしかないんだ」

「待てよ！　そんな超能力みたいなもんで説明されても困るって！」

「おかしいのはわかってる。これは推理でもなんでもないんだ。ボクが気づくか気づかないかだけのことで、知的な理論の構築とかは一切必要ないんだ」

「うふふっ。もしかして、プライドを傷つけちゃいましたか？」

「別に……。でも、なぜこんなことをするのか理由がわからないぞ。こういう答えを出すしかない状態にさせて、それでボクに答えさせて、いったいこれはなんなんだ？」

「秋桜、さっきから何を言ってるんだ？」

「思い出してくれ。お腹から出てきたのは時計だ。ダイイングメッセージは渦巻き。それに無限ループの詰将棋。時計は時間。渦巻きは繰り返し。詰将棋はそれらの構築。それだけのメッセージを残されて考えろと言われたら、誰だっていつかは同じ結論に達するはずなんだ」

「そんなことありませんよ。そこまで言われても一季さんはキョトンとしてるじゃありませんか」

「ちょ、ちょっと待てよ。ループとか、おまえらは本気でそんなことを言ってるのか？　ループって同じ時間が繰り返されてるってことだろ？　本当に本気でそんなこと言ってるのか？」

「冬音が残したメッセージを見ればそうなるだけであって、事実なのかどうかは別の問題だ」

「事実です。私としては時計のトリックで証明して見せたつもりなんですが……」

「そんなもんはループの証明にならねーだろ。えっと、元の状態に戻そうとする力だったか？」

「はい。この空間にはそういう力が働いていますね～」

「一季、言いたいことはわかるけど、もう少し冬音の話を聞いてみよう。……時計はともかくとして、どうやって死体をあそこに運び込んだんだ？」

「静夏さんは寮を……いえ、今回は寮とは言ってないんでしたっけ。温泉宿を毎回、隅々まで探索するのですが、天井裏を探索するのが必ず4日目なんですよ。どのループでもそうですね。笑ってしまうほど規則正しく。ここまで言えば秋桜さんなら、もうわかったんじゃありませんか？」

「静夏が天井裏の探索？」

秋桜は少し考えてから、

「あっ。死体は最初から天井裏に……」

「別れて数時間の間に、私が特殊な方法で殺されて部屋に運ばれた、と思ってましたよね」

「ボク達と出かける前に、元からあった死体を天井裏から下ろしたってことか……」

「あの日がリミットだったんです。翌日には静夏さんが天井裏の散歩者になってしまいますから。逆に言えば、あの日までは天井裏を探索される心配はない、ということです」

「滅茶苦茶なこと言ってるんじゃねーよ。冬音が適当なこと言ってるだけとしか思えねーよ」

「疑い深いですね。でも、私が泣きながら、信じてくださいってお願いしたら、信じてくれますよね」

「何を言ってんだよ。信じるわけねーだろ！」

「出会ってから3日しかたっていない私のために頑張った理由は？　たった3日ですよ」

「ボク達は前に会ったことがあるんだな？」

「ここは元の状態になろう、という力が働いていますが、秋桜さんが気づいたようにリセットされるわけではありません。微かな記憶はどうしたって残ります。つまり、嬉しいことに私への愛着みたいな気持ちが、お二人の中に残っていた、ということです」

「あっ、そっか……ボク達が静夏と春海を疑えなかったのも同じ理由で」

「待てよ！　そうだとしたってループしてることにはなんねーよ。記憶を失う前に会っていて、その時の感情が残っているだけだろ」

「一季さんは目覚めた時、自分が人殺しなんじゃないかと疑いましたよね」

え？　なっ、なんでそのことを⁈　誰にも話していないはずだ。

「秋桜さんは目覚めた時、禍々しい吹雪の夢を見ていましたね。お二人から直接聞いたんですよ。それだけのことです」

直接、聞いた？　それって……。

「もうこの話はいい！　おまえが冬音だとしたら、部屋で死んでいた冬音は誰なんだ！」

「信用できない容疑者に真相を求めるよりも、名探偵さんに聞くべきでしょう。ねっ、秋桜さん」

「……もし、今までの冬音の言っていることが嘘じゃなくて、冬音が双子とかじゃないなら……何かのミスじゃないか？　元の状態に戻す力が腹の中で時計を組み立ててしまうようなミスを犯すなら、何かのミスで、元の状態に戻そうとして同じモノが２つできてしまうこともあるんじゃ……」

「やっぱり名探偵としての才能はありますよ。ただ、欠けているのは、やる気ですね。さっきも言いましたけど、秋桜さんがこの答えにたどり着いたのは今回が初めてなんです。人が死なないと本気になれないってことですよね。名探偵らしいといえば、らしいのかもしれませんが……」

「……これはいったいなんなんだ⁉　いったい冬音はボクに何を仕掛けたんだ？」

「秋桜さんが、どこまでできるのかな、というのを調べるための実験です」

「秋桜さんで実験してみた、というそれだけのことですよ。ループの目的は別にあります」

「じゃ……この世界はボクのためにあるのか？」

「じゃ、その目的ってなんだ？」

「知りたければ自分で調べるというのが筋じゃありませんか？　名探偵さん」

俺は冬音に近づく。

「おまえな！　いったい何がどうなってるのか、ハッキリ言ったらどうなんだ！」

「怒鳴りつけたり殴ったりされても、言えることしか言いません。隠してましたけど、私は一季さんよりも壊れてるんです。だから何をされたって平気ですよ。殺してくれたっていいんですよ」

「んなことはどうでもいいんだ！　冬音がもう一人の冬音を殺したってことは間違いないんだな」

「一季さんだって私の死体を見ましたよね？　あれが作り物に思えましたか？」

「見たし、さわったし、腹をナイフで切り裂いて時計を取り出したのも俺だよ」

「いや〜ん、一季さんのエッチ」

「間違いなく、冬音が冬音を殺したんだな？」

「私が殺しました。薬で眠っているもう一人の私の体に、粉末にした時計を水に溶かして注射しました。結構な手間でしたけど、秋桜さんが気づいてくれて報われましたよ」

冬音と秋桜の言っていることは全く理解できないけど、冬音が死んでいたのは間違いなくて、そして冬音が殺したらしい、ということはわかった。矛盾してるけど、それさえわかれば今はいい。

俺は冬音に顔をぐいっと近づける。

「なんで俺に相談しなかった！」

「そっ、相談って、どうして一季さんに相談する必要が？」

「なんでないと思うんだよ！　おまえな！　人が人を殺すんだぞ、わかってんのか？」

「何を言ってるんですか？　秋桜さんも言った通り、もう一人の私はミスで生まれた存在です」

「おまえ！　その冬音に黒い髪飾りをつけてたらしいじゃねーか！」

「それはたまたま余ってたからですが……」

「喪の色じゃねーか！　殺すのをつらいと思ってなきゃ、そんなことしねーよ！　人を殺すと、どうして俺に相談しなかったんだ！　アレはもう一人の冬音だったんだろ。バカか？」

「いきなりそんなハイテンションで迫られても……」

「おまえ楽しい奴だろ！　二人いりゃもっと楽しいだろ！　なんで殺すんだ！　その理由を言え！」

「ミスで生まれたものはいずれ排除するのですから、有効に利用したほうが……」

「利用とか狂ったこと言ってるんじゃねーよ！　その気持ちを半分でもいいから俺に乗っけるべきだろ！　気取って一人で背負ってるから、有効利用とか、最悪で悪趣味なことを思いつくんだよ！」

「一季、終わったことでそんなに冬音を責めても……」

「いいや、責めるね！　大責めだね！」

「本当に壊れてるんですね。時々、急に熱くなるんですから。そういうのって……えっ？」

　俺は冬音の手を掴んで、俺の首にぴったりと当てた。

「俺の首を絞めてみろよ」

「かっ、一季！」

「黙ってろ！　冬音の話だと、眠っている自分を殺したんだろ？　ちゃんと意識があるのを殺してみろよ。そしたらわかるだろ」

　ぐっ、と冬音の手のひらを首に押し付ける。

「そっ、そんなことできるわけないじゃありませんか！」

「なんでできねーことを自分にはしたんだよ！」

　冬音は俺の手を振り解いて後ずさる。

「相変わらず強引で滅茶苦茶です。騙されたことではなく、私の心の傷について怒るのだから呆れますよ。どうしてそんなに自分がどうでもいいんですか？」

「俺は自分のこと、どうでもいいなんて思ったことねーよ」

「思っていますよ。心が壊れているモノ同士、共感する部分もあるんですが、そこだけはよくわかりません。男の子ってそういうものなんでしょうか？」

「知らねーよ」

俺と冬音が口を閉じた瞬間、秋桜が言った。

「ループしているっていうのは本当なんだな？　なぜそれをボクに知らせたんだ？　もしボクの知能を調べるための実験なら、他のことでもできるだろう？」

「もしかの時、どこまでやっておけば秋桜さんが状況を把握するのか、正確に知っておきたいんです」

「どうしてボクに調べさせた上で把握させないといけないんだ？　それ自体が目的なら、最初から教えればいいだけのことだろう？　このループはなんだ？　超常現象か？　仮想空間か？」

「現実に起こっている出来事を超常現象とは呼びません。そしてここは仮想空間でもありません。一季さんも秋桜さんも物理的実体があります」

「……もし本当にループしているとして、冬音は今が何回目のループなのか知っているのか？」

「そんなことを聞いても意味はありませんよ」

「元の状態に戻る力というのは、ボクの今の……この気持ちも消してしまうということなのだろう？　だってボクは今までのループのこと覚えてない。だっ、だったら……。もしループを止めるか、抜け出すかできれば、ボクの気持ちはこのままなんだな？」

「そういうことができるなら、必ずそうなります」

「だったら、どうやってループから抜け出せばいいんだ？」

「残念ながら、それを教えるわけにはいきません。その答えが脳の四次元配列に蓄積される可能性がありますので……」

「えっ？　……脳の？　四次元？」

「もう説明できることは何もありません、という意味です。これでお終いですよ、秋桜さん」

「俺の話は終わってねーよ」

「心配してもらえて嬉しかったですが、私にも言いたいこと、ありますよ。私にだって誰かを心配する気持ちくらいあります。一人で抱えられるモノを他人にあずけますか？　一季さんみたいに自分ばっかり痛めつけようとするのは卑怯《ひきょう》ですよ。自分が傷ついたからって、他人の傷を背負えるわけじゃありませんよ。一季さんはちゃんと他人に同情したことありますか？」

「……あるよ」

冬音はニッコリと笑う。

「だったらそれ、間違ってますよ」

「ここにはもう来ないでください。私はここでこっそりと暮らします。できれば静夏さんと春海さんには秘密にお願いしますね。特殊な自殺をしたとでも思ってるでしょう？　特に静夏さんは他人を本当の意味では疑いませんからね。私は、私を殺すような人間だって思われたくないんです」

秋桜は小さく頷く。

「わかった。もう何も教えられないんだな？」

「言えることは全部、言いました。本当ですよ。秋桜さんも、一季さんもお元気で」

「……冬音も元気で。もし救助の人が来た時は、ここに呼びに来るから」

冬音は答えず背中を向ける。


校舎を出て俺はつぶやく。

「……俺は冬音に間違ったことを言ったのか？」

「殴ってもいいかな？　いや、ぶん殴ってもいいかな？　冬音に首を絞めさせようとしただろ！」

「言葉で説明するより行動で教えたほうが、わかりやすいんじゃないかと思ったんだって」

「ボク達は犬か猫か！　叩いてしつけるのと一緒じゃないか！　バカにしてるのか？　一季はボク達をなんだと思っているんだ？　あの時は黙ってたけど、春海に刺されようともしただろう！」

秋桜が怒っている理由をうまく理解できないのは、俺が壊れているせいで……。こういう考えがダメなのかもしれない。その言葉によりかかって努力してなかった。

「ごめん。俺はみんなのことを大切に思ってる。でも表現は間違ってるんだろうな。こういう俺だからたっぷり教育してくれるんだろう？」

「……まずは正座５時間」

「なんで体罰を否定したばっかりなのに、そんなこと言うんだ？」

「そっちのほうがわかりやすいかと思ったんだ」

「ごめんなさい」

……はぁ、ったく。いつもながら情けない。

その時、何かの音がして秋桜が校舎を見上げた。

「えっ？　……冬音？」

屋上の手すりの外側にいた冬音が、前向きに倒れていく。ちょ、ちょっ！　３階建ての建物の屋上なんて、足から落ちれば骨折で済むだろうけど、頭から落ちたら！

くそっ！　走れ！　走って、真下にッ！　もっと前に！　限界まで手を伸ばす！　食いしばった歯から変な声。ガツンッ！　と両腕にとんでもない衝撃が走った。腕が千切れた。そう思った。腹で、腿で！　倒れ込みながら、冬音の下に入って、全身で押し返すようにして衝撃を吸収。

秋桜が目を丸くして叫ぶ。

「立った!!」

冬音が素っ頓狂な声で叫ぶ。

「えっ？　立った⁈　凄い‼　なんですか、これ⁈　立った⁈」

なんだこの超無意味な奇跡は！　クッションになった俺の体に弾かれた冬音がくるっと半回転して、地面にすたっと立ったのだ。

「凄い！　今まで立たなかった、一季さんのが！　こんなに大きく！　激しく！」

「自殺失敗した人間が真っ先に言う台詞か！　そんな元気があるなら飛び降りなんかするな！」

「いや、もう！　あまりの驚きに素の状態になってしまって！」

「そっちが素の状態なのかよ」

「これはもう人類史に残る奇跡ですよ！　死んだはずなのに立っていた！　しかも一季さんのアソコまで立っていてダブルで……痛ッ」

腕がしびれて動かないので、腹筋と背筋を使って跳ねるようにして立ち上がり、そのままゴツンッと冬音に頭突きした。

「なんで自殺しようとした！」

「私を殺したんだから、私も死ぬのが当然かなぁ、と思いまして。殺したあとだと自殺って決意できるものですね。それに私は……一度、自殺してみたかったんです」

「……一度って」

一度したら終わりだろ、と言いかけて途中でやめる。

「距離的に一季さんが助けてくれる気がしましたから。ちょっと甘えてみたかっただけですよ」

「ちょっとと言うには大胆すぎる甘えだな。ほら、一緒に帰ろうぜ」

「静夏と春海のことだから、きっと簡単に受け入れてくるよ」

「嬉しいお話ですが、お断りさせていただきます。ループのことについて私からこれ以上はお話しできません。そんな人が側にいたらストレスの原因になると思いますし」

冬音は意味ありげに微笑む。

「私の存在自体が、秋桜さんのストレスの原因になってしまいますからね」

「えっ？　……あっ。わっ、ボクは別にそんな！」

「遠慮させていただきます。それに一度してみたかっただけですから、次はありませんよ。嘘はつきませんよ。次は一季さんにでも殺してもらいます」

「悪質な冗談だな」

「ロマンチックな告白ですよ。それでは、今度こそ本当にさよならです」

そう言って、冬音は何もなかったかのような足取りで校舎へと戻っていった。

「……はぁ。滅茶苦茶だな。俺はもう何も考えたくないぞ」

秋桜は軽く笑う。

「ボク達も帰ろうか」

秋桜が俺の手を掴んで歩き出した瞬間、

「うわあぁっ！」

二人同時に悲鳴を上げる。俺の腕が、びろん、と伸びたのだ。


【89日経過】


「はい、あ～ん」

「あ～ん。むっ。んくっ。次はセリのおひたしを頼む」

ご飯を真っ先に食べ終えた静夏が、具合が悪そうな顔で俺達を見つめる。

「結局、一季ってここにいたほとんどの時間、秋桜にごはんを食べさせてもらったことになるのね」

「一季ちゃんが自分でご飯を食べてたのって、２週間くらいだったんじゃないかな？」

「一季が両腕を骨折してしまったんだ。ボクだって好きでやっているわけじゃないんだぞ」

冬音のクッションになった時に両腕を見事にボッキリと骨折してしまったのだ。真っ直ぐな棒をそえて、布でぐるぐる巻きに固定してある。食事だけでなくトイレやお風呂まで秋桜の世話になってる。

「……前から思っていたのだけど、それって秋桜が叩き折ったんじゃないかしら？」

「一季ちゃんの介護を始めてから、秋桜ちゃんは凄く生き生きしてるもんね～」

「一季の腕が治ったら次はどこを折るつもりなのかしら？　バールを貸すわよ？」

「ボクは一季の腕が早く治って欲しいと思ってるんだぞ」

「はいはい。先にお風呂をいただくから、ご飯、ごゆっくりどうぞ。春海も一緒に行くでしょう？」

「うん。一緒に行くよ～」

二人がそそくさと部屋から出ていく。

俺は秋桜に向かって言う。

「明日で３ヶ月たつな。本当にループなんかすると思うか？」

「半信半疑。というか疑だ。冬音はいろいろ隠しているみたいだから、本当のところはわかんないし」

「もっとループのことを調べたかったんじゃないか？　なのに俺にかかりっきりになっちゃって」

「一季が悪いわけじゃないじゃない。それに一季の面倒を見るのは楽しかったし……。それにね。今回はこれでよかったと思うんだ。冬音の話だと、好きとか嫌いとかの気持ちは少し残るみたいだから、ここで一季のお世話をして、それで次のループでも好きになってもらおうという乙女の戦略」

「それは……。もしループがあったとしても、きっとまた秋桜のこと好きになるよ」

秋桜はなぜかちょっと悲しそうに微笑む。

「そうだと嬉しいけどね。……それにね。ループがあったとしても、そっちのボクへのメッセージを残す方法を思いついたんだ」

「えっ、そんなことできるのか？　どうやるんだ」

「教えてもいいけど、それはまた後でだ。……本当のこと言うと怖い。だって今までの自分がいなくなってしまうかもしれないんだろ？　……だけど、一季と一緒にいれば怖くない気がする。だから今日も……一緒に眠っていいか？」

「当たり前だろ」

秋桜はそっと目を閉じて俺にキスをした。

――いったい明日はどうなってしまうんだろう？

心が、騒ぐ。今、考えたって絶対にわからないことで、明日になればわかることだから、どれだけ思ったたって無駄だってわかっている。

それでも想像することを止めることができなくて、不安になる。俺が不安なんだから、俺よりずっと想像力が豊かな秋桜はもっと不安に違いない。

「きっと、大丈夫だよ」

なんの根拠もなく俺は言って、秋桜にキスを返す。

そうやって、体がつながっていれば、安心できるから。好意で、いろいろなものを隠せてしまえる気がするから……。

「大丈夫、絶対に大丈夫だから」

何の根拠もなく、俺はそう言い続けた。

【119日経過】

私は誰もいない道をテクテクと歩く。そろそろ限界だ。そろそろ終わりにしたい。だけど、その前に今まで頑張ったんだから、せめて。したいことをたくさんしてから、終わりにしたい。

視界の隅に異様な物体。用水路の側に大きな魚がいた。クロダイという種類だ。近づいて見る。口には針と途中で切れた糸。何かがおかしいけど何がおかしいのか掴めない。……あっ。そういうことか。ふ~ん。やっぱり、凄いな。たったこれだけの時間と情報で、ループの盲点を突くなんて、なかなかできることではない。このメッセージを当人が、正しく把握できるかは謎だけど。

……でも、もしかしたらこういうことが前にもあったから、私が想像していたよりずっと簡単にループの存在を認めることができたのかもしれない。今、ここで廃棄してしまうのは簡単だけど、残しておいてあげよう。私の好意だ。こういうことがあって、いいのだろうと、ぼんやりと私は思う。

四章　妹と妹。終わらない病の終わりと始まり。継続。

右腕の違和感で目を覚ます。重くて動かないのだ。薄く目を開け腕を見る。状況を把握できない。

俺の腕を枕にしてロリ顔の女の子が寝息を立てていた。思わず上げそうになった声を途中で呑み込む。

誰だ、これ?! まったく記憶に……いや、そんなことはないか。名前は思い出せないけど、ぼんやりと覚えている気が……。いやいや、なんでぼんやりとしか覚えてない女の子と一緒に寝てるわけ?

あれ？　ちょっと待てよ。俺は誰だ？　名前を思い出せない？　どばっ、と毛穴が開いた気がした。

焦りが全身を駆け巡る。これって記憶喪失なんじゃないのか？

「……ん〜」

甘える仔犬みたいな声を出して、俺の肩にやわらかい頬をすりすりする。猛烈に可愛い！　しかも柔らかい！　女の子って本当に柔らかいのか！　……俺が誰かは一緒に寝ているこの女の子に聞けばいいのか。記憶喪失、と言ったら驚かれるだろうけど、他にどうしようもない。

肩を叩いて起こそうとした瞬間、女の子の腕が、脇が見えそうなほど跳ね上がった。筋肉が痙攣《けいれん》しているだけじゃなくて、もっと病的で異様な動きだ。震えるてのひらが女の子の喉に近づいていく。

「おい！」

俺が声を出した瞬間、女の子の腕は何もなかったかのように力なく布団に落ちた。

眠たそうなあくびをしながら、女の子が目を開けて声を出す。

「わは〜ん」

なんだ、それ。聞いたことないぞ。どこの言語だ。わは〜ん。

「んにゃ〜。おはようございま〜す。起きて隣に誰かいるっていいですね。体温が気持ちいいです」

あくびで出た涙をむにゃむにゃと俺の服でぬぐう。

朝まで一緒に寝てるって、俺って童貞じゃない？　大人だ！　記憶を返せよ！　そこだけでいい！

「なんで黙ってるんですか？　朝イチャしましょうよ〜」

朝からイチャイチャということか?!　人間ってそんなことする生命体なの?!　知らなかったぞ！

「おはようのキスを待ってるんですよ？　早くしてください……んっ？　って、あなた誰?!　なんで私の横で寝てるんですか?!　っていうか私は誰なんですか?!　あなた誰ですか？　ここどこですか？　あれ？　あれれ？　今はいつですか？　朝？　昼？　日付は？」

「凄い勢いで連続で疑問をぶつけられても！」

もしかして、この女の子も記憶喪失なのか？

「関脇と小結ってどっちが番付で上でしたっけ？」

「それ、今すぐ知りたいことか？」

しかも相当に混乱しているらしい。

「監禁？　拉致？　とっ、とりあえず暴力だけは、暴力だけはやめてください！」

「そんなことしねーよ。いいから落ち着けって、俺も自分が誰だかわかんないんだ」

ロリ顔はびっくりして仰《の》け反ってそのままビタンと床に落ちた。大騒ぎだ。がばっ、と跳ね起きる。

「どっ、どういうことですか？　どういうことなんですか？」

「落ち着けって。俺だって記憶がないんだから答えようがねーよ」

俺が布団から出ると同時に女の子は大きくのけぞる。

「なっ、なんで股間を膨らませてるんですか?!」

「えっ？　ちっ、違う！　これはその…」

「さっ、３万円積まれたってエッチなことはさせませんよ！」

「嫌な意味でリアルな数字だな」

言い値はもっと高くてもいいんじゃないかと思う。

「男は朝になると、そうなるようにできてんだよ。ただの生理現象でエロい意味はないから安心しろ」

なんで記憶喪失になって最初の具体的な説明が朝立ちについてなんだよ！

俺は布団で前を隠す。

「とにかく気にするな。記憶喪失なんだよな？　俺も記憶喪失なんだ」

「ええええっ！　……えっと、あっ！」

ロリ顔は机に駆け寄ると、紙を掴んだ。

「これを見てください！　名前が書いてあります！　いちり！　きっと、これが私の名前ですね！」

「……っていうか、裏にとんでもないことが書いてあるんだけどな」

彼女の持った紙の表には名前が書いてあるんだろうけど、俺に見えている裏には……。

「えっ？　裏？　……あなたには表情がない。あなたの心は壊れている？　表情がない？　……あっ、あー……。はいはい。笑ってみてくれませんか。はい……次は怒ってください。あ～、はい」

「……もしかして、俺には表情がないのか？」

「これはいちりではなく、かずき、と読むのではないかと。そっちの方が男の子らしいです」

「そんなことはどうでもいいよ。それよりも……」

「信じられないのでしたら、自分の顔をさわって笑ってみればわかるのでは？」

言われたとおりに心の中で笑う。顔の筋肉が動いてない。感情と筋肉が連動してない。

「一季さんは……。いえ、一季さんだなんて呼び方はよくないですね。わかりました」

「何がわかったんだ？」

「お兄ちゃん。一季さんは私のお兄ちゃんです！　ずっと大好きだったよ、お兄ちゃん！」

「待て！　過程をいろいろとすっ飛ばすな！　互いを認識してから数分しかたってねーだろ！」

「3分前から大好きだったよ、お兄ちゃん！」

「安いよ！　っていうか、その紙にそういうことが書いてあったのか？」

うずうずしたように、彼女は腰をくねくねさせる。

「書いてませんよ。だけどお兄ちゃんを見てると……。私……妹なんだなって……。お兄ちゃんのモノになっちゃう運命なんだなって……心が、うずいて」

「おまえの妹像はかなり屈折してるぞ！　なんだその危険な妹は！　ちょっと落ち着け！」

「わかりました。落ち着いてからじっくりと妹をなぶりたいということですね！」

「黙れ。さっきから深刻さが全然ないじゃん。本当に記憶喪失なのか？　真剣に答えてくれ」

生真面目に頷く。

「妹であることを思い出しただけで、それ以外のことは一切わかりません」

「……じゃ、どうしてそんなに平気そうなんだよ」

「性格なんじゃないですかね？」

物凄く素朴に言われた。

「そう言われたらどうしようもないけどさ。……で、俺は本当に兄なのか？」

「客観的な答えを求めているのならば、記憶喪失者にそんな質問を発しても無意味ではないかと。ただ主観的に言わせていただくなら、間違いなく妹だと思うのです。そう思いませんか？」

「どこかで見たような気はするけど、どういう関係だったかまでは思い出せないよ」

もし本当に兄妹で、同じベッドに寝てる関係だとすると、いろいろまずいのではないだろうか。

「とにかく部屋を出てみようぜ。本当に兄妹ならここは家で家族がいたりするんじゃないか？」

「きっとペンションを営む近親相姦に理解のあるお父さんとお母さんがいるに違いありません」

「……それが理想の家族なんだ」

いい感じに脱力する。


家族はいなかったが、リビングらしき場所にたどり着くまでに３人の女の子と出会った。

「えっと、春の海と書いて春海です」

凄い胸を持つ女の子と、

「ボクは秋の桜と書いて多分、あきおだと思う」

ボクっ娘でポニーテールの女の子と、

「私は静かな夏と書いて静夏だわ」

やけに育ちのよさそうな女の子の３名で、しかも恐ろしいことに全員が記憶喪失。ついでに見つけたのは、ここで３ヶ月生活しろと書かれた紙。

「俺は一季。もう一度言っておくけど表情がないんだ。怒ってるみたいに見えるかもしれないけど、俺は滅多なことじゃ怒らない性格だから安心してくれ」

「一季ちゃんの妹ちゃんの名前はまだわからないんだよね？」

「がるるっ、わんわんわんッ！　痛ッ。こんなに可愛い妹の頭を叩いた?!」

「なんで吠えるんだよ！　狂犬か？」

「だってですね、お兄ちゃん」

びしっ、と春海を指差す。

「今にも爆発しそうなおっぱいで私のお兄ちゃんを誘惑しようとしたから吠えたんです！」

「そっ、そんなこと思ってないよ⁈　それは妹ちゃんの勘違いだよ～」

「おまえちょっとおかしいぞ？」

「そんなのわかってます！　お兄ちゃんのこと大好きで切ない気持ちが止まらないんだもん！」

嫌な感じに空気が濁る。澱《よど》みで這《は》いずるような声で秋桜が質問する。

「お兄ちゃんのこと大好きなの？」

「家族として、妹として。そして夜の妹として大好きです」

……夜の妹。リビングが植物園の熱帯雨林コーナーの空気を１００倍に濃縮した空気に覆われる。

「それはつまり、こういうことかしら？　異性としてこの男を愛してると」

「そういうことです」

断言しないで欲しい。

「具体的に言うとこういうことなのかしら？　近親相姦を恐れない勇気を持っていると……」

「是が非でもしたいことです。血のつながりがあったほうが体の相性もいいと聞きます。痛ッ。なんで頭を叩くんですか！」

叩くだろ！

「そういえば二人は目覚めた時、一緒に寝てたんだよね」

春海の言葉に秋桜が仰け反る。

「頼むから引かないでください！　一緒に寝ていたのは本当だが、何かしてたわけじゃない！」

冬音は嫌な含み笑いをした。

「くふっ。シーツの真ん中に私の血痕がありましたけどね」

「さっきから無茶苦茶なことばっかり言ってるな！　みんなが俺を変な目で見てるだろうが」

「お兄ちゃんに近づく人が減ったと思えば喜ばしいことです。徹底的に引かせて二度と口を聞いてもらえない状態まで、痛ッ！　だからなんでポンポン叩くんですか！」

「言っておくけど、俺にそういう趣味はない！」

春海が巨大な胸の前で手を鳴らす。

「複雑な話は二人の時にしてもらうとして、今はここがどうなってるのか調べる方が先だよね？」

「ボクもそう思う。ここがどこなのか気になるぞ。ボクは外を見て回ろうと思うけど……」

春海が手を上げて
「私もついていくよ～」

「手分けしたほうがいいわよね？　私はこの家の中を調べてみるわ」

「みんなの部屋があるなら、こいつの部屋もあるだろ。まずはそれを見つけないとな」

「お兄ちゃんと一緒の部屋でいいですよ～」

先頭に立って歩き始めた静夏が振り返りもせずに言う。

「妹ちゃんはバカね。一緒の部屋で暮らすのもいいけど、自分の部屋があったほうがいいわよ」

「バカとは失礼ですね。あっ、静夏さんもお兄ちゃんを狙ってますか！」

「初対面の男を狙うような野蛮な性格じゃないわ。自分の部屋がないとお兄ちゃんと喧嘩《けんか》した時に引きこもる場所がないわ。謝りに部屋に来てもらうのって、とっても甘くて嬉しいと思うわよ」

「でっ、でもそれはお兄ちゃんといつも一緒にいる、という幸せを上回るものでしょうか？」

「上回るわ。こっそりと好きな人の部屋に忍び込めるわ。お兄ちゃんがいない隙にこっそり部屋に入ってシャツの匂いをかいだりするのって、とってもドキドキすると思うわ」

「きっ、禁断の香りがします！」

「しかも、突然帰ってきたお兄ちゃんにそんな姿を見られちゃって！」

「想像しただけで心臓が破裂しそうです！　シャツを手にして真っ赤な私！　言い訳不能です！　素晴らしいです。しっ、師匠と呼ばせてくださいッ！」

「いいわよ。色恋師匠と呼んで欲しいわ」

「……盛り上がってるとこ悪いんだけど、俺の妹を変な方向に誘導するのはやめてくれないか？」

「俺の妹?!　ついに私を妹として認めてくれましたか！　苦節2時間弱！　むくわれました」

「暫定的にだ！　こんな状況じゃ、それを疑う情報もないしな」

「すぐにお兄ちゃんも、私が妹だってこと思い出しますよ」

「まぁ、そういうのでもいいから、少しでも記憶が戻ればいいんだけどな」

俺は静夏に視線を転じて、

「妹を魔道に落とすようなことを言わないでくれないか？」

「こうしないと妹ちゃんは、一緒の部屋で暮らすと言い張るでしょ？　一季は一人で暮らしたいみたいだし、これで一挙両得じゃない」

「あれ？　もしかして私は騙されました？」

「騙してはいないわよ。ずっとベタベタしてはダメよ。メリハリが大事だわ。恋は素敵なものなのだから、全力で楽しんだほうがいいじゃない」

「さすが色恋師匠！　言うことが違いますッ！」

「お兄ちゃんのことが大好きな妹なんて、可愛くてみんなをなごむと思うわ。柴犬やコーギーが家にいるのと同じ癒し効果があるわ」

「ちょっと狂犬気味ですけどね～」

「自分で言うな」

狂犬であることを自覚していないより、自覚してるほうが恐ろしい！

「ドアの感じからして、ここから個人部屋が続いているようだわ。片っ端から開けて調べましょう」

順番にドアを開け閉めする。間取りも家具もほとんど同じ簡素な部屋が続いた後、ようやくそれっぽい部屋が見つかった。

「自分で言うのもなんですけど、これはいかにもな自分の部屋です」

全体的にピンクっぽくて凄く女の子な感じだ。

部屋の中のうさぎのぬいぐるみを嬉しそうに抱き上げる。

「あっ、この子に見覚えがあります！」

「うさぎって、可愛い見かけによらず性欲が強いらしいわよ。イギリスじゃ繁栄の象徴だそうだわ」

「やっぱり！　うんうん！　どことなくお兄ちゃんに似てると思ってたんです！」

「俺の性欲は強くねーよ！」

人並みにあるとは思うけど、こんな特殊環境で性欲を隠さなかったら大変なことになってしまう。

机の上に、冬音、と書いた紙が置いてあった。一応、裏を確認してみるが、真っ白だ。

「ふゆ、おと……。ふゆね、かな」

「えっ？　何ですか？　力士の四股名《しこな》ですか？」

「なんでいきなり四股名を言うんだよ。おまえの名前だ。ほら、ふゆね、だろ」

「春、夏、秋、季節、ときたわけだから、そうなるわね。とりあえずこの部屋を兄妹で調べてみたら？　私は別の部屋を調べてみるわ」

　そう言って静夏は、颯爽と部屋を出ていく。

「とりあえずベッドにでも座って落ち着きませんか？　はー、なんだか暑いですね」

「座らないし、暑くない。もしおまえが脱いだらここを出て行くからな」

「……背中がかゆいんですよ～。かいてくれませんか？」

「壁にでも擦《こす》りつけろよ！　っていうか、なんでそんなに性欲が強いんだ！」

「しっ、失礼な！　お兄ちゃんに、自然の流れでそういうことをさせてあげようという気遣いです」

「不必要だ。……というかさ、記憶喪失なんだから俺が兄であることにこだわる必要ないだろ」

「お兄ちゃんをふくめてみなさんもですけど、今って凄く不安なはずですよね。でも、こうなるのを知っていたかのように行動してませんか？」

　言われてみればそんな気もする。外の様子を見に行こうだなんて積極的に行動するだろうか？　静夏なんて、軽口を叩きまくっていた。

「でも、それを言い出したら、おまえだって相当なもんだろ」

「私の場合はお兄ちゃんの妹だ、という精神的な支えがありますから。でも、一季さんがお兄ちゃんである証拠なんか、ビックリすることに何もないんですよね。でも、お兄ちゃんって言葉の響きは強いんです。守ってもらえそうな気がして」

　うつむいた冬音は、急に顔を上げて慌てた様子で続ける。

「同情してもらいたがってるとか、隙を見て個人情報を盗み出そうとか、そういうんじゃないんです！」

「心の底からそういうんじゃないのを願ってるよ」

「妹だって気持ちが先走って、お兄ちゃん……いえ、一季さんの気持ちをちゃんと考えていなかったと思うんです」

ぴくっ、と冬音の左腕が震えた。そのことにまったく気づいていないようだ。

「無理して、はしゃいじゃった感じで……」

びくんっ、と痙攣しながら少しずつ腕が上がってくる。

「おい、腕が痙攣してるぞ」

「えっ？　……してませんけど」

気づけば左腕はだら〜んとしている。

「いや、してたんだって！　おまえ病気じゃないのか？」

「そうかもしれませんが……。そんなに驚くような痙攣でしたか？　ううっ。不安です。ただでさえ、自分がなんなのかわからないのに……。そんな病気まであったら……」

もう、しょうがねーな。

首をがっくんがっくんさせる勢いで、ぐりぐりと冬音の後頭部を撫で回す。

「卑怯者め」

「なっ、なんですと？　素直な気持ちの吐露《とろ》に対して、なぜそんな言葉が飛び出しますか？」

「俺にお兄ちゃんでいて欲しいって下心が丸見えだ」

「もし、お兄ちゃんじゃなかったらって思ったら、心がキューッとなって、潰れちゃいそうで……」

「おまえは俺にどうして欲しいんだ？」

「そっ、そんなの……！　お兄ちゃんにはお兄ちゃんでいて欲しいだけです！」

「俺も妹がいると思ったら。精神的に安定するかもな」

言動はともかく、守りたくなる容姿をしてる。

「じゃあ！　お兄ちゃんでいいんですね！」

目をつぶって近づけてきた冬音の顔を押し返す。

「妹はお兄ちゃんにキスを求めたりなんかしない。いけない妹はナシだ」

「心配しないでください。過ちは全部私が受け止めますから」

ナシだって言っているのに、冬音は堂々と言い切った。根性がありそうな妹だ。


【1日経過】


目を覚まして最初に気づいたのは、腕だけが金縛りになったような感覚。昨日と一緒だ。

――やっぱりな。目を開けて横を見ると、冬音が俺の腕を枕にして規則正しい寝息をたてていた。

俺の部屋に忍び込んだってわけか……。不安なんだろうな。こんな風になつかれるのは、悪い気がしないし、寝てる時は可愛いだけだしな。起こさないように頭を撫でようとして違和感。

左手も金縛りになったように重みがあるのだ。左側を見ると冬音が柔らかい寝息をたてていた。んんっ？　右を見る。冬音がいる。右も左も冬音だ。なんでこいつ増えてるんだ⁈

俺の驚きが伝わったのか、二人が同時に目を覚ます。

「ん～むにゃむにゃ、お兄ちゃん、おはようございます」「おはよう、お兄ちゃん」

「おっ、おはよう。聞きたいことがあるんだけど……」

俺は天井を見上げたまま上擦った声で言う。

「何かなお兄ちゃん？」「何でも聞いてお兄ちゃん」

何がなんだかわからんがとにかく恐ろしい。

「やっと本当の妹だって思い出しましたか？」

「いや、そうではなくてだな……。なっ、なんでおまえら二人いるんだ？」

「えっ？　……ん〜っ？　……質問の意味が。えっ？　ええっ?!」

右の冬音が悲鳴を上げたのを聞いて、左の冬音が微笑む。

「たべちゃうぞ〜っ」

俺は我慢できずに悲鳴を張り上げてしまった。


——俺の悲鳴を聞いて現れたみんなを前に、冬音はもう一人の冬音を指差す。

「昨日、夜中に私の部屋の天井裏から落ちてきた、双子の妹の真冬ちゃんです」

冬音が白い雪だるまの髪飾りで、真冬が黒い雪だるまの髪飾りをつけている以外は全く同じ外見。

「真冬と書かれた紙を持っていたので、名前はすぐにわかりました。そうだよね、真冬ちゃん」

「あい」

「あい？」

静夏が軽く驚いたように聞き返す。

「はい、と言ったんです。大げさに驚かないであげてください。真冬ちゃんはちょっと口の回りが悪いんです。それに大人しい女の子みたいですから、気をつけてください」

「大人しいって言う割には、いきなり俺を驚かしたじゃねーか」

「あんな子供じみた冗談に本気でびっくりする一季さんの方が悪いんです」

いきなり冬音が二人になってたら、誰だってビックリするって！

春海が手を上げて、

「それで真冬ちゃんは今までどこにいたのかな？」

「あたいは……」

「あたい？」

静夏が軽く驚いたように聞き返す。

「真冬ちゃんは、わたしって言いたかったんです。大げさに反応しないであげてください！」

「童顔の女子からそういう一人称が出るとドキドキするわ」

静夏はそんなマニアックな性格なのか……。

「うっ、うん。ボクもわかるんだぞ」

「胸がキューッとなっちゃうよね」

春海も？　ここはマニアの巣だったのか。そんなに、あたい、がいいか？

「あっ、ごめん。それで真冬ちゃんはどうして天井裏にいたのかな？」

「あたいは、気づいたら天井裏にいた。びっくりして暴れたら落ちた」

「………んっ？　えっと、それで終わりか？」

「んっ」

こくんっ、と首を縦に振る。冬音と違って言葉数の少ないタイプらしい。

「落ちてきたのは夜の3時くらいだったと思います。自分と同じ顔の人間が現れてビックリです！」

「どうしてみんなをすぐに呼ばなかったんだ？」

「これはお兄ちゃんを驚かすチャンス！　そう思ったら嬉しくなっちゃいまして！」

「……愛されてるわね、お兄ちゃん」

静夏はしみじみと言うけど、おもちゃにされているだけなんじゃないだろうか？

「真冬ちゃんは、どうして自分が天井裏にいたのか覚えていないのか？」

「あい」

秋桜の質問に短く答えた。

「もしかしてそれ以外の記憶もないのか？」

「あい。記憶喪失」

「私も夜のうちに質問したんですが、基本的に私と同じみたいですね」

ここまで記憶喪失者ぞろいなんだから、何か知っているんじゃないかと、期待しても無駄だろうな。

「気づいたら天井裏にいた、ということは、早めに天井裏を調べた方がいいわね」

「そうだな。真冬ちゃんみたいに、まだ目覚めずに天井裏で寝ている人だっているかもしれないぞ」

「落ちてきた時に下を歩いていて首の骨を折りました～、なんてことになりかねないもんね～」

だんっ、と静夏が足を踏み鳴らして俺を指差す。

「その前に質問！　この男を兄だと思う？」

「あい」

真冬は躊躇いなく、こくん、と頷く。

「冬音にそう言えと命令されたんじゃないかしら？」

「のー」

「のー？　ああ、英語だわ。かっ、可愛いのだわ！」

静夏の気持ちを激しく促えたようだ。静夏は再び足を踏み鳴らし、

「次の質問が重要だわ。真冬ちゃんもお兄ちゃんのことが好きなのかしら？」

「あい」

秋桜は、怯えたように顎を引く。

「……もしかして、お兄ちゃんを巡って妹同士の修羅場が？」

冬音は慌てて左右を見回す。

「亡き者にできる武器がどこかに？　痛ッ。なんですか！　私の頭は相撲部屋の鉄砲柱ですか！」

「例えが渋いって！　妹に殺意を抱くような妹は好きになれねーよ！」

冗談でもよくない。

「真冬ちゃん。大切な質問なのだけどそれは家族としてかしら？　異性としてかしら？　だから、えっと……お兄ちゃんとセックスしたいかって聞いているのだわ！」

「もうちょっと頑張って遠まわしな表現を探せよ！」

あきらめが早いって！

「遠まわしって……自分の肉壺にお兄ちゃんの肉棒を迎え入れたいかって聞いてるのだわ！」

「下品すぎる！」

表現は遠まわしになったかもしれないけど最低さが桁違《けたちが》いになったぞ！

「そういう好きはない」

真冬の答えに、ほっ、とした空気が広がる。

「記憶を失う前の一季と妹ちゃんズの関係って、どうなってたんだ？」

その答えは俺が知りたいよ。

春海は空気を換えるように胸の前で手を叩いた。

「そろそろ天井裏の探検にでかけよ〜。まだ寝ている人がいるかもしれないからね〜」

1階の天井裏の探索を終えた俺と静夏がリビングに入った後に、2階の探索を終えた冬音と真冬が入ってきて、そしてその1分後くらいに、3階の天井裏の探索を終えた残りの二人が入ってきた。

「あははっ。あはははっ。あはははははっ」

なぜか春海が爆笑だ。笑ったままよろめいて倒れそうになった春海を秋桜が抱き支えた。

「はっ、春海？　どうしたのかしら？　顔色が悪いのだわ」

「あはっ。大丈夫。ちょっと休めば治るから……。黄金の兵隊に追っかけられただけだから……」

秋桜以外の顔に疑問符が浮かぶ。

「天井裏をボクが先頭で進んでたら、後ろから、やめて、とか、来ないで、とか春海が言ってるんだよ。閉所恐怖症だったみたいでさ、その恐怖にずっと耐えてたら幻覚を見ちゃったみたいなんだ」

「天井裏には七色の馬にまたがった黄金の兵隊が住んでるんだよ」

完全に幻覚を見てらっしゃる。

「ソファで横になったほうがいいぞ」

秋桜が春海をソファに運んでいく。

……幻覚を見るほど我慢しなくてもいいのに。

「で、その黄金の兵隊以外には何かあったか？」

「残念ながらと言えばいいのかな？　誰もいなかったし、何もなかったぞ」

「俺達の方も一緒だ。そっちは？」

真冬が首を左右に振る。

「のー」

静夏はむずむずしたように肩を震わせた。

「体が埃《ほこり》っぽくて気持ち悪いわね」

春海がソファから起きた。

「私、真冬ちゃんとお風呂に入りたい。そうすれば気分も良くなると思うんだ！」

なぜだか邪気を感じる声だった。もしかして、春海ってそういうアレなんだろうか？

「ねっ、真冬ちゃん。かっ、かっ、体洗ってあげるから一緒にお風呂に行こう」

「あい」

「さっきまで真っ青な顔をしてたのに、そんなにはしゃいで大丈夫かしら？」

「大丈夫、大丈夫！　だって真冬ちゃん、とっても可愛いもん」

「どうして同じ顔なのに反応が違うんですかぁ！　私のこともっと可愛がってください！」

「妹ちゃんはいじめたくて、真冬ちゃんは可愛がりたいんだよ」

静夏と秋桜が納得したように頷く。

「春海さんの鬼畜極まりない言葉に納得しないでください！　私だって可愛がられ系ですよ！」

真冬が俺をじ～っと見上げる。

「あたいとお姉ちゃんのどっちをよしよししたい？」

「可愛い顔をして小悪魔なのだわ」

俺はぺちっと真冬の頭を叩く。

「どっちもしたくない。いいから、とっとと風呂に行け！」

「真冬ちゃん。かっ、体を綺麗にしてあげるからね～」

「あい」

春海が真冬の手を引いていく。

「あー、もう！　私も特別扱いしてください！」

みんなが廊下に出て行くのを見ていた静夏がくすくすと笑う。

「どっちもなでてあげたくなる、って言えばいいのに」


——今日の晩御飯を作ったのは冬音と真冬。俺に手料理を食べて欲しいってことらしい。その気持ちは嬉しいんだけど……愛が重い。というか、いかにも料理が下手そうな二人だ。嫌な予感がする。

「さぁ、どうぞ。食べてみてください！」

「あい！」

静夏はスプーンですくった雑炊を、ぱくっ、と口に運んで「んふっ！」と大きく痙攣した。

「どっ、どうした？　そんなにまずかったか？」

突っ伏したまま、電流を流されたかのように痙攣を続けながら首を左右に振る静夏の目からぽろぽろと涙がこぼれる。

「おっ、美味しいのだわ！」

俺もスプーンで雑炊をすくって口に運ぶ。

「……確かに美味しいな」

「うん。美味しい。これは昆布と貝が入ってるんだな」

「いい出汁《だし》が出てると思うよ〜」

感想を言いながら、俺と秋桜と春海は視線を交わして……泣くほどか？　と確認しあう。

「おいしいと言ってもらえてよかったです。真冬ちゃんが海に入って昆布を取ったかいがあります」

「冬の海に妹を入れるって、どんだけ鬼畜なんだ！」

「私だってちゃんと溺《おぼ》れました！」

……姉妹なのに冬音は泳げなかったんだ。というか、そんなことするなんてやっぱり愛が重いよ。

「ふっふ～ん。お兄ちゃん」

「……お兄ちゃん」

自慢げに姉妹がじっと俺を見る。

「私達が料理をしても鍋を焦《こ》がすだけなんじゃないか～、とか昼間言ってましたよね～」

「あい」

「悪かったよ。二人とも料理が上手だ。偏見でモノを言って反省してるよ」

「わ～い！　約束どおり、私達のお願いを1つ聞いてもらいますよ！」

「そんな約束はしてねーだろ！」

「した」

「断言すんな。してない！」

秋桜が俺に言い聞かせるように言う。

「まぁ、聞いてやればいいじゃないか」

「こんな美味しいご飯を作ったのだから、そのくらい当然の権利なのだわ」

「冬音がいけない妹を自称してることを忘れてないか？」

「エロいことなんか言いません。三人で一緒に眠ってくれないかなってお願いです」

「それって今朝したばかりじゃん」

「アレは夜中に忍び込みましたから、おやすみからおはようまで一緒がいいんです」

「お兄ちゃんと一緒に寝たいなんて、可愛いお願いだとボクは思うぞ」

「もし私が冬音ちゃんの立場だったら、一緒に山へ探検に行こうと提案するけどな～。いろいろそれらしい言動を駆使して安全に遭難するの。そうしたら野宿になるよね？ 寒いから暖を取るために、嫌でも体を密着させることになるじゃない？ そしたら、もう……」

「だっ、第2の色恋師匠ッ！ ナイスアドバイスです。凄く即物的で素晴らしすぎます！」

「そんな異常なアドバイス聞いたことねーぞ？」

彼との距離を縮めるには野宿がおすすめ、とか書いてある本でもあるのか？ 野宿ってキャンプと違って陰惨な響きだ。

まぁ、冬音は海で溺れるくらいがんばったわけだし。

「わかったよ」

「やったー！」

「わ～い」

「寝袋を探しに行こう、真冬ちゃん」

「あいッ！」

「山で野宿じゃなくて、俺の部屋で一緒に寝るんだ！」

朝と同じく三人でベッドに入る。朝はあんまり意識しなかったけど……小さい胸とはいえ左右から押し付けられるのは……。普通の兄なら平気かもしれないが、俺には兄だった記憶ないし！

左右の胸を意識しないように何か話をしないと。

「えっと、真冬は怖くないのか？」

「……？　お兄ちゃんの性欲が？」

「それは怖がらなくていい！　記憶喪失になったことがだよ。スムーズにみんなと話すようになったみたいだからさ」

普通ならもっとギクシャクした時間が続くと思うのだ。

「みんなも真冬ちゃんに気を遣ってたし、真冬ちゃんもみんなに気を遣った結果ですよ。理解してないなんて、みなさんの気遣いが申し訳ないじゃないですか。しっかりしてくださいお兄ちゃん」

まぁ、それは……そうか。みんなこの状況に対して気を遣っているんだろうな。

「真冬ちゃんだって怖くないわけないですよ」

「あい」

「わざわざ確認するようなことじゃなかったな。ありきたりな言葉だけど、何かあったら隠さず言ってくれよ。俺にできることならするからさ」

「あい」

「できることならなんでも?!」

「エロいことはできないことだ」

こういうのも冬音なりに、暗くならないよう努力した言葉なのかも。

「んじゃ、寝るぞ」

二人が同時にうなり声をあげる。

「なんだよ」

「おやすみなさいのチュー」

「チュー」

「お兄ちゃんがしないなら私達からしますけど？」

ここまで来たら、その程度のことを拒むのも不自然な気がしてくる。

「ほっぺに軽くで……」

「左右のほっぺにキスしてもらえるなんて幸せ者ですね。それじゃ、真冬ちゃん」

「あい」

頬がじんわりと痺れた気がした。この状況はなんなんだろう。

【20日経過】

3週間以上たつと生活のリズムができてきた。役割分担もできたし、春海の提案で学校に通うようにまでなった。人間ってどんな環境でも、どうにかしていくものなのかもしれない。今は学習ソフトを使って校舎で勉強をしている。真冬は真剣にやっているけど、冬音は死んだような顔だ。

秋桜は感心したように真冬に言う。

「真冬ちゃんは勉強が得意なんだな」

「あい」

春海は声のトーンを落とした。

「それに比べて妹ちゃんは勉強が不得手なんだね～」

「あい」

「真冬ちゃん、私の代わりに返事しないで！　真冬ちゃんのは金で買った汚れた得点なんです」

「ノートパソコンをどうやって金で買収すんだよ」

「冬音の言うことも一理あると思うわ。私へのテスト問題だけ特別に難しかった気がするもの」

「静夏も結構、残念な奴だよな」

「くっ！」

　ノートパソコンの下した静夏の推定偏差値は49だったから、普通といえば普通なんだろうけど、静夏は90あると豪語してただけにな。ちなみに冬音は10だ。

「勉強すると正直、吐き気がするんですよね」

「でも勉強はしておいたほうがいいよ〜。自分の可能性の幅が広がるわけだし。さてと、今日のお勉強はこのくらいにしようか。みんなはこれからどうするつもりなのかな？」

「たまにはみんなで遊びませんか？　遊びらしい遊びってしたことありませんよ？」

「でもボールもトランプもないもんね〜」

「なぜ道具に頼ろうとするのですか？　遊びなんて体さえあればできます」

「あい」

「体だけでできる遊びの最高峰と言えば、野球拳でありましょう」

「あい」

　唐突にひどいことを言い出した。

「やきゅうけん？　私は知らないけど、みんなは知ってるかしら？」

　秋桜も春海を首を横に振る。

「残念ながら俺は知ってる。じゃんけんをして負けた奴が、服を1枚1枚脱いでいく遊びだ」

　春海は絶句。

「一季ちゃんが負け続けるなら盛り上がると思うけど……」

　残酷な意見だ。

秋桜は肩を落とす。

「確率的に考えて、一季だけが楽しい遊びになってしまいそうだな」

「秋桜さんの場合、髪留めとブラでお兄ちゃんより2つ分有利。確率的に勝敗が5割のゲームでこれは大きいです。それに負けたっていいじゃないですか！　想像してください。昼の教室で、みんなに見つめられて、恥ずかしくてたまらないのに、本当に嫌なのに……。じゃんけんに負けただなんてくだらない理由で、裸にならないといけないんですよ？　……興奮しませんか？」

静夏は恐ろしいほどの無表情のまま答える。

「……興奮するわね」

「あい」

春海が目を丸くする。

「真冬ちゃんも興奮するってこと？」

「あたいもすりゅ」

「わっ、私も野球拳する！　したい！」

「ぼっ、ボクはそんな遊びには反対だ！」

ようやく真っ当な意見が出た。

「……秋桜、想像するといいのだわ。顔を真っ赤にして、じろじろ見るな！　とか言いながら、パンツに手をかけている自分の姿を」

「やめろ！　そんなことを想像させるな！」

「いいえ、想像するべきだわ。こんな特殊な状況でないとこんな遊びは死ぬまでできないわ。ボクの裸なんか見てもおもしろくないだろ、とか言ってる自分を想像すべきだわ。正直に言うと、私はそんな秋桜を見てみたいと思うのだけど……。本当に興奮しないのかしら？」

「……興奮するって。もうわかったからやめてくれ。興奮、する」

ええーっ？　こっ、これは！

静夏は前後のドアを素早く指差す。

「妹ちゃんは前のドアの鍵を！　真冬ちゃんは後ろのドアの鍵を閉めて！」

「俺の妹を手足のように使うんじゃねー！」

「だって逃げようとしたじゃない」

「男らしくないと思うぞ、一季！」

「秋桜は自分の裸を俺に見られても平気なのかよ！」

「へっ、平気じゃないのがいいんじゃないか！」

「とんでもないことを堂々と言うな！」

「グダグダ言わずにもうあきらめるのです、お兄ちゃん」

「あい、覚悟」

俺だって本当は超参加したいよ！　だけど、俺が参加するのは倫理的にいろいろまずい。

「いや、その……。でも俺が負ける可能性が一番高いんだろ？　負けるゲームには参加しない」

「女の子の裸を前に負けるリスクを考えるなんて男の子らしくないのだわ」

何気なく心が壊れてるぞ、と指摘された？　普通ならもっと無邪気にやったぜー！　と、なるのか？

「……やる！　おまえら全員、裸にしてやる！」

無理矢理、テンションを上げる。

秋桜が慌てたように手を振る。

「ちょっと待ってくれ。最後の一人になるまでこのゲームは続くのか？」

春海が期待に満ちた目をする。

「真冬ちゃんが裸になるまでってルールでどうかな？」

「のー」

「羞恥がこのゲーム最大の魅力ですから、一人が裸になるまで、というのがいいのでは？」

冬音の提案に秋桜が納得したように頷く。こんな説明で納得されても、と思うが俺は男なんだから！

「全員をパンツ１枚の状況までもっていけば、俺にとっては最高の勝利というわけだな？」

静夏が横目で俺を見る。

「急に乗り気になるのも気持ち悪いわよ？」

どうすりゃいいんだよ！

「よし！　それじゃ……。やりましょう！　いいですか、いきますよ！」

冬音はぐっと握り拳を作って頭の上に振りかぶった。みんなも呼吸をそろえてそれにならう。

「じゃーんけーん！」


六人でじゃんけんをするとあいこの連発でゲームはなかなか前に進まなかった。だけど、そのもどかしい感じがおもしろかった。実際、それなりに盛り上がったのだ。特に序盤は誰かが髪留めを取ったりするだけで、確実に裸に近づいてるんだってドキドキしたし。秋桜がいきなり靴下を脱いだ時もなんか形容しがたい不思議な興奮に襲われたし。恥ずかしさを隠すためなのか、みんなのテンションがどんどん上がっていくのが、妙にエロかったし。だけど——。

「なんて言えばいいのかしらね、こういう時」

「あんまりはっきり言うと傷つけちゃいそうだけど、残念じゃないかとボクは思うぞ」

「ひどいこと言わないでください。こんないたいけな私が手ブラ状態ですよ？　残り1枚！」

序盤はみんな平等に負けていたのだ。髪留め、ネクタイ、靴、靴下を脱いでしまい、これから中盤……というところで、どういう神様のイタズラなのか、冬音が怒涛のように負けまくったのだ。

「私みたいな可愛い女の子がこんなに肌をさらしてるのに、いったい何が不満なんですか！」

「ボクには妹ちゃんが楽しんで脱いでるようにしか見えない。恥ずかしいのが楽しいのに……」

「楽しくなんかないですって、恥ずかしくて死にそうです」

「嘘だな」

「あい」

「兄妹にまで信じてもらえないなんて情けないです！」

「……ここでやめにしましょうか」

「そうだね～」

「あい」

冬音はみんなが脱いだ靴下や髪留めを黙々と着け始めるのを見て、傷ついたように叫ぶ。

「続けましょうよ！　最後の1枚を脱ぐ時はもっと上手に恥じらってみせますから！」

「そういうこと言っている時点でもうダメだって気づけよ」

「ひどすぎます！　うわ～ん！」

冬音はブラを持ってドアに向かって走り出し、無言でかちゃかちゃと鍵を外して、

「うわ～ん！」

再び泣き声を上げて走り出した。

春海が呆れ気味に、

「妹ちゃんの誘いかたが露骨だけど、慰めにいったほうがいいと思うよ～」

「あいつもひどい言われようだな」

少し同情する。

「そういうとこが妹ちゃんの可愛さだわ。私達が妹ちゃんの可愛さを全開にしたのだから、お兄ちゃんはそれをたっぷり鑑賞してくればいいのよ」

……複雑な可愛さだと思うぞ、それ。


学校を走り回って、ようやく1階の廊下の行き止まりで冬音を発見した。ブラを外したままだったらどうしようかと思ったけど、装着していたので安心する。

「あんまり気にするなよ。みんなおもしろがって言っただけなんだからさ」

「うう～っ！　そんなのわかってます！　私が問題にしてるのは、お兄ちゃんが興奮してくれなかったことです！　もうちょっと私のことちゃんと見てくれてもいいんじゃありませんか？」

「ふざけた空気の中で真剣になるのは難しい。だいたい俺が興奮したら、みんなかなり引くだろう」

「それじゃ……。今、ちゃんと見てくれませんか……」

冬音は、だらん、と腕を下げた。見ちゃいけないとは思っていても、下着姿の冬音に目が釘付けになってしまう。

「何か言ってくれないと、恥ずかしさでおかしくなってしまいますよ？」

「えっと……。かっ、可愛いと思うぞ」

冬音はほっとしたように微笑する。

「お兄ちゃんに見てもらえてよかったです。平気かなって思ってたけど、ドキドキします」

みんなといる時はこんな雰囲気、全然出してなかったくせに……。冬音のてのひらで踊らされている気もするし、冬音はこういう時そんな計算はしない気もする。

「もっと顔を近づけて見てもいいですよ？　興奮してるお兄ちゃんの顔……近くで見たいです」

冬音の膝が震えてるのに気づいてしまった。そこから冬音の興奮と緊張が漏れている。

――ドキドキする。なんか、その……キスしそうだ。雰囲気に流されそう。このままだと確実に変なことをしてしまう！　いつの間にか屈《かが》んで、よく見ようと胸に顔を近づけてしまっている。ギリギリの自制心で、必死の思いで目をそらして……えっ？

「首どうしたんだ？　赤いとこがあるぞ？」

顎に隠れてあまり見えなかったけど、下からのぞきこむとはっきりわかる。短い帯状の赤。

「いや、これどうしたんだ？　どこかでぶつけたのか？」

「湿疹です！　うさぎちゃんぬいぐるみをずっと顎の下においてたら、こうなっちゃったんです」

「捨てたほうがいいんじゃないのか？」

「やですよ。可愛いのに！　それよりもブラジャー、外してもいいんですけど……」

俺はぽんぽんと冬音の頭を撫でてから、背を向けた。

「はい。ちゃんと見たからこれでお終いだ」

「えーっ！　もっといろいろしてくれると思ったのに、お兄ちゃんの意気地なし！　もう！」

「んじゃ、みんなのとこに戻ろうぜ」

――どうして冬音はこんなに俺に愛情をぶつけてくるんだろう？　不安だからだってことはわかっているけど、それでもこんなに好意をぶつけられ続けたら、俺だって……。少しずつそういう気持ちになってしまいそうな気がする。

【50日経過】

春海と山でキノコを採取してから寮に戻ると、部屋から微かに話し声が聞こえる。俺がしばらく帰ってこないとみて、妹ちゃんズが勝手に部屋に入ったらしい。勝手に入られるのは嫌だがこの環境じゃ、エロ本もエロ画像も手に入らないわけで、見られて困るものは何もないんだけど……。

……いったい何をしてるんだ？　ドアに近づき、耳を澄ませる。

最初に聞こえたのは真冬の声。同じように喋っていたとしても、今では冬音と真冬の違いが完全に分かるようになっていた。

「ほら、冬音……。お兄ちゃんのこと好きだって言ってごらん」

「お兄ちゃんのこと……好き」

真冬がどこか棒読みな調子で言う。

「ほら、こういうことされても好きか？」

「あっ、ダメだよ。お兄ちゃん。そこは私の敏感な場所なんだよ」

……リビングとかでしばらく時間を潰した方がいいのかもしれないが、放置しておくには問題がありすぎるような気もする。しばらく逡巡《しゅんじゅん》してから、そっとドアを開けた。

「お帰りなさい、お兄ちゃん」

「はぁはぁはぁっ。おかえり……ええっ⁉」

「あい。数時間帰ってこない予定」

「出かけてすぐにキノコが大量に獲れたんで、予定を変更してすぐに帰ってきたんだよ。それはそれとして……これはなんだ？」

　真冬がノートパソコンを持って立っている。冬音は自分の部屋から持ってきたであろう枕に、俺のブレザーを被せて抱きついている。

　妹ちゃんズはキョトンと見詰め合って、

「こっ、これは……。その……。うん。記憶が……。私って誰ですか？」

「あたいもわかんない」

「廊下まで変な声が聞こえてたぞ」

「うっ！」

「お姉ちゃんピンチ」

「こっ、これは……え～っと」

　冬音がブレザーを被せた枕に抱きついているというのは、いけない妹だから理解できるといえば理解できる。

「真冬はなんでノートパソコンを持ってるんだ？」

「真冬ちゃん！　奪われちゃダメ！」

「あい」

　真冬が律儀に返事をしている間に奪い取る。

　モニターにはテキストが表示されていた。……こっ、これはなかなか凄いことになっているな。

　俺は喉の調子を整えてから、

「『お兄ちゃん！　私達、兄妹なのに……』『そんなの関係ないだろ』」

　冬音は頭を抱えて、

「ノーーーーッ‼」

「のー」

「もしかして俺の台詞《せりふ》を真冬に言わせて……」

「3回読み合わせをした」

そんなにしたんだ……。

「殺してください！　お願いだから殺して！　恥ずかしすぎる！　頼むからもう殺して！」

俺はちょいちょいと真冬の肩を軽く叩く。

「『えっ、あっ、はっ、お兄ちゃんのが……』」

「『おまえの小さなとこに……』」

「『あっ、ううう。……動いていいよ、お兄ちゃん』」

「真冬ちゃんがお兄ちゃん役⁉　人の心があるならお兄ちゃんがお兄ちゃん役をやって！　殺してください！　生きていく自信を完全に喪失しました！　殺してぇ！　うお〜い！」

号泣だ。

「あー、もう。なんて言ったらいいのかわかんないけどさ」

「言葉はいりません。ナイフかロープがあれば事足ります」

「自分で息を止める」

「そんなガッツが必要な方法で自殺なんて無理だよ！」

「真冬、ちょっと部屋を出ていってくれないか？」

「あい」

素直にトコトコと部屋を出ていった。

「真冬ちゃんに姉が死ぬとこを見せたくない、という兄心ですか？」

「……あのさ。冬音はそんなに俺とそういうことしたいのか？」

「……そういうわけではないのです。ただ、そのお兄ちゃんに思いっきり甘えたいだけで」

「あのさ、冬音は初めて会った時から、俺のことを好きだって言ってたよな？」

「説明は不要だと思いますけど、今も好きです」

「いや説明は必要だ。最初から好きだったというのはまだわかる。記憶の欠片みたいなのが残ってたんだろうなって。1ヶ月以上一緒にいて、それでもまだ同じように好きなのか？」

「同じじゃないです。お兄ちゃんのこと前より好きになりました。お兄ちゃんと喋るのが楽しくて、一緒に歩くのも、ご飯食べるのも、全部好きで！　最初の好きと、新しい好きで、2倍好きになっちゃったんだもん！　……やっぱり、妹はダメですか？」

「ずっと考えてたんだけど……ダメじゃないよ」

　心臓が早鐘を打つ。

「ちょ、ちょっと待ってください。それは、お兄ちゃんの常識としては、まずい発言なのでは？」

「一緒にいると楽しいしな。冬音と話していると楽しいし。滅茶苦茶なとこ飽きないしな」

「……結論、聞いてもいいですか？　痛ッ。なぜ、叩かれましたか？」

「期待にギラギラと目を輝かせてるのを見たら、叩きたくなってな」

「ひどい！　……お兄ちゃんのその気持ちは妹としてですか？　その、一人の女の子として？」

「両方って答えちゃダメか？」

「……あっ、あの。えっと……すっ、好きです」

「俺も好きだよ」

「……ッ！　くっ！　えっ？　今から……えっと、今から？　今から！　今からですか⁈」

「先走るな！　……まだ夜にもなってないだろ」

「うあっ。夜になったら、ついに私とお兄ちゃんが禁断の？」

「禁断言うな。……でもそういうことだよ」

冬音は感極まったように、ぶるっ、と震えて、無言で俺にしっかりと抱きついた。

「緊張で体が震えちゃって巨漢力士を吊り上げた時の膝みたいになってます」

「物凄い人生を送ってるんだな」

巨漢力士を吊り上げることなんかねーよ！

【51日経過】

朝。いつもより少し遅れてからリビングに行くと、もうみんな揃っていた。小走りで近づいてきた秋桜の目が、深海魚みたいに大きく開いていた。

「妹ちゃんとの近親相姦はどうだった？　かっ、感想を聞いていいかな？」

「なっ、なっ、なっ、なんでそのことを⁈　あっ、冬音から聞いたのか？」

春海が首を振る。

「違う違う、昨日の夜に、二人がこれからエッチなことする予定だって真冬ちゃんから聞いたんだ～」

「あい」

「なんでみんなに言うの⁈」

「真冬ちゃんを責めないであげて欲しいわ。挙動がおかしかったので拷問したら吐いただけだわ」

「みんなでこちょこちょの刑だよ。耐えている真冬ちゃん、可愛かったな～」

「あい～」

そっちはそっちで盛り上がってたみたいだ。でも、昨日の夜に真冬から聞いたってことは、何をしたかまでは知らないわけだよな。ごまかそうと思えばごまかせるか……。

そこに、冬音が転がるようにリビングに駆け込んできて、叫ぶ。

「みなさんのおかげで、お兄ちゃんと結ばれましたぁ!!」

あー、もう好きにしてください。思うようにやってくれ！

「おめでとう、妹ちゃん！　できるって信じてたのだわ」

「色恋師匠から教わった、お兄ちゃんがいない隙に服をくんくんの計の応用技でハートをゲットです」

「えっ？　あれ罠だったの?!」

「たまたま似た状況になってしまっただけで、計略ではありません！」

いや、計、って言ってたぞ。

「よかったな、冬音。ボクからもおめでとうだ」

「はい！　これも色恋師匠３号のおかげです！」

３号ッ?!　いつの間にか秋桜までがアドバイスをしていたとは……。俺は気づかない間に完全に包囲されていたのか……。

「秋桜はどんなアドバイスをしたんだ？」

恋に関する秋桜の助言って想像できないけど。

「そんなの決まってるだろ。当たって砕けろだ」

「実際、砕けてしまいそうでした。……もちろん、気持ちよくてですけどね！　痛ッ」

「冬音には羞恥心がないのか？」

「ありますが、みなさんの応援があっての今の私ですから、報告の義務があると思ったのです」

「今晩は二人の幸せを願ってパーティーだね～。私は山で自然薯《じねんじょ》を探してくるよ！」

「それならボクはタイを狙うぞ。やっぱりこういう時はめでタイだからな」

「そっ、そしたら私は……えーっと、えーっと……。リビングをピカピカに磨いておくわ！」

「ちょっと待てよ。ハッキリ言うと俺は妹とセックスしたんだぞ？　俺を責めたりとか、なじったりとか、気持ち悪がったりとか、そういう反応をするのが普通なんじゃないかと思うんだが……」

「一季はボク達に罵倒《ばとう》されたいのか？　そっちの方が精神的に楽だというのなら考えるけど」

「ここから出たら、大勢の人がしてくれると思うわよ。それに一季には覚悟があるのだと思うわ」

「覚悟って……。ここを出ても冬音のことを好きでいる覚悟ってことだよな？　それならあるよ」

体を重ねると、自然とそういう覚悟ができてしまっていた。体が心を刺激したんだと思う。

「そういう覚悟があるなら、素直に受け止めればいいと思うのだわ。こっちだって覚悟しているのだから、恥ずかしいことを言わせないで欲しいわ。……何があっても私は応援してるってことよ」

「ここを出たらボク達は一緒にいられないかも。でも、ボク達は味方だって、覚えておいて欲しい」

「そういう私達の気持ちを、意地でも二人に忘れさせないためにパーティーをするのだわ」

「みっ、みなさんありがとうございますぅ！」

冬音はぽろぽろと涙を流して叫んだ。

「今日、開いていただける結婚パーティーのことは、死んでも忘れません！」

「けっ、結婚?!」

「処女と童貞卒業パーティーや近親相姦パーティーより、そっちのほうが素敵です」

「いいんじゃないかしら？　外に出たら法律的にも道徳的にも大っぴらに言えないわけだし」

秋桜は大きく頷く。

「言える時に言っておいたほうがいいかもな」

春海は胸の前で手を叩いて言った。

「よ～し、それじゃますます、はりきらないと！」


みんなの視線が真冬に集中する。

「……あたいの兄と姉の幸せを願って、かんぱい」

「うわ～ん、みなさんありがとうございますぅ！　……ほら、お兄ちゃんも」

お礼を言うのって恥ずかしくて苦手なんだけど……。

「あっ、ありがとうな、みんな」

ばたん、と静夏が床に膝から崩れるように倒れた。

「お兄ちゃんの感謝に感激して倒れた⁈」

静夏はすぐに跳ね起きる。

「甘いのだわッ！　酸っぱいのだわ！　どっ、どうしたのこれ？」

転びながらも、持っていたコップの中の液体を1滴もこぼしてないのはさすがだ。

「あはっ。山で腐ってない柿を発見して～。校舎の裏にあったユズと一緒に搾ってみました」

秋桜も目を輝かせる。

「うわっ。おいしい！　甘いのって久しぶりだから感激だ」

「気絶しそう」

「みなさんジュースばかりでなく、ちゃんと私達を祝福してください！」

秋桜が大きな皿を台所から持ってきた。

「ちゃんと釣ってきました！　タイのお刺身ッ！」

「きゃあ～、結婚おめでとだわー！」

「結婚……ヤマワサビどこ？」

「もっと真面目に言ってよ、真冬ちゃん！」

春海も台所から皿を持ってくる。

「おせんべいだよ～。お米を粉にして作ってみました～」

「……ぱりっ。こっ、こっ、これは結婚おめでとうなのだわ！」

「うわっ、ボクも結婚おめでとうだと思うぞ、これ」

「大切な言葉を美味しいの代わりにつかわないでください」

「おめっ、ぱりっ、おめっ、ぱりっ」

「せめて最後まで言ってよ、真冬ちゃん！」

みんなで食べて、すぐに忘れるような話を続けて、それで時間はどんどん過ぎていく。

「こんなに結婚おめでとうが飛び交ったパーティーは、かつてなかったのではないかと思います」

「結婚おめでとうなのだわ」

もはや、同意を示す時の言葉になってるもんな。

「ゲシュタルト崩壊して何を言われているのか、わからなくなってきましたが……」

「結婚おめでとう」

秋桜がうんうんと頷きながら適当に言う。

「お兄ちゃん、最後にみなさんの前でキスくらいすべきではないでしょうか。私達がみなさんにできることといったら、それを見せ付けるくらいしかないわけですし。そっ、それ以上となると、さすがに問題が……。覚悟を決めて私の乳首いっときますか？」

「不要な覚悟だ！　乳首は問題外として、キスは人に見せるものじゃないだろ」

「見せるものだわ。二人の誓いを私達だって確認しておきたいわ」

「キスしておいたほうが今日のこと忘れないとボクは思うぞ」

「うんうん。私もしたほうがいいと思うな」

「しろ」

あー、もう。しょうがない！

俺はすぐに冬音を抱き寄せる。こういうのって一度、躊躇すると、恥ずかしくてできなくなってしまうに違いない。勢いが大事だ。

「お兄ちゃん。今日のことずっと覚えてようね」


【89日経過】


最後の日になる予定の夜。俺は冬音に連れられて夜の校舎を歩いていた。

「見せたいものって？」

「これですよ」

廊下の行き止まりにある開かずのドアが、開いていた。

「ついて来てください」

「ついて来いって。おい、ちょっと待てよ。この先に何があるのか知ってるのか？」

冬音は躊躇なく、暗闇の中へ入っていった。

「すぐに階段ですから気をつけてください。下りたら説明します。暗いですし足を滑らせて落ちたら怪我しますから、降りることに集中してください」

二人分の足音がやけに大きく反響する。無言のまま2分ほど階段を下ると視界が開けた。

採掘所にある巨大車両が2台は並んで走れるほどの、幅がある巨大地下道だった。

「資材物資運搬用の道路です。特殊車両が不自由なく走行できるように大きめに作られたそうですよ」

何を言っているのか理解できない。いや、言っていることは理解できる。理解できないのは……。

「なんで冬音がそんなこと知ってるんだ？」

「私はここの、この世界の管理人なんです。だから知っていて当然なんです」

「管理人？　えっ？　ちょっと待てよ。……ここがどこで、今がいつか、おまえは知ってるのか？」

「はい」

あっさりと、なんの気負いもなく冬音は答えた。

胸の奥から熱い何かが昇ってくる。それは怒りに似た感情だ。

「どうして黙ってたんだ⁈　おもしろがって黙ってたわけじゃないよな？　理由があるんだろ？」

冬音は一瞬、虚ろな目で俺を見てから、微かに肩を揺らして笑った。

「お兄ちゃんが怒ってる理由を当ててみようか？　お兄ちゃんは優しいというか、犠牲になりたがり屋さんだから、秘密にされてたことより、私が秘密を背負っていたことに怒っているんですよね」

「……わけわかんねーことを言うなよ」

「これから疑われるようなことをたくさん言うけど、お兄ちゃんのこと好きってことは疑われたくないんです。だから、それだけは信じてください」

そう言ってから、冬音は大きく腕を振って、わざとらしく元気に歩きだす。

「長くなりますから、歩きながら話しませんか？」

やたら天井の高い地下道を並んで進む。

「見せたいものはこの先にあります。質問があればどうぞ。嘘はつきません。あとでわかると思いますが、今は嘘をついても無意味な状況なんです」

冬音が何を言っているのかわからないけど、最初に質問したいのは……。

「ここはどこなんだ？」

「第21特殊地下壕。通称ツリトプシスカーネーション」

「もっと大きな意味で、ここがどこなのか聞きたいんだ。ここは日本なんだよな？」

「日本ですよ。法律的に言えば、ですけど……ここはパンジャーブ地方です」

ぱんじゃあぶ？　響きが日本っぽくない。

「それって沖縄のどこかか？」

「響き的にそれっぽい感じはありますが、パンジャーブはインドとパキスタンにまたがった地域です」

インド？　パキスタン？

「何を言ってるんだ？　どう見てもここは日本じゃん！」

「そう作ったんですから、そう見えてもらわないと困ります。みなさんも薄々気づいているように、ここは人造の空間です。春海さんは宇宙コロニーだと勘違いしてたみたいですけど、違います」

「作ったって……。植物は日本のを持ち込んだんだろうけど、魚はどうしたんだよ」

秋桜はここにいる魚は日本で見られるものばかりだと言っていた。

「海の魚を完全に入れ替えるなんて無理だろ」

冬音は不思議そうな顔をする。

「入れ替える？　あー。お兄ちゃん、忘れてませんか？　私はさっき特殊地下壕と言いましたよね？　厳密に言うなら、ここは特殊地下壕のさらに下にある地下壕。森や山や田んぼもふくめて地下壕です」

「んっ？　……空が見えるのに地下壕って表現は変だろ。地下壕は地下にあるもののことだろ」

「空はスクリーンです。ここは総面積１００ｋ㎡。最長部の高さ５０００ｍの半円状の地下空間です」

空も含めて全部地下空間⁈　冬音は何を言って……落ち着け。落ち着け。深呼吸を１つ。

「こういう時に、無理にでも冷静であろうとするのが、男の人の特徴だと聞いたことがあります」

「そんなの人によりけりだ。……ここが地下壕って、それが本当だとしてなんで作ったんだ？」

「春海さんはいい線をついてました。ここは宇宙コロニーを建設するための実験施設でした。完全密閉空間での、自然空間維持に関する実験施設です。日本の動植物が移設されたのは、単純に日本が出資した施設だというのが理由の１つ。もう１つはパキスタンと日本じゃ動植物がかなり違いますから、外部からなんらかの理由で現地の植物が紛れ込んだら、目立ってすぐにわかるということ」

話が見えない。

「そもそも、なんで日本はパンジャーブにこんな施設を作ったんだ？」

「水の問題です。温暖化で標高の低い地域は沈みます。逆に氷河期が来たら氷床、巨大な氷河のことをそう言うんですが、氷床で覆われます。ここは大規模温暖化でも水没しません。氷河期が来ても氷が届きづらいです。ついでに大陸移動に巻き込まれて消える可能性も低い。日本は温暖化で沈むし氷河期では氷床に覆われます。最終的には大陸移動でバラバラになって消える運命ですからね」

「待てよ。温暖化や氷河期はまだわかるけど、大陸移動なんて万年単位の話だろ。なんでそれを気にする必要が……えっ？　あっ。………みんなで話し合った結果、今は２０００年の始まり頃だろ、って結論になったよな。……本当は西暦何年なんだ？　知ってるんだよな？」

冬音は悲しそうに頬を歪《ゆが》める。

「西暦10012年です」

「……なんて言った？」

「西暦10012年です」

俺はトンネルの壁を叩く。

「1万年って、これはどう見ても俺の知ってる西暦2000年くらいの地下だぞ。8000年もたったらもっと別の素材で、別の作り方をしてるんじゃないか？」

「穴を掘る技術に劇的な進化なんてありません。紀元前のローマ時代から1900年頃までトンネルの外壁にはレンガを使ってました。根本的な技術は2000年頃とそう変わりません」

冬音は上を指差す。

「そこが寮の真下です。あそこのエレベーターはあの円柱の入口ですよ」

空に溶け込んでしまうほどの高さの、用途不明の円柱。

「あれはなんなんだ？」

「この第21特殊地下壕を建設する時に、一番最初に作られた立て坑、垂直坑道の残骸です。掘り出した土を排出したり、機材の搬入などに使われました。建設時には、10を超える垂直坑道がありましたが、残されたのはアレだけです。たどり着く先は宇宙じゃなくて地上ですよ」

「そこの入口に連れてきたってことは……これから地上に連れていってくれるってことか？」

「残念ですが、今回は素通りです。こっちに来てください」

廊下にあるドアの1つを開けて、冬音は中に入る。壁の一面が巨大な水槽になっていて、無数のクラゲが浮遊していた。多分、秋桜と一緒に釣りに行った時に見たクラゲと同じだ。

「ツリトプシスヌツリクラ。和名はベニクラゲです。ここが実験施設だった頃の名残ですよ」

「宇宙コロニーの実験にクラゲが必要なのか？」

「それは表向き、というか、それも重要な研究だったのですが、裏では不老不死の研究をしてたんです。そのクラゲ、不老不死です。研究所が開発したわけではなく、自然界に元から存在する不老不死です。ある程度成長すると老化の逆、幼化を始めるんですよ。幼化したらまた老化。それを繰り返すので不老というわけではありませんが、大きな意味では不老不死と言っていいと思います」

「そんなクラゲがいたら世界中の海がそいつだらけになっちゃうんじゃねーのか？」

「食物連鎖の下位に位置する生物ですから、普通に食べられて死にます。下位だからこそ個体数を維持するために不老不死という異形の進化をしたのかもしれません」

「こんな施設で研究してたってことは……その能力を人間に応用しようって話か？」

「はい。マウスの幼化には成功しました。大人のマウスを胎児にしましたが、母体ナシの胎児は死ぬだけです。だから、幼化をコントロールする研究が進められました。青年期を行き来することができれば最高、と。これは人体実験レベルまでいきました。でも失敗です。脳も当然、幼化しますが、その過程で記憶が消えるんです。人体は新陳代謝によって全ての組織が2年で入れ替わります。自分が自分である証は記憶だけですから、記憶がなければ意味がありません。しかもやっかいなことにベニクラゲの内分泌液を抽出加工生成した物質を空気中に散布し、それを呼吸することによってようやく効果が現れるんです。一定の気温、湿度、通常より窒素濃度、ネオン、メタンの比率が高い空気。そしてアクシオンという素粒子の磁場反応がないと、発現しないということもわかりました。これは完璧に閉鎖された環境でないと実現不能です。しかも3ヶ月で老化と幼化を繰り返すという枠から、先に進むことができなかったんです」

ばくばくする心臓を抑えつけるように静かに言う。

「俺達はその実験の被験者なんだな？」

冬音は水槽と逆の方向に向かう。壁に並ぶモニターをぬうように、血管を思わせる配管。

「リキッドコンピューターを見るのは初めて、ということになるんですよね？」

「ふくみのある言い方だな。そうだよ、こんなもん見たことない」

「液体を使ったコンピューターですよ。詳しくは知りませんが、情報を記憶させておくには固体より液体の方が便利らしいです。じゃ、まずはこれを見てもらいましょうか？」

冬音がマウスを動かし、モニターに動画を再生した。

「始まりました。千秋楽結びの一番。横綱韃靼山に対するは大関琴姫菊。まずは解説の三保ヶ関さん」

冬音はモニターを見つめて言う。

「２１６７年の春場所ですね。ただの再生ミスです。何度も再生していたので、つい指が勝手に」

「ミスに気づいたらすぐ消せよ！」

「土俵際《どひょうぎわ》で琴姫菊が奇跡の一本背負いを決めますが、どうします？」

「どうもしねーよ。早く見せる予定だったものを見せろよ！」

モニターに表示されたのは、秋桜。カメラの後ろにいるらしい誰かにうながされて喋り始める。

「未木《みき》可憐《かれん》です。ここでは秋桜という名前になるみたいです。お話をいただいた時は戸惑いました。家族には反対されましたし、ボクも不安です。男の子に会うのは初めてだし……でも、こんな時だからできることがあれば協力してみようって思いました。素敵な未来が待っていると信じてます！　ガンバレ！　ガンバレ、ボク！　行け！　行け！　ボク！　……こんな感じでいいですか？」

画面が黒くなった。

「いつ見ても応援エールのところで、強烈な恥ずかしさに襲われますね。これは、ここに来た時の決意表明です。未来の自分に今の姿を残しておいてあげよう、という、大人の方々の生暖かい善意ですよ。質問はあるでしょうが、次に私のを見ましょう。秋桜さんとの差に軽く笑えます」

続いてモニターに表示されたのは、うつろな顔の冬音。

「脳の障害で時間感覚が狂っています。単調な作業が好きです。………理由？　あっ。はい。長時間の作業が精神負担にならないので。それを……自分の意思で来ました。意志？　あの……意志って？」

唐突に動画は消えた。

「あはは、この時のこと、覚えてないんですけど、最後に私は何を言おうとしたんですかね？」

「絶対に笑えないし、これを見て笑っていいのは撮影された当人だけだと思うぜ」

「そんなこと言わないで一緒に笑いましょう。秋桜さんは自分の意志でしょうけど、私の場合は高確率で自分の意志じゃないですね。残念ながら、お兄ちゃんと真冬ちゃんのはないんです。静夏さんと春海さんのはありますから、あとで余裕があったら見ましょう。それなりに笑えます」

「秋桜が自分の意志で不老不死実験の被験者になったってことなんだよな？　違うって言うなら、そろそろ俺達がどうしてここにいるのか、ハッキリと教えてくれよ」

「ここまで話したのですから、順を追って喋らせてください。秋桜さんは、こんな時だから、と言ってましたね～。では、それがどんな時だったのか、当時の衛星写真を見ていただきましょ～。えっと、これなんかがショッキングかな？」

「わざわざショッキングなのを選んでくれるのか。ありがたい話だな」

「西暦３０２６年の地中海の衛星写真です」

画面は白いところばかりで地中海がどこかわからない。

「真っ白い部分が元地中海です。海が凍りついたわけではありません。白いのは塩です。地中海と大西洋を結ぶジブラルタル海峡が閉じて、地中海は世界一巨大な湖となりました。閉じた理由は堆積物の蓄積と水面の低下。氷河期に降る雪は地上に溜まるので、海面は低下します。気温が低いので海の蒸発が少なく降水量が低下します。雨が少なければ川の水も少ないです。工業にも農業にも水は必要ですから、地中海の水を吸い上げるしかないわけです。そうやって残るのは塩の盆地というわけです」

「なんでジブラルタル海峡を広げなかったんだ？　未来の技術なら可能なんじゃないのか？」

「これを見てください。当時の地球の全景です。北アメリカは半分以上が氷床の下です。中国とヨーロッパの北半分も。日本なんかは全滅気味です」

「世界中が大変だったから、南ヨーロッパの人達にかまってる場合じゃなかったってことか？」

「かまうも何も、全滅寸前の地域だらけですからね～。国際的に協力して海峡の堆積物を破壊するプロジェクトなんて無理でしたし。そもそも世界的な戦争をしてましたしね。氷河期で水も食料もなくなったら、奪い合いの戦争をするしかありません」

「でも、地中海に水を流し込めば、大勢の人が助かるんだろ？」

「戦争中です。敵国の有利になるようなことをするわけがありません。不利であればあるほどいい」

「……それで地中海を干上がらせたのか？　終わってるな、人類」

「ええ、だから終わったんですよ、人類。……まぁ、この話は後回しにしましょう」

「後回しって、おまえさらっと結論言っちゃってんじゃん！　順を追って話すんじゃなかったのか」

「あとでもう1回ちゃんと言いますから、その時はその時で驚いてくださいよ、お兄ちゃん」

「終わってんのかよ、人類！　マジかよ！　真面目にやれよ、人類。なんだ、それ？　比喩表現か？」

「というか、なんで人類は氷河期に屈してんの？　俺の記憶だと地球温暖化で困ってたはずだぜ。氷河期がきたら、温室効果ガスを撒《ま》き散らせばいいだけのことなんじゃね？」

規制ナシで出しまくればいいじゃん。経済的にもよくて地球にも優しくて、なんにも問題ない。

「お兄ちゃんがさらりと思いつくようなことは当然しましたよ。でも温室効果ガスの排出は無意味になったんです。木と草ってどっちが最初に生まれたと思います？」

「んっ？　……それは草じゃないのか？　草が進化して木になったんじゃないのか？」

「それはありがちな勘違いなのです。木から派生したものが草なんです。そして進化の単位で見れば笹と竹は木とも草とも違う、生まれたばかりの植物です。遺伝子プールに多様性があったんです」

「遺伝子プール？」

「1つの集団が持つ遺伝的特徴のことです。例えば、狭く限られた環境でしか育たない植物は、小さな遺伝子プールしか持ちません。竹と笹はその逆でした。氷河期の到来で激変した環境に、もっとも適応したのが笹の突然変異体です。光さえあればどこでも生息可能で、氷の上に根をはやすものさえいます。そしてその笹は温室効果ガスを吸収しました。二酸化炭素だけでなくメタンも亜酸化窒素もです。笹が吸収するよりも早く温室効果ガスを放出する手段はあったのでしょうけど、なかったんです。氷河期がきた上に戦争です。小国は可能性にかけて一発逆転狙い。大国は縮小する規模を維持しようと必死。氷河期が本格化して戦争も行き詰って、何もかもがダメだ、となった時に一部の人類は生き延びるために、地下都市と宇宙都市を活用する計画を建てます。宇宙へ逃げるか、地下へ逃げるかの二択を迫られて、ようやく人類は共同作業に入ったんです」

「地下はともかく、宇宙なんて手段もあったのか？」

「生存地域を火星の先の小惑星帯まで伸ばしていましたからね。ですが宇宙は人類の生存にデメリットが多すぎます。地下都市に小さな穴ができても問題ありませんが、宇宙都市に小さな穴があったら大問題。空気が汚染されても地下都市なら換気が可能です。宇宙だと空気の入れ替えは困難。というわけで人類は幾つかの地下都市に避難して、めでたしめでたし。ですが、悲劇は重なるものです。……男が絶滅しました。秋桜さんも動画の中で言ってましたよね。男の子に会うのは初めてだ、って」

「いやいや、俺がいるじゃん」

「X染色体とY染色体は知ってますよね？　XとYが組み合わさると男が生まれて、XとXで女が生まれます。XXの場合、染色体に欠損があっても互いに補完し合えます。欠損があっても次世代にはその部分を別の染色体で補完したX染色体が伝えられるわけです。ですが、XYの場合は違う染色体ですから、補完し合うことができないまま次の世代に受け継がれます。つまりYは一度欠損してしまうと修復されません。Yは壊れていく一方の運命です。常に消滅に向かってるんです」

「……それって、いずれはY染色体が使い物にならなくなるってことか？」

「はい。どこの地下都市でも男が生まれなくなりました。受精しても細胞分裂が停止するんです。Y染色体の限界がきたことがわかりました」

「人類ダメじゃん！　氷河期がこなくても終わってるじゃん」

「人類をなめてはいけませんッ！　ゲノムコンポーザーという素晴らしいモノがあります！　遺伝子を作ってしまう、悪魔のような機械です！　つまりこれで正常なY染色体を作れば！　……失敗しましたけどね。ゲノムコンポーザーは長い間進化のない機械だったのです。人類を作り変えることにつながってしまう機械なので、倫理的に忌避されたんです。それでも氷河期がこなければ、より優れたゲノムコンポーザーの開発に力を入れたのでしょうが、地下都市での生活は甘くはねーですからね。XとXで子孫を作ることは可能でしたから、とりあえずって感じで人類は子孫を残しました」

「あっ、そんなことできるのか？　それって女と女で子孫を残すってことだよな？」

「全ての人類を人工的に生み出すことになります。そこを乗り切ったとしても、氷河期がなかなか終わりません。人類が地下都市へと完全に逃げ込んだのが３２００年頃です。今は１００１２年です。まだ氷河期が終わってません。……現代の地球の衛星写真、見ます？」

俺が答えないうちに、冬音はモニターに画像を表示した。地表がすべて真っ白だった。

「超大規模氷河期です。氷床が赤道にまで達しました。やる気のなくなる光景でしょ？　他の地下都市、地下壕とも連絡を取り合ってはいました。話し合うこともありませんし、救助を求められても助けに行けませんけど、一応。最後まで生存確認のあった地下都市からの連絡が途絶えて、１０００年経過しました。10世紀連絡がありません。ということは……人類、私達６人だけです」

６人だけ？　人類がここにいる６人で全員?!

「ここは第21特殊地下壕。通称ツリトプシスカーネーション。３ヶ月の老化と３ヶ月の幼化を永遠に繰り返す悪夢の施設です。氷河期を超えて、人類を未来に残すためのタイムカプセルです。氷河期が終わると同時にここから抜け出せます。逆に言うと、終わるまで出ることはできません」

「タイムカプセルって、俺達がここに入ったのはいつだ？　まさか３ヶ月前ってことはないよな？」

「西暦３１００年を祝う記念事業の一環として、２７９２年に半ば破棄されたこの施設を第21特殊地下壕と名づけて活動を再開させました」

「ちょっと待てよ。年の単位がでかすぎてうまくわかんねーぞ。３１００年に２７９２年の……って３世紀も前の施設じゃん。古すぎるだろ」

俺の感覚で言えば、江戸時代の施設ってことになる。

「３１００年頃の文明は２７００年頃よりも衰退してましたからね。年代が進めば文明は進化するようなイメージがあると思いますが、ローマ帝国が滅んでからそのレベルまで文明が戻るのに10世紀以上かかってます。その時代に生きる人にとってみれば、文明とは衰退していくものだという認識だったと思います。それと同じような状況だったのです」

「でも、3世紀前の施設を使うっていうのは話が違うだろ。老朽化していたんじゃないのか？」

「老朽化？　……あー、幼化の力は全てに働いているんですよ。有機物も無機物も関係なく」

「………………単位がでかくて暗算できないんだが、俺達がここに入ってから何年がたったんだ？」

「6912年です。つまりカーネーションを……。3ヶ月の老化と3ヶ月の幼化をあわせて6ヶ月を1カーネーションと呼びます。私達は13824回のカーネーションをしました」

唖然、としか言いようのない数字なんだろうけど、数字がでかすぎて感覚が麻痺している。

「西暦3100年は何もかもが行き詰っていましたから、未来に意志を残すふりをしよう、という息抜きです。人類絶滅は避けがたい目の前の現実でしたが、この施設のおかげで一瞬なら目をそむけられます。自分達が滅んでもまだ人がいる。そう考えれば、安らかな気持ちになったのでしょう」

「俺達がここに入ったのは3100年だろ？　なんで俺達は2000年頃の記憶を持ってるんだよ」

「息抜きだとしても一応、真面目にやったんです。2000年より前だとネットの利便性を容易には理解できません。その概念自体知りませんから。人類が滅んだとしても、使用可能なネットワークが残っている状況が考えられます。それを理解し、使おうとする意志を持てる、最低の年代です」

「いやいや、だったら普通に3100年のままでいいじゃん。何も最低を選ぶ必要はねーだろ」

「ネットワークが一切残らない可能性もまたあります。その時には原始人のような生活をしなくてはいけません。2000年を超えると、人間の機械への依存が深まります。機械なしでの生活を想像できない人間に、原始時代の生活をリアルに想像させるのは不可能です」

「俺達はどっちも可能な、境界線上の期間の記憶をぶち込まれたわけだ」

「大量の個人情報……。昨日何食べたとか、明日はデートとか、そういうレベルの情報が大量に残り始めるのが2000年頃からで、それ以前の記憶の捏造《ねつぞう》は難しかった、というのもあります」

「でも、どうして俺達が選ばれたんだ？」

「可能性を持った遺伝子を残したい、というのが当たり前の発想です。秋桜さんは理論的な思考能力を持っていました。ここがループ世界だと気づいたのは秋桜さんだけです」

「えっ？　どうやって気づいたんだ？　すげーな、秋桜」

「釣り針と魚です。千切《ちぎ》れた糸の先についた魚が地上にいるのを秋桜さんは発見しました。疑問に思います。先に答えを言うと……。ここは3ヶ月前にあった場所に戻ろうという力が働くんです。これは魚の、海に留まろうという力と、糸と針の元いた場所に戻ろうという力が拮抗《きっこう》して幼化期間が終わった時に魚が地上にいる、という不思議現象が発生したんです」

「今までの話を聞いてたなら、そういう現象もあるんだろうな、と思うけど、何も知らない状態でそれをループの証拠だと思えるもんか？」

「針がついている、というのが気になったようです。針を外さずに魚を持ち帰る釣り人はいないはずだと。しかも糸が途中で切れているということは、釣竿に糸をつけた状態で持ち運んでいたに違いないと。もし糸が切れたなら、魚を落としたことに気づくはずだ。ということは……わざと落としたに違いないけど、不自然だ。何かこの状態を説明できる理由はないだろうか？　こういう考えが煮詰まって、偶然にもというか、さすがというか、真相にたどり着いてしまったというわけです」

そんなことをグリグリ考えてたのか？　ある意味、常軌を逸している。

「静夏さんは非理論的な思考能力を持っていたので選ばれました」

「ちょっと待て。静夏には悪いが、それを残す必要はあるのか？」

「聖女としての特性ですよ。善悪で考える特性といいますか……。例えば私達がどうしようもない困難に遭遇して運命だけに助けを求める時……そういう時の精神的支柱になるのが、静夏さんです。宗教家としての才能です。理論的でないとしても、心の支えとなる何かは必要でしょ？」

「……そんな女の子には見えないけどな」

「危機で花開く才能ですからね。そして、春海さんは原始的な狩人としての才能ですね」

「あー、豊穣《ほうじょう》の象徴って感じはするな」

「あのおっぱいですからね〜。見てるだけで豊作になりそうです。違います！　妹の前で他の女のおっぱいの話をするなんて最低です！　前に春海さんが閉所恐怖症で倒れたの覚えてますよね？　広いとこで深呼吸なんかをするとリラックスしますよね？　人間は捕食者であると同時に被捕食者でした。人間は直立歩行で視線が高いので、広々とした場所を遠くまで見渡せます。当然、こう思います。広々とした場所はサーベルタイガーが近づいてきてもすぐに発見できるから安心だなー、と」

「マジで？　まだ人間ってサーベルタイガーを恐れてるの？　もうかなり前に絶滅してんじゃん」

「定着した本能はそうやすやすとは変わりませんよ。狭い場所はサーベルタイガーが隠れてそうだし、逆に獲物は見つけづらいのでストレスが溜まります。春海さんはそういうのに敏感なんです」

「そんな理由で閉所恐怖症に……。あいつは原始人マインドの持ち主だったのか……」

「……自分のことは話したくないので、先にお兄ちゃんの話をしましょう。さっきも話しましたが、Y染色体の損傷の少ない男性の開発が始まりました。しかし、技術力の低下、予算の少なさ、そんな状況でも発せられる、命をもてあそぶな、という倫理に邪魔されました。不完全な男性の誕生の多くが、その倫理観を強固なものにしていきました。その中で生まれたのがお兄ちゃんです。一番重要な生殖能力に関しては文句なく成功です。子孫を残せない存在をタイムカプセルに入れても絶望しかありませんからね。しかし、知っての通り表情がありません。そして、お兄ちゃんは痛みに鈍感です。そのことでみんなに不安を与えていました。今回は私がずっと近くでフォローしたので、みんなもお兄ちゃんも、その不安にあまり気づいてないと思いますけどね」

「そんなことしてくれてたのか……」

「妹として当然のつとめです。そして感情が極端から極端へ動きやすいです。ですから冷酷なことを平然と考えたり、熱くなって流されて女の子をすぐに好きになったりします」

「ちょっと待てよ俺は冷酷なことなんか……」

「今回はお兄ちゃんが目覚めた時から、ずっと私が側にいましたからね。普段のお兄ちゃんは、まず自分が人殺しじゃないかと疑うところから始まってました」

「人殺しって……。俺はそういうことをしたことがあるのか？」

「人を殺した前歴を持つ人をここに入れたりしません。最悪の状況を考えておけば、どんなことがあっても平気だ、という精神防衛だと思います」

いやな性格してんな、俺。

「……で、女の子をすぐに好きになるってどういうことだ？　もしかして俺って冬音以外の女の子を好きになるって、そんなこともあったのか？」

「全員のこと好きになって、全員とエッチなことをしてます。熱くなりやすいですからね。殺人鬼の女の子を好きになったら、自分も生まれつきの殺人鬼だと勘違いするレベルです」

「それは壮絶な思い込みの強さだな。でも俺が冬音以外の女の子とそんなことしたなんて……」

「私は全部記憶してます。お兄ちゃんの異常さは私が保証してあげます」

「ちょっと待てよ。俺が3ヶ月のことしか覚えてないのは、脳も幼化して記憶を失うからなんだろう？　じゃ、どうして冬音はここでのカーネーションの数を知っているんだ？」

「私だけ記憶方法がみなさんと違います。私の記憶は脳ではなく外部の機械に保管されています。2600年頃に情報技術は頂点を極めるのですが、この時に異形の進化を遂げたのが、空気中に情報を定着させる記憶方式です。……例えばお兄ちゃんが私を抱きしめる時、抱きしめろ、と脳が命令を出します。それを聞いた体が動いて、私を抱きしめるという結果になった……。そう思ってませんか？　これは実験で確認された事実なのですが、実は抱きしめろ、という情報が発せられる前に体は動いているんです。脳の命令があと」

「……んっ？　じゃ、誰が命令したんだ？　脳が指令を出して体が動くんじゃないのか？」

「とりあえず事実だけから答えを出すなら、体が動いて私を抱きしめた出来事に説明をつけるため、脳が活動したということになります」

「意味が分からないぞ。だったら脳って何のためにあるんだよ？　存在する意味があるのか？」

「この事実は長い間、科学者を苦しめてきました。その中でわかったのが脳神経の四次元配列です。三次元的観測では観測不能な情報伝達回路があるとわかってきたのです。そもそも私達の認識する三次元世界は四次元世界のホログラムみたいなもので……。この話は長くなりますし、関係ないので省略しますが、とにかく脳の配列を元に作られたのが、四次元的配列の記憶媒体です。これは時代の徒花《あだばな》でした。大容量の記憶媒体があるのにそこまでしなくても、と。ですけど、ここではそれが役に立ちます。影響を受けるのは三次元の物質で、四次元的配列の記憶媒体に干渉できません」

　冬音はつんつんと、自分の頭を指でつつく。

「私の脳には空気中の四次元的配列情報を感知するナノデバイスが入ってます。そして、それはお兄ちゃんの頭の中にも」

「俺の頭の中？」

「他の人には入ってません。私が潰れた時、次の管理人になるのはお兄ちゃんということです」

「どうして俺なんだ？　管理人なんて、俺より秋桜とかの方が向いてそうな気がするけど……」

「外部から遮断された人間が正気を保っていられる平均時間は、3ヶ月だそうです。個人差は極端に大きいんですけどね。つまり、3ヶ月だと思っていれば平和だということです。いつ終わるかわからない氷河期を70世紀待つというのは、これは相当にきついものがありますよ？」

「……こういうことか？　何世紀も正気を保ってられるのは、脳に障害のある冬音か、壊れている俺にしかできない、と……」

「ここでの生活で何度かデジャヴがありませんでしたか？　さっき脳内の四次元的配列とそれを応用した記憶媒体の話をしましたよね？　それはデジャヴではなく、脳の四次元的配列の中に微かに残った記憶の断片です。過去のカーネーションで、私はお兄ちゃんが他の女の子と付き合うように仕向けていました。同じような経験をすれば、それだけ四次元的配列の中に残った記憶の欠片が固くなります。だけど、いろんな経験をすれば、断片が増えるだけですから強固な記憶にはなりません」

「どうして残しちゃダメなんだよ」

「自分の行動がデジャヴの連続ってかなり怖いと思いますよ。そんなのが続いたらカーネーションに気づいてしまうかもしれません。記憶が失われるという不安の中で楽しく生きるのは困難です。そういうのは楽しくないじゃありませんか。13824回のカーネーションを繰り返してわかったのは……。正直に言うとひどいことも何度かしましたけど、だけど、みんなのことが好きだってことです。だから笑顔でいてもらうための努力は、割と惜しみません」

13824回のカーネーション。6912年。理解できないけど、その重みだけはわかる気がした。

「じゃ、そろそろ冬音のことを教えてくれよ」

「時間の感覚が狂ってるから、ここの管理人に選ばれたんです。外部との連絡が仕事です。なんらかの理由でカーネーションが止まったら、助けを求めないといけません。もっとも助けてくれる誰かなんて存在しませんけど。それとカーネーションで発生したことを記録していました。閉ざされた空間で人間がどのような行動をするのか、どのような変化で何が変わるのか、それをデータ化できることなんてもうないでしょうから。最後に、みなさんを笑顔にするためのお手伝いですね」

「真冬も一緒に同じことをしてたのか？」

「カーネーションの後半、みなさんは３ヶ月間眠り続けます。なぜ眠り続けるのか私にはわかりませんが、幼化というのはそういう特性を持つようです。ただ私は記憶があるせいなのか、眠り続けていることを自覚してから、こまめに目を覚ますようになりました。そういう時はここでデータの管理をしたり、相撲を見たり、本を読んだりして時間を潰すのですが、そのうちもう一人の私が頭の中に現れるようになりました」

「頭の中に？　……それは多重人格っていう奴か？」

「詳しくは知りませんが、もう一人の私と私は会話をかわすようになりました。一人でぶつぶつ言っているのだから危ない人です。ある時、頭の中の私が実体化したんです。それが真冬です」

「実体化？　おまえさらりと言ったけど……」

「それは私にもよくわかりません。ただこう考えるしかない、というのはあります。私の頭の中だけにあった人格を、本物の人格としてナノデバイスが認識してしまった」

「双子じゃなくて、冬音が生み出した存在が真冬ってわけか……」

「人体とナノデバイスの複製ですから金の匂いがしますが、69世紀かけて1回しかおこらなかったバグですから、金儲けは無理ですね。……長い話になりましたが、他に質問はありますか？」

「……俺達以外の人類を滅ぼした氷河期はいつ終わるんだ？」

「少なくとも1000年で終わるような話ではありませんけど、終わらない氷河期は存在しません」

「……最後の質問だ。俺にこの話を聞かせたのは、冬音が限界だからなんだろう？　俺に管理人を変わって欲しいんだろう？　それでいいよ。この先は俺がやる」

「精神的には限界はまだ先にありますよ。ただ体が……」

「体？　……って、おい！　また腕が震えてるぞ」

「そうですか。この話をして意識してしまったからですかね？　本当に私はなんの力も入れてないんです。腕が震えてること、自覚できないんです。お兄ちゃんは何も言わずに、そこで見ててください」

左腕が震えながら少しずつ上がる。手のひらが、腹から胸へと……そして首に達した瞬間、破裂するようないやな呼吸音が響いた。

「これ私の意志じゃないんですよ？　体が勝手に私を殺そうと……んっ。しっ、してるんです」

俺は冬音の左腕を引っ張って喉から離す。

「んっ。はあっ、はあっ、はあっ……。私が大丈夫でも体が大丈夫じゃないって言ってるんです。7000年くらい生きたら、人間ってこうなるのかもしれません。生物には、不自然すぎるモノは死ぬシステムが組み込まれてるのかも。そのシステムを作動させたのは私がはじめてでしょうけど」

「ストレスが溜まりすぎて自傷行為をしただけだろ。おまえの脳にあるデバイスの活動を停止するにはどうしたらいいんだ？　俺が代わりに管理人をするよ。それを望んでるんだろう？」

「管理人を変わって欲しいということじゃなくて、結果的にはそうなってしまうのだけど……殺して欲しいってことなんです」

「アホか！　なんでそんなことを思うんだよ！　そんなのありえないだろ！」

「このままだと、私はいつか一人でこっそり、誰にも気づかれないまま自分で自分の首を絞めて死んでしまいます。それに、脳のデバイスを切る方法は死ぬことだけです」

「なっ！　……なっ、なんでそんなひどいことになってるんだ？」

「簡単に切ったら駄目だってことくらい、わかりますよね？　だからといって切れる機能がないと、想定外の出来事に対応できないかもしれません。というわけで、私を送り込んだ人は、もっとも拒否感の強いモノとそれを直結しました。つまり、死ぬほどの状態にならないと切れない、です」

「最低だな、そいつら！」

「私は死んでも蘇ります。カーネーションシステムは脳も心臓も、体を全て3ヶ月前の状態に戻します。でもナノデバイスをオフにするということは、6912年分の記憶から切り離されるわけですから、私にとって死です。それ言うなら、みなさんは13824回も死んでいるわけですけど……この記憶から切り離されるのが怖いんです。だから最後は……お兄ちゃんに見て欲しい。記憶が生きている証拠です。最後の証拠は、お兄ちゃんの記憶に保存して欲しい。……私、真冬を殺したことがあるんです。ひどい言い方ですが、真冬はバグとして生まれたわけじゃないですか。管理者としてバグは消滅させたほうがいいって思って。ひどい殺し方をしました。そのことがバレてお兄ちゃんに責められて……。私、自殺しようとしたことがあるんです。……でもお兄ちゃんに助けられちゃいました。その時のお兄ちゃんは秋桜さんとエッチなことしてましたけど」

「ごめんなさいッ！　まっ、まさかそんなことをしたなんて……本当にすまない！」

「そんな全力謝罪されたら引きますよ。とにかく、この腕の痙攣は、真冬を殺したことも関係してるのかな、と思うんです。人を殺した記憶も残り続けてますから……。だから……その。でも楽しみでもあるんですよ。真冬がまだ頭の中にいた頃の話ですが、私と話を続けるうちに、どんどん嫌な性格になっていったんです。だけど実体化して死んで記憶を失った真冬のこと、みんな可愛い可愛いって言ってくれたじゃないですか。私も記憶を失えばそう言ってもらえるかもなって」

「その冬音よりも、今の冬音のほうが可愛いに決まってるだろ！」

「あっ、あっ、ありがとうございます！　あの……お兄ちゃん。もう1つ質問があるんじゃないかと愚考するのですが……。私がどうして妹だなんて嘘をついていたのかってこと……」

「嘘じゃねーよ」

冬音はキョトンとして
「はい？」

「嘘だったのか？」

「いいえ、その……マジです！」

冬音は振り切るように笑う。

「お兄ちゃんのこと大好きな、いけない妹です！」

「俺は妹のこと大好きな、いけない兄だ」

「いい反応です、お兄ちゃん。この流れを逃したら、私のこと抱きしめるの難しくなりますよ？　いけない妹はいけないお兄ちゃんの勇気を待ってますよ？」

「言われなくてもするから、そういうこと言うな」

俺は妹にキスをする。

「……今までみたいにしてください。途中で泣いたりしたらダメです。最後は明るくしてください」

――俺は裸の冬音をずっと抱きしめていた。冬音は頬を俺の頬に擦りつけながら、

「頬っぺたスリスリッ。お兄ちゃんのこと好きな妹をもっと強く抱きしめてもいいですよ～」

「ほら、もっとギュッとしてやるよ」

「は～っ。お兄ちゃんに抱きしめてもらうと、とても安心します」

「俺だって冬音を感じていると、安心するよ」

「このままずぶずぶと、お兄ちゃんの体の中に埋まってしまいたいですね～」

「それはちょっと怖いけど……。冬音がそうしたいっていうならそうなってもいいよ」

「私、今とっても幸せですよ？　安心して、ほっとして。1つになったみたいで。だから、今……。してくださいよ。まさか、また話し合いたいなんて、言わないですよね？」

もうその話はしたのだ。二人で話し合って……。冬音はもう限界で……。もうどうしようもないほど限界で。話せば話すほど、それがよくわかって……。もうあまりにも無理なのだ。明日を迎えるのが無理なのかもしれないのに、氷河期の終わりまで持つわけがない。

「いちゃいちゃ、して。それで……終わり。納得してくれましたよね？」

俺だって冬音の代わりになってあげたい。冬音がそれで楽になるなら、自分がつらいのは平気。心が壊れているから、きっとそういうのをうまく感じられない。だけど、冬音を殺すのは……。でも俺が冬音を殺さなかったら冬音は誰にも気づかれることなく、自分で自分を殺すだけだ。

「蘇った私はきっと可愛いです。可愛がってあげてください」

「可愛がるよ。当たり前だろ、そんなの！」

「それがわかってるなら、私は少しも怖くないですよ？　それでもお兄ちゃんは怖いですか？」

怖いよ！　だけど！　……わかってる。そうするしかないのだ。こんな悪意あるシステムを作った

奴を恨んだって、そいつはもう何世紀も前に死んでる。結局、どれだけ悩んでも、今するのかあとでするのかの差しかない。こんなにしたくないことをどうしようもなかったからやったんだって、そう自分に言い訳するための自己満足の時間でしかない。冬音の時間じゃなくて俺の時間だ。

冬音を強く抱きしめる。

「謝ったりしたらダメですよ？　……私達のいるべき場所はきっとここじゃないんです。外に出られるようになる日を私はずっと待ってます。つらくても、悲しくても、全員でいつか、外に行きましょう。そのために、私は今までがんばってきましたから……」

「わかってる。みんなで外に行こう。そういう日が来るまで、俺がちゃんとする。約束だ」

冬音は小さく笑う。

「……いいよ、お兄ちゃん」

──手の中に感触がある。壊れていく感触。痺れが残っている。

時間がたっても、それがずっと残っていて、気が狂いそうだって思った。

だけど、限界まで。本当の限界が来るまで、そうならないって、決めている。

むしろ、この感触がある間は、狂わずにいられるのかもしれない。

【7日経過】

「あっ、あの……一季さん」

部屋を出て行こうとした俺を、冬音が呼び止めた。

「一季さんと昨日、校舎を見る予定です。楽しいです。昨日の予定だったんですね」

「そうだったな。また明日、どこか探検に行くか」

「明日は……。はい、行きました。予定します。……ンッ」

俺が頭を撫でると冬音は首を縮めた。

2日前に冬音と時間の感覚について話し合ったのだが、どうやら俺達のように時間を一方通行のものとしては考えてなくて、広がりのある地図のようなものとして把握しているらしい。

例えば、明日。冬音にとってはそれが過去であっても未来であってもいいのだ。それは地図の上の明確な点であって、過ぎても、これから来ても、関係ない。現状では明日に、楽しみ、という注意書きがあって。明日になれば、楽しかった、という注意書きが増える。

「一季さんになでられるのはずっと好きだった〜」

「そっか。俺も冬音をなでるの好きだぞ」

「わは〜ん」

「なんだそれ？」

どこかで聞いたことがあるような。……あっ、冬音と初めて出会った日の朝だ。

「わは〜ん。それは嬉しい私の叫び声っ！」

嬉しい私の……。

「私の地図に、わは〜ん、と大きく書きあります。もう消せない。……どうしましょう？」

……そっか。そうなってるのか。最初からそうだと決めて、６９１２年を過ごしたのかもしれない。

「真冬はどうした？」

「真冬ちゃんは春海ちゃんと星空観察〜」

観察を口実に春海が変なことしてないといいけどな。

「それじゃ、冬音は先におやすみなさいだな」

「おやすみなさいする時は~？　おやすみなさいのチュー」

笑顔で差し出された冬音の頬に軽くキスをする。

「えへへっ。おやすみなさい、お兄ちゃん」

「お兄ちゃん？」

胸がばくばくする。

残っている。冬音の中に、冬音の残滓《ざんし》がある。言葉にできない、強い何かが上《のぼ》ってくる。だけど、俺はそれをどうすることもできない。

冬音は不思議そうに首を傾げてから、

「あれ？　……一季さん？　うん。おやすみなさい」

頭をなでてから部屋を出て静かに、ぱたん、とドアを閉めた。おやすみなさい、冬音。

五章　元気であること。走る。救済。

クラゲの部屋で呆然としている。2日くらいたってしまうこともあるし5分で覚醒することもある。時々リキッドコンピューターに触れる。いろいろな情報を読んだり見たりする。

例えば、巨大な湖なのに干潮がほとんどないのは逆円錐状になっているからだ。上へ行けば行くほど広がっている。だから膨らんだ分だけ広がってしまって、見てわかるような変化にならない。

高山があるのは風を自然に起こすため。海と山との温度差を利用して大気を循環させるシステムになっているから。

寮の近くの道にわだちがあるのに山道にわだちがないのは、単純にカーネーションシステムが発動する前に寮の周辺を研究者達が自動車で頻繁に移動していたから。山への移動には地下道を利用していたらしい。気分転換の散歩などでしか山道は利用しなかった。ただそれだけのことだ。

俺達が偽名なのは記憶操作をしたあとに、本当の名前のままだと記憶が蘇る、という迷信があったからだ。実際はそういう現象は発生しないらしい。また、記憶を書き換えるのは現実から逃げるためなのに、名前が同じでは、逃げたかった現実に追いつかれてしまう、という現実的な問題もあった。そんなのは、社会から隔離された俺達に関係ない話だ。季節の名前をつけたことに、何か深い願いがあったのかもしれないけど……。今となってはもうどうでもいい話だ。知りたくもない。

こんなことがいくらわかったって、なんの意味もない。

だって、氷河期が終わるまで、ここから出ることはできないのだから。何がわかったって、わからなくったって、何も変わらない。

どんどん時間の感覚がおかしくなっていく。時間が狂うと感情が狂う。体が心が何もかもが狂う。ちょっとの違いでみんなの生活は何もかも変わる。だけど本質的には何も変わらない。違うのに、同じ。同じなのに、違う。くるくる、くるくる。同じ場所を違うように同じように違うように。

いつからここにいるのか……。なんでここにいるのか……。もう思い出せない。

リキッドコンピューターを少し操作するだけで答えはわかる。……だけど、そういう気にならない。興味を持てない。目標ははっきりしてるのだ。氷河期が終わるまでここで過ごして、みんなを地上に連れていく。それだけ覚えていればどうでもいい。どうなったっていいのだ。みんなの脳に同じ記憶を集積させないように努力して、地上に出る日までみんなの精神状態を正常に保てば、それだけでいいんだ。

——ピン。電子音が響いてリキッドコンピューターのモニターが勝手に作動した。なんだ？

——メールソフトが立ち上がってる?!　新着メールを知らせる表示が点滅している。空気が固体になった気がした。とくんっ、と心臓が音をたてる。こんなことは今までなかったはずだ。ツリトプシスカーネーションの内部からメールが届くということはありえない。……ということは外部からのメール?!　俺達以外にも生存者が?!　そう考えないと説明できない。マジかよ！　マジかよ？　メールは2通！　俺はマウスに飛びつき、呼吸を止めて、新着メールを……。

助けに行きます。くらいのことは書いてあるか？　いや、それは望みすぎだ。最低でも氷河期はあと50年で終わります、くらいのことは書いてあるよな？　500年でもいい。終わりが知りたい。それまで頑張ってください、くらいのことは書いて！　ある！　はず！

……んっ？　と……。これは……。差出人は……。『Ａｕｔｏｍａｔｏｎ　ｏｆ　Ａｓｔｒｏｌａｂｅ』。英語？　オートマトン？　自動羊肉？　落ち着けッ！　本文に目を。いろんな言語で書いてあんじゃん！　これは英語で、その下はアラビア語で。その下はえっと、Ｒの鏡文字みたいなのがあるからロシア語！　ここにいる俺達がどんな言語を使っているのか情報は失われたわけだ！　だから多言語で同じことを書いてくれたのだと思う。英語だけじゃないってとこに優しさを感じるぜ！　だから今は落ち着いて日本語を探せばいい。どこだ、日本語。日本語、日本語、日本語、日本語あった！　なんだこれ?!

――人工知能『天球儀の自動人形・アストロラーベのオートマトン』が生存する全てのネットワークを利用して人類に情報を送っている、ということが冒頭に書いてあった。人工知能？

『太陽が放出するｐ－ｐニュートリノ、ｐｅｐニュートリノ、ベリリウム・ニュートリノの観測結果』理解できない数式、図式、グラフに目を通す。意味がわからなくてもじっくりと舐めるように読む。『太陽からのニュートリノの検出量が劇的に低下』『太陽由来のニュートリノは24年２ヶ月にわたって検出されていない。検出施設に一切の不備は見つかっていない』『内部での核反応の停止が明らかに』『停止原因は不明。太陽は急速に活動を弱めていく』『氷河期は永遠の氷河期となる』画像。暗闇の中に浮かぶ、真っ白なボール。海も陸も見えない。どこに何があるかわからない。……それが現在の地球の姿だそうだ。結論。永久全球凍結。

なっ、なんだよこれ！　なんだよこれ！　何が永遠の氷河期だ！　文学的な表現を使うな！　人間じゃねーんだろ！　ヒョウガキ　ハ　オワリマセン。とか機械音声で言ってろ！　それがお似合いだ、ぶっ壊れろ！　なんだよ！　永遠って！　宇宙にだって終わりがあるのに永遠ってなんだよ！　機械のくせにテキトーなこと言ってんじゃねーぞ。言葉はしっかり定義して使え、オラッ！　それと太陽！　テメーな！　もっと太陽ガンバレよ！　畜生ッ！

がんっ、と後頭部にショック。気づいたら真後ろに倒れて床に大の字になっていた。

……………………………………………………いちまんさんぜんねん。そうだ！　俺がここに入ってから1300年ッ！　生きて！　こんな結末かよ！　どんなバッドエンドだよ！　……嘘じゃないのか？　もしかして、これは実験なんじゃ？　嘘なわけないだろ。そんな長時間の実験なんか聞いたことねーし。誰が観測してるんだよ。そもそもこんな絶望をぶつけられたら、人間のとる行動なんて決まりきってる。実験する必要なんか微塵もないし、結果を生かす場だってない。

——太陽はいつか巨大化して地球を飲み込む予定だった。核反応が止まったということは、太陽は巨大化しない。……地球はいつ終わるんだ。この地下施設はいつ止まるんだ？　永遠に止まらない？

手が…………手が、痙攣している。

意思と関係なく、動いている。喉に迫ってくる。記憶が。あの時と。どの時と？　わかんない。すごく前。覚えてない。忘れちゃいけないってことだけ覚えてる。すげー無意味だ。だけど。あの時。殺したから。次は俺が。首に近づく手を、振り払えない。誰に？

——ごめんなさい。ごめん。

限界だ。

喉に指が食い込んで。死ぬのは、窒息じゃない。あの時に知った。あの時？　頚動脈を1分も絞めれば、死ぬ。手が覚えてるから。人殺しの手……。自分も……生きすぎた人間の……システムだと。

ドウセ、オワラナイシ。サイショカラ、ゼンブ、オワッテタシ。ズット、オワリツヅケルダケ。

——音がする。命を消す音。二回目の音。

【0日経過】

目が覚めると同時に、記憶がないことに気づいた俺は、謎の衝動に突き動かされて部屋を飛び出し、玄関から外に出る。振り返った。巨大な円柱が空の果てまで続いているのを見た瞬間、膝が崩れた。このまま死にたいと強く思った。なぜ巨大な円柱を見たからってこんなに絶望するのか、自分でもわからない。ただ心の奥から声がするのだ。

ドウセ、オワラナイシ。サイショカラ、ゼンブ、オワッテタシ。ズット、オワリツヅケルダケ。

「そこの男の子！　大丈夫?!　具合が悪いの？」

顔を上げると女の子が近づいてくるのが見えた。

「いや、そんなことないよ……。ただ、くらっとして倒れただけ」

なぜかわからないけど、しっかりしたところを見せないといけない、と思ったのですぐに立った。

女の子は俺をじっと見つめてから、ほとんど叫ぶように言う。

「あなたのこと知っているのだわ！」

そう言われた瞬間、泣きそうな嬉しさが胸を突き上げる。だけどそれはすぐ消えた。

「……ごめん。俺は頭が変で……自分の名前がわかんないんだ。記憶がないみたいで」

「そうなの?!　私も記憶がないわ。お互いに記憶喪失なんて……。あっ、私はあなたの名前を覚えているわ。覚えていないはずがないわ。えーっと、思い出した！　あずき。間違いないわ」

「あずき、か……」

そう言われてみると、そうだった気がする。

「もしあなたが私のことを知っているなら教えて欲しいのだけど、どうかしら？」

「見たことあると思う。声も聞いたことあると思う。でも名前はわからない」

「名前はいいわ。名前を書いた紙が部屋にあったの。静かな夏で、静夏。聞き覚え、あるかしら？」

「……静夏。わかんない。聞いたことあるような気がする」

「私が一方的に名前まで覚えているという事は、記憶を失う前、あずきに片思いしてたのかもね」

「それはないと思うぜ。俺みたいな男を好きになる女の子なんていないよ」

「私もそう思うわ！」

そう言ってから不思議そうに俺を見つめる。

「そこまで言うな～、とか。好きになってくれる女の子だっている～、とか。そういうことを叫びそうな気がしたのだけど……」

「俺はそんなに元気な性格じゃないよ」

「……そうかしら？」

静夏は納得いかないように首を傾げた。

「男はちょっとくらいダメなほうが魅力的だってこともあるらしいわ。寮に戻りましょう」

「……ん？　寮？　この温泉宿みたいな建物のことか？」

「え？　あれ？　なんで寮と言ったのかしら？　きっと、記憶が断片的に残っているのだと思うわ」

「ふ～ん。寮か……。ということは、あそこに住んでたってことか……」

「そういうことなんじゃないかしら？　行きましょう、あずき。みんなを探さないと。みんなが誰かは私もわからないけど、いると思うわ」

静夏は俺の手を握って引っ張った。その手はやけに熱い。

ポニーテールの女の子が深刻そうに紙をにらむ。

「ここ書いてあることを信じるなら、３ヶ月の共同生活をしなきゃいけないってことか……」

「確認ね。私は春海。静夏ちゃんに秋桜ちゃん。冬音ちゃんと真冬ちゃん」

「今日もずっと仲良くお願いしました」

「さっきも言ったけど……姉は時間の感覚がおかしいので言葉が変。だけど話していればすぐわかるようになると思うから」

「そして、あずきちゃん」

「……よろしく頼む」

曖昧な沈黙が流れる。春海、静夏、秋桜、冬音、真冬。冬音と真冬は一卵性双生児っぽいから、とりあえず1つにまとめて……春、夏、秋、冬、ときて……小豆。

「みんな黙ってどうしたのかしら？　この男が無表情なのはさっき私が説明したばかりだけど」

「あはは……それはわかったんだけどね～」

「……何か違う」

「あい」

「みんな自分の机の上においてある紙を見て確認したんだろう？　一応、俺も見てみるよ」

「どうしても気になるっていうなら、私もついていくわ」

俺と二人にするのはまずいとでも思ったのか、他の女の子達もついてくることになった。

秋桜が俺の部屋を見回す。

「なんて言うか……。男の子の部屋って感じだな」

そんな雑然とした部屋の机に紙があった。

間違えても不思議じゃないな。紙をみんなに見せる。

「豆じゃ変だもんね～。季節の季が入っているなら納得だよ」

そう言った春海に向かって、静夏は、やれやれ、と肩をすくめて見せる。

「ふーっ。結局、私の言ったとおり一季だったわけね」

「静夏が言っていた俺の名前は、あずき、だろ」

「でも、あ、と、か、は母音が一緒だもの。聞き間違いくらい許してあげるわ」

「なんで俺が許されてるんだよ！　……ンッ？」

静夏がびっくりしたように俺を見ている。

「怒らないでくれ、確かに今のは静夏の言い方がよくなかったけど」

「違うわ、秋桜。表情がないからわかりづらいけど、一季は怒って言ったわけではないのだわ」

「えっ？　……そうだな。怒ってはいないよ」

「表情がなくても私にはわかるわ。今のはツッコミというものなのだわ！」

「うるせーよ、解説するな」

「今のもツッコミなのね！　ようやく心と体が一致した気がしたわ」

納得したように頷く。

「……裏になんか書いてあるな。あなたには表情がない。あなたの心は壊れている。だってさ」

「表情がないのは知っていたけど、心が壊れているのは知らなかったわ」

秋桜が不安を隠さずに言う。

「……心が壊れているって具体的にどういうことなんだ？」

「そんなのは俺だって聞きたいよ。だけど……わかる気がする」

「わかりましたは何ですか？」

これは何かわかったのかって質問してるのかな？

「いや、何がってことはないけど……自分が壊れてることがしっくりくるというか」

「具体的に言えないのかしら？　暴力をふるいたいとか、異常性欲をもてあますとか……。どういう形になるにしろ私が責任を取るから答えて欲しいわ。私が質問をしたのだから、当たり前だわ」

「責任って、暴力衝動が強かったらどうするんだ？」

「殴られるわ」

……普通、そこまでの覚悟を持って会話したりしねーだろ。心が壊れてるのは静夏なんじゃ。

「心配しなくていい。過剰じゃなくて抜けている気がする。生きてちゃいけないような気がするんだ」

嫌な感じに空気が濁る。失敗した。思ったことを口にしすぎてしまった。

静夏は険しく俺を睨みつけて言う。

「自殺なんか絶対にさせないわよ」


【7日経過】


私は呆然と海を見つめている。同じように海を見つめていた秋桜が釣竿のリールを回し始める。

「よーし、よしよしよし！　ほら、来た！　じゃじゃじゃじゃ～ん！」

「凄いわ！　またまたベートーベンなのだわ！」

釣り上げられた魚が岩の上で跳ね回る。

「今日はイサキが大量だな」

秋桜は嬉しそうに竹籠の中へと魚を入れる。

もう魚を蛇とは勘違いしないし、美味しいのはわかっている。それでも籠の中に魚がぎゅうぎゅうなのは軽く血の気が引く。

「食べきれるかしら？　無駄に殺してしまわないかしら？」

「半分は干物にして明日か明後日に食べればいいよ。魚を塩漬けにして干すんだ。保存性が高くなるし、旨味が増して独自の風味が出るんだぞ」

「旨味⁈　独自の風味⁈　お刺身や焼き魚や煮魚より美味しいということかしら？」

「それは好みによるな。ただ旨味成分が増えることだけは間違いないらしいぞ」

旨味成分が……増える⁈

「私も干物を作るお手伝いをするわ」

「魚を開いて内臓を出さなきゃいけないんだぞ？　前みたいに吐くんじゃないのか？　前のアイナメほどじゃないけど、イサキの肝も大きいぞ？」

「2回は吐くと思うわ。でも3回以上は吐かないと思うわ。だからお手伝いさせて欲しいわ」

「そこまでの覚悟があるなら手伝ってもらう。静夏は前向きでなんでもしたがるんだな」

「そんなことないわ。ただ私にできることをしたいだけだわ」

「それに比べて……」

秋桜の声に非難の色がにじんだ。

「頼めばなんでもやってくれるけど、普段は部屋に引きこもってるだけだし……。記憶喪失がショックなのはわかるけど引きずりすぎだ。みんなこの世界がどうなってるのか調べるために歩き回ったりご飯を探したりしてるのにさ」

「……きっと、一季にはいろいろあるのだわ」

「だとしても、男の子ってもっと、良くも悪くも活動的でリーダーシップを発揮して、一生懸命がんばるモノだと思ってたぞ。一季がたまたまそういう男の子だっただけかもしれないけど」

秋桜の言うとおりなのかもしれない。だけど……。

「そんなことないわ。比喩的な表現になってしまうけど……。何かを失っているだけで、それを埋めることができたら……。だって、私の知っている一季はもっと情熱的でかっこよかったはずなのだわ」

「一季の記憶がはっきりとあるわけじゃないんだろ？　一季のことあずきと勘違いしてたわけだし」

「でもそのくらいは覚えていたということだわ。たった1文字違いだもの。一季の性格のことは、もっとちゃんと覚えているって自信があるわ」

秋桜と一緒に干物作りをして、吐いて、ご飯を食べて、お風呂に入って、部屋に戻って、ベッドに入って……。一季のことを考えてる。私の知っている一季はもっと活動的で、素敵だったはず。私は一季を助けてあげたい。それだけなのだ。それだけなのが、とても遠くて、難しい。

――記憶を失ってから最初に出会った時。間違いなく一季は泣いていた。私に知っていると言われて泣いていた。嬉しくてそうなったのか、悲しくてそうなったのかはわからないけど……。私の言葉で一季が泣いた。もしかしたらいけないことなのかもしれないけど、ドキドキする。きっと一季は苦しんでいるはずだわ。表情がないから無気力に見えるだけで……。

「ひゃッ！」

突然、響いた電子音にびっくりして体が跳ねる。暗い部屋に白い光が浮かび上がる。ノートパソコンが勝手に起動したみたいだ。

――メールソフトが立ち上がっていた。冬音と真冬がいろんな場所でいろいろ調べて、ここには有線も無線もないという結論に達したはず。なのに『新着メール（1）』とメールソフトに表示されている。疑問を抱いたまま、メールソフトをクリックする。差出人の名前は『天球儀の自動人形・アストロラーベのオートマトン』。……少しの間、思考を宙にさまよわせてから本文に目をやる。

【8日経過】


朝、冬音と真冬の部屋を訪ねて質問する。

「誰かにメールを送ることって可能なのかしら？」

「メールを送ったことのできるですか？」

相変わらず冬音の喋り方は滅茶苦茶だけど、慣れてしまえば意思の疎通は簡単だわ。

「ずっとこれから先も無理でしたが」

「あい」

「ということは、当然メールをやり取りするのは無理ってわけね？」

「それは無理だと思いましたが……。あっ！　……もしかして誰かに文章で想いを伝えたい～。ドキドキの秘密の思い～、ですね?!」

「あい～」

「残念ながらそういうのではないわ。気になっただけ。…………ついでに聞くけど」

「あい？」

「え～っと……一季の話ではなくて、その……。一般的な話としてよ」

「あい？」

「一般的な男の子が元気になるものって何かしら？」

「それは未来永劫、女の子の愛でした！」

「あいッ！」

「男の子が欲しい愛を具体的に言うと……女の子の裸」

真冬は私を真っ直ぐに見て言う。

「でも愛って広がりが大きすぎて、具体性にかける言葉だわ」

「それはもう！　だって、そうです！　男の子は女の子の愛が欲しい生物でしたよ？　逆も！」

愛なんて根性を入れないとなかなか口にできないわ。

「ちっ、力強く言ったわね」


俺は湯船の中で両手両足を伸ばしながら、浴槽の縁に頭を乗せて夜空を見上げる。何かしたい、という気持ちはあるのだ。しかし、行動しようとすると、動きが止まる。体の奥底から声が聞こえる。ドウセ、オワラナイシ。サイショカラ、ゼンブ、オワッテタシ。ズット、オワリツヅケルダケ。何をしても無駄としか思えない。今だってお風呂が粘ついた液体に変化したような気がする。

「えっ？」

唐突にドアの開く音がした。湯煙の向こうに、肌色。――裸の静夏がいた。普通の精神状態なら狂喜するんだろうけど、今はだるいだけだ。

「おい！　入ってるぞ」

俺の声が聞こえないわけじゃないだろうに、ずんずん近づいてくる。何を考えてんだ？　……もしかして、おまえなんか男として認めない、おまえなんか透明人間だ、という意思表示なんだろうか？

静夏に背中を向けると同時に、湯船に入る音がした。他の奴にならともかく……どうしてかわからないけど、静夏にこういう扱いをされたら終わりな気がする。まぁ、それでいいんだけど……。

「うがっ⁈」

唐突に背後から頭を掴まれて、ぐいっと斜め上に捻《ひね》られた。首の骨がカキンッと音をたてる。

「なっ、なにを……ンッ⁈」

静夏が仁王立ちで俺を見下ろしていた。

当然、裸だ。視線を上に向けると静夏が怒ったような顔で無言。

「俺をからかってんのか？」

静夏は口元を微かに歪める。

「からかってなんかいないわ。元気は出たかしら？」

「言っている意味がわかんねーよ！」

「男の子は女の子の裸を見ると元気になるのだわ。私だって恥ずかしいんだから、ごちゃごちゃ言わないで見ればいいのだわ！　女の子にここまで許可されてるのに見る勇気さえないのかしら？」

挑発だとわかっても後頭部が熱くなってしまう。静夏の体を見つめる。服を着ている時より大きく見える胸が呼吸のたびに微かに上下するのが妙に生々しくて――そんな気分じゃないのに興奮する。

「女の子の大切な場所をそんなにじろじろ見るだなんて……一季はエッチなのだわ。こっ、こんなに胸と股間ばっかり見られるとは、思ってなかったのだわ！　いっ、いやらしいのだわ！」

「しょ、しょうがないだろ！　誰が見たってそうなるに決まってるぞ！」

自分から見せ付けといて、急に注文をつけるなよ！

「肩を見てればいいじゃない。あと二の腕とか……」

「俺は腕マニアか？」

「うふふっ、ちょっとは元気になったんじゃない？」

元気というのとは違うのかもしれないけど、ツッコミを入れるような気持ちが自分の心の中に残っていたなんて驚きだ。冗談に反応する気力があったなんて……。

「うふふっ。裸になったかいがあったわ。私は元気な一季が好きだわ」

「もしかしたら俺はそうだったのかもしれない。だけど、静夏が望むような俺はもういないんだ」

「せっかく元気になったと思ったのに」

湯船から上がると脱衣所に向かい後ろ手にドアを閉める。

——怒ったのか？　まぁ、こんなことしても反応の鈍い男なんて嫌だろうしな。……んっ？　脱衣所から話し声が聞こえる。静夏が俺への怒りを誰かにぶちまけてたりするんだろうか？

脱衣所のドアが開く。

「そんなに焦っちゃって、どうしたの静夏ちゃん？」

「いいから、ほらほら～。ほら一季！」

「えっ？　一季ちゃん？」

春海の物凄い巨乳が目に飛び込んでくる。服を着ていてもそうだとはわかっていたけど、裸だと迫力が全然違う。見ただけで押し潰されてしまいそうだ。

「私と違って凄い巨乳だわ。これならもっと元気が出るはずなのだわ！」

「きゃっ！　ええええっ?!　なに？　えええええっ？　こっ、これはどういう状況？」

「俺はこんなの望んでないぞ！」

「……違うの？　そっ。わかったのだわ。ちょっと待ってて！　春海はそこらへんで丸くなってて」

「ひへっ？　えっ、ええっ？　あっ、静夏ちゃん」

静夏は再び脱衣所に駆け込んでいく。春海は洗い場の隅で丸くなる。

「こっ、これはどういうことなの～?!」

「知らんッ！　静夏に聞いてくれ」

すぐに、バシンッ、と脱衣所のドアが開いて、

「静夏さん、どうして一緒にお風呂に入りたかったんですか？」

「……裸のお付き合い」

「ほら～、可愛いおっぱいが4つもなのだわ！　見て見て、一季！　小さめで凄く可愛いのだわ！」

「えっ？　一季さん？」

「あっ……。お風呂に」

一瞬の沈黙の後、冬音と真冬が同時に悲鳴を上げる。

「ほらほら、一季。こういう可愛いおっぱいが好きなんでしょ？　元気が出てきたかしら？」

「だから違うって！」

こっ、こいつは正気か?!

「えっ？　あっ、わかったのだわ！　胸じゃなくてお尻ね！　冬冬ズは春海の横で丸くなってて」

脱兎のごとく風呂場を出ていく静夏を見送る。

「こっ、こっこれはいったいなんでしたか？　なぜこんな目にあってますか？」

「……意味がわからない」

「だから俺は知らないって！」

すぐに予想通りの声が聞こえる。

「急にボクと一緒に風呂に入ろうだなんて、どうしたんだ？」

「おっぱいも凄いけど、秋桜のお尻は柔らかそうで、すごくエッチでしょ～」

「いっ、いきなり何を言うんだ？」

「女の私でもエッチな気分になっちゃうくらいなんだから、一季ならもっとなるはずだわ」

「えっ？　一季？　……きゃあぁぁっ！」

静夏はその場で丸まった秋桜を残して俺に近づき、堂々と言う。

「元気は出たかしら？」


リビングで静夏がみんなに囲まれて正座していた。

「はい。心の底から反省しているのだわ。テンションが上がりすぎて、わけがわからなくなっていたのだわ。ごめんなさいなのだわ」

「一季に何をしてもそれは静夏の勝手だけど、ボク達を巻き込むな」

「はい。ごめんなさいなのだわ。一季が喜んでいたから、それが嬉しくて……」

「俺のせいにするんじゃねーよ！　俺は困惑していただけだ」

「そうね。わかったわ。それでいいわ。罪は私が一人で背負うのだわ」

「……おまえ本当に無茶苦茶な性格なんだな。初めから俺に罪なんかねーよ」

「一季ちゃんがこういうことをやってくれと、静夏ちゃんに頼むとは思えないんだよね～」

「だから最初から私だけが悪いと言っているのだわ！」

「だからそうやって、俺も仲間だったみたいのを言外に匂わすな」

「……反省室に1週間くらい閉じ込めて欲しいのだわ。もしくは好きなだけ殴ってくれていいわ」

「ボク達がそんなの望んでると思うか？」

「でも、私がみんなに反省のしるしとして差し出せるのは、この体くらいしかないもの……」

冬音がぐすぐすと鼻を鳴らす。

「もう一季さんと結婚したぁ」

「裸を見られたからには、あたいとお姉ちゃんは、一季さんと結婚するしかない」

「しねーよ。本当にそれしかないか、よく考えろ」

双子と重婚ってヘビーすぎるぞ。というか、いつの時代の貞操観念だ、それ。

春海が両手を広げて、

「安心して！　冬音ちゃん、真冬ちゃん。私が結婚してあげる！」

「本当だったですか？」

「もらってくれる？」

「うん！　二人とも幸せにしちゃう！」

ひしっ、と二人が春海に抱きつく。

……なんで俺に裸を見られて、春海と双子が結婚することになってんだよ。

秋桜は、は～っ、と呆れたようにため息をついた。

「……もういいから、立ったらどうだ」

「お言葉に甘えさせていただくわ。もうこんなことは絶対にしないのだわ」

「……思ったんだけど。静夏は一季担当ってことにしたらどうだ？　本人の前でこんなことを言うのは、よくないことなのかもしれないけど……。静夏は一季に興味があるんだろ？　静夏が洗濯掃除の手を抜いても、そのくらいボク達でフォローできるだろうし。なっ、春海？」

「はい、まずは冬音ちゃんをギュ－ッ」

「ぎゅ～っをお返し」

「あはははっ。続いて、真冬ちゃんをギュ－ッ」

「ぎゅーっ」

「……なぁ、春海？　ボクの話を聞いてたか？」

「えっ？　あっ、うん。よくわかんないけどそれでいいよ～。今は新婚生活に忙しくて～」

「……まぁ、そういうわけだから一季がいいなら、静夏の気がすむまでやってみたらどうだ？」

「うんッ！　やってみるわ！」

「やるって、俺に何をするつもりだよ。俺は何もして欲しくないぞ」

「何度も同じことを言わせないで。私は一季を元気にして見せるわ」

　俺はため息でそれに応える。そういうのはやめようぜって言う気合を集めるのも面倒だ。だから、静夏の言うがままに流されるしかないんだけど……。

「そんなの無駄だと思うぜ」

　静夏は荒々しく鼻を鳴らす。

「私の本気をバカにしていると痛い目にあうわよ！」

【9日経過】

　早朝から俺を外に引きずり出した静夏は、バールで地面を叩く。

「元気になるためにはまず体！　徹底的に鍛えて、笑ったり泣いたりできなくしてあげるわ」

「元気なくなってんじゃん。なんで俺をそんなに元気にしたいんだ？　このままじゃダメなのか？」

「ダメだわ。私は元気な一季のことが好きだからよ！」

「俺は静夏の趣味で元気にならなきゃいけないのか？」

　静夏は傷つけられたような顔でうつむく。

「そういうわけじゃないわ。元気じゃないより元気なほうがいいに決まってるじゃない！　精神科医のお医者さんだって同じことを言うわよ！」

「……あんまり寮の前で大声を出さないほうがいいんじゃないか？　みんなまだ寝てるぞ」

自分でも冷たすぎるんじゃないかって思う声が出てしまったけど、別に罪悪感はない。

静夏は悔しそうに口をつぐんで、黙り込んでしまった。

「歩きながら喋ろうぜ。少し向こうまで行けば、大きな声を出しても問題ないだろうからさ」

こういう風に冷たく淡々と言えば、静夏が傷つくだろうって、なぜかわかっている。嫌な優越感で心が暗くなる。歩き出した俺の斜め後ろをトボトボとついてくる静夏に向かって口を開く。

「俺は……。このままのほうがいいと思うんだ。理由があると思うんだ。……俺がこうなってる理由。こういう性格な理由。元気になったらダメなんだと思うぜ」

「元気でダメだなんて、そんなのあるわけないわ。元気って素敵なことだもん！　元気だったらなんだってできると思うわ！　元気ってだけで世界が華やいで見えるわ！　それに楽しいわ！」

「世の中が華やいで見えて、楽しくて、素敵だと思って、それで失敗したんじゃないかな？　昨日、静夏だってハイテンションになって、みんなに怒られてただろ？」

「それは、反省すればいいだけのことだわ！」

「今の俺は反省した結果なのかもしれないだろう。その証拠にさ、自分から何かやろうと思ったら、身動きできなくなってしまうんだ。記憶はないけど、体も心も覚えてるんじゃないかな？」

「元気になったら考え方が変わると思うわ！　きっと、私は元気な一季のこと知っているわ！」

「もしかしたら静夏のそういう想いが重荷だったから、こんなことを思ってるのかもな」

静夏はうつむいて肩を震わせてから、バールで地面を叩いた。

「そうやって俺を殴ってくれるのか？　別に好きにしてくれていいぜ」

「一季の頭を砕くなら、自分の頭を砕くわ。私は一季が元気じゃないと死ぬわ」

「どういう理屈だよ、それ。そんなこと言われても納得できねーよ」

静夏はむっと唇を尖らせる。

「納得できることを言えばいいのね？　……実は私は魔法少女なのよ。一季の元気パワーがないと魔法の国に帰れないのだわ。だから元気になって欲しいわ」

「凄いとこに着地したな。そんな嘘で心は動かない。元気にならない方がいいって確信があるんだ」

「じゃあ！　きっ、キスをしてあげるから元気になって欲しいわ」

「昨日のこともそうだけど、自分の体を安売りすると効果なくなるぞ」

「くっ。私が一季の言うことを聞く。その代わりに一季は私の言うことを聞くというのはどう？」

「……静夏が魔法少女だったら、言うことを聞くよ」

「死ぬ、とまで言っているのだから、少しくらい言うことを聞いてくれてもいいわ！」

「脅すな。それと勢いに巻き込んで俺をどうにかしようとするなよ」

「べっ、別にそんなつもりじゃ……」

「もういいだろ？　俺は帰るから……」

踵《きびす》を返し、静夏を残して寮に向かって歩く。追いかけてくるかと思って振り返ったけど、静夏は下を向いて立ちすくんだままだった。


【13日経過】

ノックで目が覚めた。枕もとの時計を見ると、日付が変わったばかりの深夜。

「開いてるぞ」

「ごめん。寝てたわよね」

　バール持参で夜中に部屋を訪れる女の子ってかなり怖い。2日前の朝に冷たくあしらってから、話しかけてこなくなったので、もうあきらめたと思ってたんだけどな。

「これで心が動かないなら最後にする。絶対あきらめる！　だから私のお願いを聞いて欲しいわ」

「体を差し出す系だったら断る」

「そんな警戒は不要よ。本当の私の姿を見せるという意味では、似たとこがあるけど……。私の最後のお願いだわ。一季の心が動いたなら話は別だけど、動かなかったら、これで本当の本当に最後だわ」

「自殺するとこを見てろとか言うんじゃねーだろうな？」

　本気でするふりくらいはしそうだ。

「そんな悪質なものではないのだわ。ついて来ないなら毎晩誘いに来るわ。面倒なことは早めに終わらせてしまったほうがいいと思うわ」

　静夏はなんでこうも滅茶苦茶なんだろうか？

「わかった。で、どこに行くんだ？」


　深夜の教室に入る。

「場所はここでいいのか？」

「教室ならどこでもいいのだけど、一季が教室を変えたいというのならそれでもいいのだわ」

「別に好みの教室なんかねーよ。で、何をするつもりなんだ？」

「本当の中に混ぜると嘘は気づかれないって言うわ。優れた詐欺師はそういう手法を使うらしいわね。

これって逆でも通用すると思わないかしら？　嘘の中に本当を混ぜると本当だと気づかれない」

「そうかもしれないけど、そんな会話テクニックに使い道があるのか？」

「本当のことを言いたいけど、言っちゃダメな時ってあるわ。それでも、どうしても言ってしまいたい時に使えば、とりあえず、言いたいという欲だけは解消できるわ」

「……そんなことを言うってことは、そういう会話を俺としてたってことか？」

「うふふっ。察しがいいわね。これ、何に見えるかしら？」

ぐいっ、とバールを突き出して言った。

「何ってバールだろ？　釘抜きとか、板を剥《は》がしたりとか、そういう道具だろ」

「うふふっ。やっぱり何もわかってないわね」

「バールは静夏がやってるみたいに、力任せに何かをぶん殴る道具じゃねーぞ」

「そうではなくて、これがバールだという認識が間違っている、と言っているのよ」

「俺は大工じゃないんだから用途別の細かな呼び分けがあってもわかんねーぞ？　意味なくじらすな。そのバールをどう認識するのが正しいんだ？　撲殺道具か？　自殺道具か？」

「そんなネガティブな発想を並べられるのは今だけだわ！　これはＥＤＯＧＡくんなのだわ！　いーでぃーおーじーえー。エレクトリック　ドーピーング　トゥー　ザ　ギャラクシーの略！」

いや、そんな自信満々に胸を張られても。

「何を言ってんだ？」

「わかりやすく言えば、エドガーくんは魔法のバールだわ！　…………露骨に信じてないわね」

「当たり前だろ。……何言ってんだおまえ」

「マジカルデジタルパレード！　スタンバイッ！」

「はぁ？　って、ええええっ？」

各机の上にあったパソコンのモニターが音をたてて開いた。

「エレクトリック　ドーピーング　トゥー　ザ　ギャラクシー！」

ぶんっ、とバールを振る。

「起動ッ！」

——えっ？　周囲から低い起動音が響き、静夏は申し訳なさそうにペコリと頭を下げた。

「今まで隠していてごめんなさい！　……実は私、コンピューター魔法少女なのだわ。コンピューター魔法少女が直訳っぽい響きでかっこ悪いなら、魔法電子少女とか、電脳妖精とか、サイバーウイッチとか、マジカルデジタル静夏ちゃんとか、好きに呼んでいいから」

「どれもしっくりこないけど……」

自称魔法少女だなんて、頭がどうかしてるに決まっている。

「バールを振り回すから、もうちょっと後ろに下がってて」

静夏の狂気と気迫に圧倒されて、背中を教室の壁に貼り付けてしまう。静夏はニコッと笑うと、バールを握った両腕を床と水平に延ばし、

「マジカルデジタル静夏が命じる。右から1列目のモニターは赤！　そこから順に橙色、黄色、緑色、青色、藍色、紫色！　彩色開始ッ!!」

教室のモニターが一斉に命じたとおりの光を放った。

「点滅ッ！」

色とりどりの光が静夏を照らす。大きく頷き、バールをスタンドマイクのように握り、腰を左右にくねらせる。

「イエ〜イ！　サイバーウイッチ静夏のキュート極まる魔法の力〜♪」

「歌うな！　おまえはアニメの登場人物なのか⁉」

キュート極まるって表現が気持ち悪いよ。

「やっつけろハッカー、パソコンごと物理的に燃やしちゃうぞ？　プリティー〜電脳妖精〜♪　暴力を徹底して辞さない〜♪」

「……どうって。驚いたよ。勢いに巻き込んで俺をどうにかしようとするな、って言ったよな。魔法少女だなんて嘘をつくのは、それをしようとしてるってことになるんじゃねーのか？」

静夏は不思議そうに首を傾げる。

「私が魔法少女だってこと信じてないのかしら？　服？　残念ながらマジカルデジタル静夏ちゃんは、服装チェンジとかできないのだわ。操れるのは電脳だけ」

「魔法でコンピューターを操るっていうのも壮絶な設定だけどな。こんなもん幾らでも仕込めるだろ。俺のことをアホと思ってるのか？　……パソコンを遠隔操作できる能力なんだろう？　んじゃ、俺の目の前のパソコンの……そうだな。マインスイーパーを立ち上げてくれよ」

「そんなのでいいのかしら？」

静夏は自信ありげに俺の前のノーパソをバールで指す。

「コンピューター魔法少女が命じる。マインスイーパー起動」

あっさりとマインスイーパーが立ち上がった。

「信じたかしら？　うふふっ。納得できるまで試してくれていいわ」

「……前から2列目、横5列目のノーパソだけ、スリープ状態にできるか」

「一季の言う通りになれ！」

ぶんっ、と微かな音を立てて1台のノーパソがスリープ状態になる。

——なんだこれ？　バールに発信機みたいのを仕組んでるんじゃないかと思ったけど、操作してる様子はなかった。ただ無造作にバールを振っているだけだ。

「おまえ記憶が蘇ってるんじゃないのか？　ここは２０００年くらいなんかじゃなくて、遠い未来で……。そこではノーパソは音声認識で動くようになってるんじゃないか？」

「疑い深いわね。魔法だと言っているのだわ。幾らでも、どんな方法でも、試してくれていいわよ」

「声を出さずに動かしてくれよ。俺が指で示す最初の数字が机の横の列で、次の数字が縦だ。そいつのワープロソフトを起動して、俺の指の数字を表示してくれ」
５、３、と指を動かす。
静夏が無言でバールをぶんっと振ると、俺の指示したパソコンにワープロソフトが浮かび、キーボードに誰もふれていないのに53と表示された。

「信じてくれたかしら？」

「……他に何かできないのか？　例えばネットに接続するとか」

「できるけど、あまり意味がないと思うわ。魔力に制限がかかっているみたいで、２０００年1月1日までのネット情報しか召還できないのだわ」

「……召還って」

「有線も無線もないんだから召還するしかないわ。私達の名前を調べたり、何かそれらしい事件がないか検索したけど何もなかったわ。つまり有意義な情報は召還できないってことになるけど？」

「それでもいいからやってくれよ」

静夏はバールの先でノーパソを数回つつく。

「ブラウザにネット情報を召還せよ！」

検索サイトがモニターに表示されていた。わけがわからない。検索バーに『あ』と入力してENTERを押す。ずらずらと『あ』から始まる検索結果が表示された。

「……じゃ。これができたら静夏の言うことを信じる。このパソコンを高温にして故障させてくれ」

「……パソコンはただの機械でしかないけど。それでも使えるものを壊すのは気が進まないわね。でも一季のお願いなら断れないわ。電子少女静夏が命じる！　煙を吹き上げよ！」

ギャーッ！　と悲鳴のような音をたてて、ノートパソコンがガタガタと震え始め、キーボードの隙間から灰色の煙が……。

「わかった！　わかったって！　どうしてこのことを隠していたんだ？」

「魔法少女は正体を隠すものだわ」

「そうかもしれないけど、みんな静夏に優しいじゃん。差別されるとか、そういうのねーだろ」

「定番な話だけど、秘密にしないと魔力が失われるのだわ。こういうルールだけはちゃんと覚えてるのだから、記憶喪失って不思議な現象だわ」

「……秘密にしないと魔力が失われるって、俺に教えちゃってんじゃん」

「例外があるのだわ。信用できる家族……というか、自分の属する一族には教えていいのだわ。つまり、その……。一季と家族になりたいと私は思ってるの。だから仮の一族というわけで……。要は私の認識の問題だから、私の魔力は失われないわ。つまり、私と結婚すれば一族だわ。一季が他の女の子と結婚したり、私が他の男の子と結婚したりすれば魔力は失われるわ」

「結婚って！　そういう乱暴な考えで教えちゃっていいのかよ。リスクが高すぎるだろ」

「コンピューターを自在に操れる魔力なんて、なくてもいいわ。直接触ればいいんだから、なくなってもたいして不便じゃないし……でも、データ復旧やウィルス抹殺を、魔法一発でできなくなるのは不便かもしれないわね。ソフトを使うとか、想像するだけで面倒だわ」

「……地味に使い勝手のいい魔法だな」

魔法というのは馬鹿々々しい話だけど、それに類する何かを静夏が持っているのは間違いない。

「……俺のこと、どうしてそんなに気にするんだ？」

「好きだからよ。説明しろと言われてもできないわ。……魔法より恋のほうが難しいわ。それより覚えてるわよね？　静夏が魔法少女だったら言うことを聞く。そう言ったはずだわ」

確かに言ったな。俺に関わるなってつもりで言ったんだが。

「……わかったよ」

「何がわかったのかをちゃんと、一季の口から言って欲しいのだわ」

「静夏の言うことを聞くよ。……うおっ⁉」

静夏は再びバールをスタンドマイクのように握った。

「虹色点滅スタートッ！」

モニターが、最初に魔法を使った時のように点滅を繰り返す。

微妙なリズム感で静夏は腰を振って、

「イェーイ！　可憐極まれ可憐まみれの電子少女♪　科学と魔法でキミのハートをデフラグ♪」

「さっきから気になってたけどメロディー平坦すぎるって！」

極まれ、って命令形が気持ち悪い。

「プリティマジカルるるん静夏♪　魔法の力でいけない恋のマジカルファイル交換♪」

「恋を交換しちゃっていいのか？」

いけなすぎるだろ、それ！

「もしかしたら一季も本当はこうなって欲しくて、あんなこと言ったんじゃないかしら？」

「そんなに想像力豊かじゃない。ここまでやられたらその情熱に負けたでいいけど、冷静に考えたらトリックだろ。寮の誰かがドアの向こうでこっそりと話を聞いていて、遠隔操作してるんじゃ？」

「無線がないのにどうやってするのかしら？」

「無線のことを隠してたかもしんねーだろ」

そう考えればネットに接続できたのも納得できるし。

「一季に魔法少女だなんて言い出す前に、無線はない、ってみんな言っていたわ。一季があんな条件を私に出すかもと思って隠してたのかしら？」

静夏が不思議な何かを使ってノーパソを操ったのだけは、間違いのない事実だ。

――記憶喪失になるし。コンピューター限定の魔法少女はいるし。……でも、どんな状況でも。

ドウセ、オワラナイシ。サイショカラ、ゼンブ、オワッテタシ。ズット、オワリツヅケルダケ。

「どうして暗いオーラを出しているのかしら？　明るくしてくれないとまた歌うわよ」

「嫌がらせで歌ってたのか？」

胸の中に泣きたいような気持ちがたまってきた。苦しい。やっぱり、静夏の前でかっこつけたい気がして……。心が蠢《うごめ》いてる。気持ちがざわついている。

早朝に叩き起こされて、寮から外に引きずりだされる。

「元気の基本は体力なのだわ！　走るわ！」

「明日からにしないか？　静夏も眠そうじゃん」

「眠くないわ！」

なんだかんだで、寝たのは4時くらいになってしまったのだ。眠くないわけない。

「今晩、早く眠ればいいだけだわ。校舎までの往復。なまった一季にはちょうどいい距離だと思うわ」

「……まぁ、そうかもな。んじゃ、行くか」

「よ〜い、スタート！」

だっ、と静夏は短距離走のように大きく両手を振って走り始めた。

慌てて静夏を追いかける。

「一応長距離走だぞ。そんな走り方で体力が持つわけないだろ」

「うふふっ！　獅子は兎を捕まえるのにも全力を尽くす、というのだわ！」

「それ、最初から全力でやれって意味じゃないだろ？　こんなペースだとすぐにへばるぞ？」

「それはやってみないとわからないのだわ！」

やってみなくてもわかると思うけどな。

……さすがに最初のペースからかなり落ちているけど、一定のリズムで走り続けている。静夏って意外と足が速いんだな。

「はっ、はっ、はっ……。もしかして陸上でもやってたんじゃないか？」

「はっはっ、そうかもしれないわね。オリンピックを目指そうかしら。一季こそ、なかなか速いわ」

「はっ、はっ、はっ……。さすがに体力勝負で女の子に負けないって」

「ようやく男の子らしいことを言ったわ。それがどこまで本物なのか確かめるわ！　加速ッ！」

「ちょっと待てって」

無茶苦茶に男らしく両手両足を振り回して走り始めた静夏を追っかける。

体を前にぐいぐい進めていると、だんだん頭の中が白くなって、周囲の音が遠くなって、微かな耳鳴りの音と、自分の呼吸音と、隣を走る静夏の呼吸音しか聞こえなくなってくる。その音さえ混じり合って、自分の呼吸なのか、静夏の呼吸なのか、だんだんとわからなくなる。間違いなく静夏は隣にいるはずなのに……。自分と静夏の境目が曖昧になっていくような不思議な感じがした。

——風が体の中を通り抜けていったような、錯覚。透明な何かが、全身を貫いて広がっていく。

——走るってこういうことだったんだ。苦しいけど、それだけじゃない。気持ちいい。

ずっと俺の体にしがみついていたスライム状のものがどこにもない。あいつは走っている俺についてこられないんだ。記憶を喪失してから、ずっと俺は心だけだったんだ。体が抜けていて、すっかり忘れていて……。あの粘ついたものは、体じゃなくて心に絡み付いていたんだ。

だから、頭の中が白くなっちゃえば、俺はあいつらを認識できない。

——自分は心のような気がしていたけど、自分は体でもあるんだ。

体を動かしただけなのに、どうにもできなかったはずのことが、どうにかできている。

「はっ、はっ……一季、楽しそうに見えるわ」

「はっ、はっ、走るのって気持ちいいと思ってさ」

「はあっ、はあっ、はあっ……。そうね。とっても気持ち……んぷっ」

「んぷっ？」

「おぷっ、うえぇっ。うぇぇぇっ!!」

静夏の吐瀉《としゃ》音が響く。

校舎の手洗い場で口の中を洗って、水を飲んでいた静夏がよろよろと近づいてくる。

「はあっ、はあっ、はあっ……。んっ。もう落ち着いたのだわ」

「ゲロを吐く魔法少女っていうのも壮絶だな」

「リリカルマジカル静夏たんは、コンピューターに関すること以外は完全に普通の女の子だわ」

なんで自分の魔法少女名を統一する気がないんだろう？

「走りながら吐く奴なんて初めて見たと思うぜ。苦しかったら言えよ。そしたら、休憩したのに」

「……楽しそうに走っている男の子の邪魔なんて、できるわけがないのだわ。それに私だって、ただ苦しかったわけではないわ。夢中で走っている一季の横顔を見るのはとてもドキドキしたもの」

「そっ、そうか。……俺もドキドキしたぞ。頭の中が白くなって……静夏と呼吸が混じって、体が重なったような変な気分だった」

「一季が私と重なったような錯覚に身をゆだねていた時、私はこみ上げるゲロと闘っていて、まるで自分が口と胃をつなぐ一本の線だけになったような錯覚を覚えていたわ」

静夏も同じこと考えているかと思ったのに消化器官だけの存在になってたとは。

静夏はぐいぐいとアキレス腱を伸ばす。

「帰りは負けないわよ」

「待て。帰りも走るつもりなのか？　走ったらまた途中で吐くだろ」

「それが？」

「不思議そうな顔をすんな！　そんなこと繰り返してたら胃液で食道が焼けて炎症を起こすぞ」

「かまわないわ。一季を元気にするのが目的だもの。私の食道が焼けるくらいなんでもないわ」

「静夏の体をおかしくしてまで元気にしてもらおうとは思わねーよ。…………なんだよ、ビックリした顔をして。そんな変なこと言ってないと思うけど？」

「変なことは言ってないのだわ。ただ、その……一季と久しぶりにちゃんと話した気がして……」

「昨日の夜から話してただろ？」

「ううん。そうじゃなくて……。一季に心配してもらえるのが嬉しいだけなのだわ」

——あっ。言われてみれば、今まで自分のことばかり考えていて、誰かの心配はしてなかった。そんなこと考えたって、無駄だって。何をしたって無駄だって……。そういうことを考えだしたら、地面の底から浮かび上がってきた、黒々とした何かが足に絡み付いてくる。

「帰りもやっぱり走るわ！」

いきなり走り出した静夏を追う。走れば奴らはついてこられない。


静夏の部屋でテーブルを挟んで座布団に座る。

静夏は長いため息をつく。

「洗濯物を干して、廊下を拭き掃除して、お昼のおにぎりとお味噌汁も頂いて、食後には冬冬ズとかくれんぼまでしたわ。冬冬ズと遊んでる一季なんて、昨日まで想像できなかったわ」

「静夏がやらせたんだろうが」

「そうだとしてもよ。……これからは軽妙なトークの時間だわ。一季。話の口火を切るといいわ」

「その話のふり方は相当にひどいと思うぜ」

「そうかしら？　……ん～。一季の好きな話って何？」

「そう言われると困るな」

記憶喪失になってから、誰とも雑談なんかしてなかったし、趣味とか好きなモノとかわからない。

「それじゃ、私に質問したいことはないのかしら？」

「漠然とそう言われても困るな。え〜っと……好きな色とか」

「はぁ？」

人間がこんなに嫌そうな顔するなんて知らなかった。

「魔法少女であることを告白した相手に、なんで好きな色の話から始めなきゃいけないのかしら？」

「そうかもしんないけど、基本って大事だろ」

「……私の好きな色は白だわ」

「それだと話がふくらまないだろうが。一季の好きな色はなんなの〜、とか俺に聞けよ」

「ん？　……なの〜？　と疑問系で口にするのは春海だけなのだわ！　わっ、私と話している最中なのに……。かっ、一季は春海のことが好きなの？」

「なんでそうなるんだよ！　好きも嫌いもねーよ！　無意識で言っただけだ」

「無意識！　無意識で春海のことを！　おっぱいのことを！」

「おっぱい呼ばわりしてあげるな！　春海のこと別に好きも嫌いもないよ」

「だったらいいのだけど……。むぅ。一季は思い出したりするのかしら？　……私の裸のこと」

そういえば静夏に裸を見せ付けられたんだったな。

「正直、思い出さなかったな」

「つくづくと冷酷な男なのだわ」

冷酷というか、何かをする気にまったくならなかっただけだ。

「そういうことを思い出せる精神状態じゃなかったんだって」

静夏はテーブルに手を置いて身を乗り出し、ぐいっ、と俺に顔を近づけた。

「あのさ！　……その。もし、一季が見たいなら今、見せてあげようか？　かっ、一季が私のこんなので元気になってくれるなら、私は凄く嬉しいわけだし。お互いにとって損はないと思うわ。別に私は見てもらいたいとかそういうわけではないわ。ただ、その、えっと……見てもらいたいわけなの！」

「みっ、見てもらいたいのか？」

「違う！　だから、その……。見てもらいたいって私が言えば、一季の精神的負担が減るわ。そういう気遣いが、言葉になっただけだわ。優しさだわ！　こんなに優しい女の子が他にいるかしら？」

「……いや、あの。みっ、見たいとは思うぜ。……というか見たいよ」

「だっ、だったら……。めくるわ！　あっ、ごめんなさい。一季がめくったほうがいいのかしら？」

「裾を掴むな。スカートのホックを外すな！　とりあえず座りなおせ。……昨日より元気になったと思う。だけど静夏に感謝してるかというと微妙だ。元気になっちゃいけない気がするんだよ。元気になったら、思い出しちゃいけないことを思い出しそうな気がするんだ」

「そっ。私は元気になって欲しいわ」

「あのな……。俺の話を聞いてたのか？」

残酷なのは俺じゃなくて静夏なんじゃねーのか？

「思い出しちゃいけないことを思い出しそうな気がするのよね？　それが責任をとれることならとるべきだし、できないことなら反省すべきだわ。それにもしそれが大きな出来事だったら救助の人に教えられるだけだわ。個人的な出来事なら元気になってそれを乗り越えるべきだわ」

「わかったようなこと言ってるけどさ。とんでもなく嫌な感じがするんだぞ」

「私が支えてあげるわ。だから大丈夫だわ」

「二人で一緒に潰れたらどうするんだよ」

「その時は一緒に死んであげるわよ。一人で死ぬのって怖いし寂しいでしょう？　それだけのことだわ。死んだように生きていく一季を見るくらいなら二人で潰れたほうがマシだわ」

「静夏は簡単に言うけどさ、それってどこまで本気で言ってるんだよ」

「冗談で言っている時、以外は完全に本気だわ。だけど死ぬ気はないわよ。そもそも一季を支えて潰れる気なんて少しもしないわ」

「どうしてだよ。本当にとんでもないことかもしれないんだぞ！」

「最後まで言わないといけないのかしら？　好きな人を支えるのは素敵なことだわ。その人に必要とされているのだもの。素敵なことで私が潰れるわけないわ。だって素敵なんだもの」

「……静夏にそこまで想われるようなことしたか？」

「したのかもしれないし、していないかもしれないわ。どちらだとしても気持ちは変わらないわ」

「……静夏は強いんだな」

「そうね。一季の前でなら私はいつだって強いと思うわ」


【35日経過】


春海は部屋のコタツに入る俺を眺めるように見る。

「それで一季ちゃんの相談って何かな？」

「自分でこんなことを言うのはアレだけど。静夏が俺のこと好きなのは知ってるよな？」

「いまさらって感じの話だね〜。……あっ」

春海は息を呑んでから慎重に口を開く。

「もしかして一季ちゃんは他の女の子のことが好きとか？　冬冬ちゃんズは私のお嫁さんだよ！」

「その発言はいろいろと問題あると思うぞ。双子は関係ないよ」

「じゃ、秋桜ちゃん？　違う？　もしかして私⁉　待って！　三人は体力的にきついよ」

最初に考える問題はそこなんだ。体力しだいではOKなんだ。胸がでかいだけあるって感じだ。

「俺が言いたいのはそういうことじゃないって。……俺も静夏のことが好きだと思うんだ」

「うわー、うわー、うわぁ！　両想いだー！　でもそれで何を相談することが？　あっ！」

春海は上目遣いで俺を見る。

「もしかして立たないとか？」

「相談する相手をミスった」

仮にそうだとしても、女の子に相談する男はいねーよ！

「今のは冗談だよ～。でも、何を相談することがあるのかな？」

「……静夏に元気にしてもらったこと、知ってるよな？　静夏は俺のこと好きで、そういうことをしてくれたわけじゃん。好きだって言われているうちに好きになったのって軽い感じがしないか？」

「なるほどね～。一季ちゃんの言うこともわかるけど、好きって言われるのは嬉しいことだし、そもそも静夏ちゃんだって下心とは言わないけど、そうなって欲しくて好き好き好き～という言動をしてたとこもあるだろうし、別に恥じることなく好きだって言ってあげればいいと思うよ～」

「でもさ……。それだけじゃ、やっぱり軽いと思うんだよ」

「だったら説明すれば？　ここが好きって。女の子は具体的に言われるの、好きだと思うよ～」

「具体的って例えば？」

「外見で言うなら、顎のラインが可愛いとか～。耳のぐにゃぐにゃしたとこの模様が～、とか」

「顎はともかく、耳のそんなとこ誉められて嬉しいか？」

「今の例えは微妙かもしれないけど、おおざっぱに可愛い顔と言われるより嬉しいかも」

「そういうのじゃなくて、もっと根本的というか……」

「……わかった！　キスだよ！　えっ⁉」

ドタドタと、廊下を物凄い勢いで遠ざかる音がした。

「……今の足音、この部屋のドアの前からスタートしなかったか？」

「私にもそう聞こえたけど……」

逆回転のように足音が近づいてきて、ドアが乱暴に開かれた。

「残酷ッ‼」

静夏が入ってくるなり意味不明のことを言った。

「残酷ッ‼」

「急に入ってきて何を言ってるんだよ！　エドガーくんを頭上で振り回すのをやめろ！」

「うっ、あぁぁ～ん！」

「静夏ちゃん、号泣⁉」

「うお～い、うお～い！　残酷ッ‼」

「いきなり入ってきて、それを言うか、バールを回すしかないって滅茶苦茶だ！　説明しろ！」

「一季が春海の部屋に入っていくとこを見たわ！　気になって盗み聞きしてたら～」

「はっ、話を聞いてたのか⁉」

「静夏ちゃん、そういうことはあんまりしないほうがいいと思うな～」

「何を言ってるのか、全然聞こえなかったけど、キスするって！　春海と一季がキスするって！」

「ちっ、違うよ！　私には冬冬ちゃんズがいるもん。浮気なんかしない」

それもどうかと思うが。

「キスするって言ったわ〜んっ！　前から一季は春海のことずぎだったんだわ！　だって〜、あの時に無意識に春海のマネを〜」

「まだ気にしてたのかよ！　危ない！　危ないからエドガーくんを振り回すな！」

「キスするって言った〜。最初から春海のこと好きだって言ってくれれば〜。残酷!!」

「違うの静夏ちゃん。私は一季ちゃんに静夏ちゃんとキスしろって、アドバイスしてたんだよ？」

「意味がわかんないのだわ〜ん。一季は春海のことが好きなのに〜」

「だから、俺が好きなのは静夏なんだ！」

「うわ〜ん。ううぅ、うお〜い！」

　なんだこの超無駄な修羅場は！

「号泣せずに俺の話を聞け！　俺は静夏が好きなんだ!!」

「……えっ？　一季が、私のこと好き？　それでどうして春海とキスするのかしら？」

「キスするのは私と一季ちゃんじゃなくて、静夏ちゃんと一季ちゃんだよ〜」

「だから、俺は静夏のことが好きなんだって」

「えっ?!　一季が私のこと好き？」

「……え〜っと。こうしたらどうかな？　私は冬冬ちゃんズの部屋に遊びに行くから、えっと、その……どうぞごゆっくり〜」

　パタン、と静かにドアを閉めて、春海は自分の部屋から出ていった。

　恥ずかしくて目を合わせられない。曖昧な沈黙が続く。

「……なんで春海に相談するのよ」

「秋桜はなんか違うし、冬冬ズはもっと違うだろ。消去法で春海しかいないじゃん」

「どうして相談なんてする必要があったのか、ってことだわ」

「しっかりと伝えたかったんだ。そういうの男じゃわかんないとこ、あるだろ」

「それで春海のアドバイスがキスだったわけね。だとしたら……いっ、今からキスするのかしら？」

「……する」

ここで躊躇するほど、かっこ悪いことはないと思うのだ。

「くっ！　わっ、私は一歩も動かないわよ。欲しいのは一季のそのままの気持ちだわ。アドバイスを受けた気持ちが欲しいわけじゃないわ。だから協力はしない。だけどキスはしたいから動かないわ！　言っておくけど！　キスはされたいわ！　キスされたくないんだと勘違いしないで欲しいわ」

複雑だ！

「俺は静夏にもして欲しいぞ。だって初めてキスするのに一方的だなんて変だろ」

「一歩も動かないわ。言っておくけど、こういう時、私は頑固よ」

「言われなくても静夏が頑固なことくらい知ってる。俺はここからだと、ここまでしか静夏に届かないぞ。一歩も動かないとしたって、首を伸ばせば届くだろ？」

「……私に首を伸ばせって言うつもりなのかしら。つくづくと残酷な男なのだわ！」

「一方的なキスはしたくないだけだ。一緒にしたいんだ」

「本当に私のこと好きなの？」

「好きだよ」

静夏は太極拳の達人かのような呼吸を繰り返す。

「どっ、どこが好きなのかしら」

「顔も性格も。キスをしたら１００個に分解して好きな場所を言ってやるよ」

「それは是非、聞きたいわね。くっ、首を伸ばしてあげるわ。……いくわよ！」

頬をリンゴみたいに上気させて、ガッチリと目を閉じ首を伸ばす。俺も前かがみになる。静夏の鼻息が顔にかかる。俺の唇に静夏の唇がふれた。押し付けあう。異様な感動と興奮が全身を貫く。

唇をくっつけたまま静夏が震える声を出す。

「……このままでいいのかしら？」

「動かしてみるよ」

「わかったわ。……んっ」

ゆっくりと擦り付けてから、唇で唇を何度も甘く挟む。息が荒くなって、互いの湿った呼吸で、顔が濡れてしまいそうだ。甘いキスとか言うけど……。当たり前だけどあれって味のことじゃないんだ。溶けてしまいそうな、こういう気持ちのことを甘いって言うのか……。

どちらからともなく顔を離す。

「いつまでも春海の部屋にいるのは変よね」

間違いなく部屋を出てお別れってことにはならない。きっと……もっと先がある。急にこんなことになるなんて……そんなことを考えながらドアを開けた瞬間、幾つかの悲鳴が響いた。

ドアの前に春海と秋桜と冬冬ズがいたのだ。

「盗み聞きなんて、いい趣味じゃないわね」

「あはっ、静夏ちゃんには言われたくないかな～」

「静夏さんがお話聞かせてくれました！　初めてはどんな感じなのか決定！」

「痛かった？」

「将来の参考のためにボクにも聞かせて欲しいぞ。どんな感じだった？」

「わくわく」

俺は両肩をがっくりと落とす。

「……春海はみんなに何を言ったんだ？」

「え～っと……。あはっ。おもしろおかしく、かな？」

静夏は俺をビシッと指差す。

「この男のアレは太さも長さも私の肘から拳までくらいあったわ」

「ひえっ！　こっ、怖いね、真冬ちゃん！」

「怖いよ、お姉ちゃん！」

「私も最初は絶対に無理だと思ったわ。でも入ったわ。根元まで！」

冬音と真冬がガタガタ震える。

「おっ、おおっ」

「うっ、うぉっ」

と意味不明の嗚咽を漏らす。

「おまえ、適当に喋りすぎだろ！」

「おもしろおかしい話を期待しているみたいだから、それをしてあげただけだわ」

「あううっ」

「うぁっ、夢にでる」

双子がガタガタ震えてるんだが、おもしろかったんだろうか？

「わざわざ言う必要もないだろうけど、今の静夏の話は全部嘘だ」

「でもキスはしたんだよね～？」

「……しっ、したけど、それだけだ」

「私の初めてのキスが、それだけ？　それってどういう意味かしら？　それだけだったのかしら？」

「変なとこで引っかかるな。他のことはしてないって意味だ。価値の話じゃない！」

秋桜がそわそわと全身を小刻みに揺らす。

「キスの感想を聞かせてくれないか？」

静夏は笑顔で頷く。

「いいわよ。リビングに行きましょう。こういう時はお茶が必要だわ」

ぞろぞろとリビングに向かって歩いていく。まぁ、一息入れたほうがいいのかもしれない。

みんなを追って歩こうとした瞬間、ぞぞっ、と黒い何かが背中をさすったような気がした。

——俺は元気になるって決めたんだ。強く、そう思う。想う。


【36日経過】


静夏の部屋のベッドで二人とも裸。静夏の全身が赤くて……ドキドキが終わったのに、もっとドキドキしそうな気がする。そんな俺の気持ちを無視するように静夏は頬を膨らませた。

「文句があるわ」

「えっ？　あっ、そうなの？」

俺は凄く楽しかったし、嬉しかったけど……。

「複数あるわ。好きな男の子の性欲に圧倒されるのが私の初体験の理想だったのに、妙に優しかったし、凄く上手にリードされたわ。納得いかない」

そんな不満を抱かれてもな。自分でもどうしてかわからないが、静夏の気持ちいい場所がわかったのだ。もしかしたら、記憶を失う前も静夏とこういうことをしていたのかもしれない。だとしたら静夏が処女だったことに説明がつかないけど。

「受け入れる側なのに一季に受け入れられた気分。私が天使なら滅びのラッパを吹いてるわ」

「そこまでのことか？」

「アンコールにも応えるわ」

2回も世界を滅ぼさんでもいいと思う。

静夏はさらに頬を膨らませる。

「一番許せないのは、私の好きな場所を100箇所言ってくれるはずだったのに、言ってもらってないことだわ。それを言われた時、泣きそうなくらい嬉しかったわ。いい？　これからルールを決めるわ。私の好きな場所を言うたびにキスすること！」

「100回もキスすんの？」

っていうか、その前に100箇所も言えるだろうか？　自信がない。

「可愛いお願いだわ。それに……。うふふっ。滅茶苦茶幸せな状態になってみたい気分だわ」

「…………静夏の恥ずかしそうな顔が好きだ」

んっ、とほっぺたにキスをする。

「こっ、これは想像以上に嬉しいわね！　もっとして欲しいわ！」

俺は静夏の好きな場所を言いながら次々とキスを繰り返していく。

「左手の薬指の長さが好きだ」

「う～ん？　ちょっと待って！　まだ52なのにすでに煮詰まった好きじゃないかしら？　言われてみると薬指は普通の人より、微かに長い気がするけど……」

「だろ？　俺は静夏のそういうとこもちゃんと見てるんだって！」

適当に言っただけだけど。

さらに好きな場所を言いながらキスしていく。

「静夏が干物を作っている姿が好きだ」

「ちょっと待って！　今のは絶対に適当に言ったわよね？」

「87個目なんだからそういうのも交じってくるって！」

「そんなことないわ。私なら１００なんてあっという間に言えるわ」

「んじゃ、終わったら静夏がこれをやってくれよ」

「いいわよ。でも１００を語り終えたらろうそくが消えて、一季が死ぬわよ？　一季って存在自体が怪談みたいなものだから、これはしょうがないことなの。わかるわよね？　それに私って魔法少女だからそういうことが起きちゃうわ。いいから、ほら、続けて」

不満を感じながらキスを継続。

「……俺を元気づけてくれてありがとう」

「……１００回もキスされると頬がジンジンするわね」

「それが感想かよ！　最低だ！　最初のテンションはどうしたんだよ！」

「照れ隠しに決まってるわ。本当は気絶しそうなほど嬉しいわよ。本当だわ。ありがとう一季」

静夏に言われた瞬間、バキッ、と板を叩き割ったような乾いた音が響いた。血が、逆流する。頭がふくらんだような、錯覚。頭蓋骨が砕けそうだ。

「一季？　どうしたの一季？」。

視野狭窄《きょうさく》。息が苦しい。全身が、痺れて…………………………

ドウセ、オワラナイシ。サイショカラ、ゼンブ、オワッテタシ。ズット、オワリツヅケルダケ。声？　違う。記憶。……………Ｐ－Ｐニュートリノ、ｐｅｐニュートリノ。ベリリウム・ニュートリノ。24年２ヶ月にわたって検出されていない…………核反応の停止……急速に活動を弱め……永遠の氷河期……永久全球凍結…………ツリトプシスカーネーション……俺はオワラナイセカイの中にいて………天球儀の自動人形……アストロラーベのオートマトンが伝えた最低の情報……俺……それで………死んだはずじゃなかったのか？　でもここは、カーネーションシステム……何度だって蘇って……でも。死んだら四次元配列コンピューターとの接続は解除され……どうして？……………………………どうしてまた俺なんだ？

またまだ、俺に管理しろって言うのか?!　どうしようもないのに！　永遠に終わり続けるしかないのに！　そんな世界で！　それを繰り返し続けろって！　いつか、いつか、いつか、いつか、宇宙の終わりがくるまで?!　いつだよ、それは！　誰が、なんのために！

――えっ？　声？　これは本当の声だ。何か言っている。だから、俺は！　だけど……。だから！

「いいから私を信じなさいッ！　起きなさいッ！」

だから、おまえに！　おまえに何ができるんだよ！　怒りに引っ張られて目が開く。

「あら、ようやく目を覚ましたのね」

「なんで下着姿でバールを持ってるんだ？」

「目を覚ました時に、冷静だと余計なこと考えて絶望するわ。混乱させるための大サービスだわ」

「はぁ？　言っている意味が……。って、んっ？　なんだ、この状況は」

首を起こして自分を見る。

ロープでベッドにがっちりと縛り付けられていた。

「だってこうしないと自殺しちゃうでしょ？」

そんな質問をしたってことは……。

「静夏は知ってるのか？」

「知っていると言えるほどではないわ。断片を知っているだけだわ」

「だからどこまで知ってるんだよ！」

「怒鳴らなくてもいいわ。言っておくけど縛られてるのは一季で、エドガーくんを持ってるのは私」

「脅しにならねーよ。俺はすぐにでもそいつで頭を砕いて欲しいもん。殺してくれていいぜ」

「本当にバカね。前にも言ったわ。一季の頭を砕くなら、その前に自分の頭を砕くって」

静夏はエドガーくんを振り回しながら続ける。

「一季が何度カーネーションを繰り返したのか、具体的な数字は知らないのだけど、そのカーネーションの中で、私が魔法少女だったこと、一度でもあったかしら？」

「……カーネーションの出来事なんか、すぐに忘れるようにしてたからわかんないけど。だけど、魔法少女だなんて異常なモノが現れたら、さすがに記憶していると思う。だから、なかったと思う」

「でしょうね。だとしたら一季はそんなに苦しんでいなかったと思うわ」

エドガーくんを頭の上にかかげる。

「マジカルデジタルパレード！　スタンバイッ！　一季の頭の中に小さな受信機が入ってる」

「ナノデバイスのことか？」

「そう呼ぶのね。それが脳に食い込みすぎているのだわ。だからちょっと改造する。マジカルチャーミング静夏ちゃんが命じるッ！　四次元配列コンピューターのナノデバイス！　一季の思考から適度の位置まで下がれッ！」

　軽く俺の頭をバールで叩く。

「どう？　効果があったかしら？」

「効果？　……あっ。落ち着いたよ」

　俺の心の中に食い込んでいた記憶が……離れていた。記憶が感情にまでガッチリと食い込んでいない。まるでテレビを見ているような距離感。

「そっ。よかったわ。そのナノデバイス、一季が元気になったらオフからオンになるようね」

「そんなシステムって……脳内物質を感知すればいいだけだから可能か」

　つくづくと鬼畜な奴らだ。

「とりあえず、自殺とか暴れるとかはしない。言いたいことも聞きたいこともたくさんあるんだけど、その前にこのロープはどうしたんだ？」

「一季を縛りたいからロープはないかしら？　と冬冬ズにお願いしたら、駆け足で納屋から持ってきてくれたわ。二人とも顔を真っ赤にしてたけど、どうしてかしら？」

「赤面の理由わかってるだろ！　ロープを外してくれ」

　明日から、マゾあつかい決定だ。

「せっかく頑張ったのに、もったいないわ。縛り目はエドガーくんを使ってガッチリ締めたから、外すのは難しいわ。あきらめたほうがいいかも」

「そんなことをあきらめられるか！」

　静夏は額に汗を浮かべて、想像以上に長い時間をかけてロープを解いた。

「助けてもらって悪いけど、俺が自殺するのは時間の問題だと思うぜ」

「そうかしら？」

「俺が元気になったって何も解決しねーだろ」

俺の感情と地球や太陽が直結してるなら話は別だけど、俺が元気だろうとなんだろうと、氷河期は永遠の氷河期になったのだ。

「だいたい静夏はどうやって、このことを知ったんだ？」

「魔法でよ」

壮絶な答えだ。

「空気中に情報を固定化する四次元配列なんて使うから、私に大切な情報がバレてしまうのだわ。空気中にあったら文字通り呼吸するように情報を得られるわ。ただ情報が分散してるから、全体の流れは不明だし、どれがどの細部を語っているのかはわからないけど」

「どこまで知っているんだ？」

「世界はループしていて、一季がその記憶を持ち続けている。ここは地下で地上は終わらない氷河期」

「そんだけ知ってりゃ充分だ。俺達だけでどうにかできるような状況じゃねーだろ。……もしかして、静夏は俺が元気になったら、ナノデバイスが再起動するって知っていたのか？」

「知っていたわ」

「だったらどうして俺を元気にしたんだ⁈」

静夏は平坦な声で言う。

「くそたわけ」

「なんだよ、それ⁈」

っていうか、たわけ、って言葉よく出てきたな。感心するぜ、マジで。

「一季を元気にした理由は2つ。1つは、元気な一季が大好き、ということ。冗談を言ってもスルーする一季は一季じゃないわ」

静夏の冗談のために自殺するほどの絶望をしないとダメか？

「もう1つは、一季に冷静な決断をして欲しいからだわ。ネガティブな精神状態では、ネガティブな決断しかできないわ」

「ちょっと待てよ。俺に何を決断させたいんだよ」

「私にはわからないわ。だけど、その場に行けばアストロラーべのオートマトンが教えてくれる」

「アストロラーべのオートマトンを知ってるのか？」

俺に絶望的メールを送信した人工知能。

「知ってるわ。どういう存在なのか詳しくは知らないけど、たまにメールするもの」

たっ、たまにメール?!

「どっ、どんなメールを？」

「どんなって……。元気ですか？　v(@＾▽＾@)v　ブイブイッ。みたいな普通のメールよ」


【37日経過】


校舎の廊下の突き当たりにある扉の前で静夏は立ち止まり、バールを頭の上で振り回してからテンキーの上にコツンと乗せた。

「魔電子少女静夏が命じる！　オープン！」

静夏のかけ声と同時に、扉が開いていく。薄暗い階段を降りると大きな地下道に出た。

「学校の地下がこうなってるなんて知らなかったわ」

「アストロラーベのオートマトンに聞かなかったのか？」

「こういう話はしてないわ。もっと個人的な話が中心よ」

アストロラーベのオートマトンとのメールのやり取りを見せろと言ったら、女の子のメールを見たがる男は最低、と言われてしまったのだ。

「どうしてここの上に学校みたいな建物があるのかしら？」

「ここはもともと宇宙コロニーの実験モデルとして作られたんだ。そこで複数の家族による閉鎖環境実験もしてた。だからアレは本当の学校なんだよ」

「遠い未来……と言うと変ね。遠い過去？　違うわね。えっと……」

混乱するのはわかる。記憶は西暦２０００年頃だけど今は１６１８７年で、この施設が作られたのは２７１５年。

「言いたいことはわかるから、遠い未来でいいよ」

「それなのにどうして私達が見ても古い校舎の作りなのかしら？　寮もそうだけど」

「これはまだ日本があった時に作られた場所なんだよ。日本の動植物で作られた場所だから、校舎も寮も、それに合わせた様式にしただけのことだよ」

絶望的な状況なのに、静夏に説明できるのが異様に嬉しい。今までこういうことを誰にも喋れなかったからな。

「なんだかつまらない答えだわ。もっと劇的な理由があるかと思ったのに」

「まぁ、静夏が魔法少女だってこと以上に劇的なことなんて、そう滅多にねーだろ」

「女の子が魔法少女だったなんてよくあることよ」

どこの世界の常識だろうか？

天井の高いトンネルを進んでいく。あの忌まわしきクラゲ部屋が近づいてくる。

「一人の時はここでどんなこと考えてたか、あまり聞かれたくないのかしら？　俺はこんなこと思ってたとか、こんなに苦しかったとか。話したいなら真っ先に話しそうなものだわ」

「オチがハッピーエンドなら自慢してたかもしんないけど。結局バッドエンドだからな。今は、静夏の魔法のおかげで実感がないけど、カーネーションがまた始まったらすぐに死ぬと思う」

「私達に頼るという発想はないのかしら？」

「3ヶ月で記憶を失うおまえらに、何をどうやって頼るんだよ」

「3ヶ月だけだとしても、少しは心が楽になるんじゃないかしら？」

「理解してもらって、それを喪失して、を繰り返すのもなかなかの地獄だと思うぜ」

「……そうね。言っていることはわかる気がするわ」

「で、俺は何を決断すりゃいいのか、まだ教えてくれないのか？」

「本当に知らない。アストロラーベのオートマトンさんから、元気な一季をつれて来て欲しい、と頼まれただけだわ。いろいろ疑っているみたいだけど、メールをもらったのは、私が一季をどうやって元気にするか悩んでいた時だから、単純に利害が一致しただけ。……いざとなればここを捨てて上に出たら？　もしかしたら氷の世界でも生きていけるかもしれないし、最悪でも本当に死ねるわ」

「その時は一緒に死んでくれるか？」

「一季が寂しくないようにずっと見ていてあげるわ。それから先のことは死なれてから考えるわ」

「……そんな真剣に答えなくてもいいよ。外に出るにはもう遅いんだ。これから行く部屋にあるリキッドコンピューターで、外の状況はリアルタイムでわかるんだ。今、この上の氷の厚さ、どのくらいになってると思う？　最後に見た時の氷の厚さは2000メートル以上だぜ。2キロだぞ」

静夏は息を呑んだ。

「……悪かったわ。そのくらいのこと、一季が考えないわけないわね」

「誰が悪いってことじゃないから謝る必要はないよ。あえて言うなら俺達をここに入れた奴らか」

「そんなことないわ！　うまく言えないけど……。でもそういうことを言ってはいけない気がするわ」

やけに必死に静夏は言った。

「……今、こんな議論をしてもしょうがねーよ。そこのドアを開けたら目的の部屋だから」

ドアを開けると壁の一面にクラゲの漂う水槽。この部屋の成り立ちについては静夏に話してある。

「幻想的で素敵だわ」

「俺も最初はそう思ったかもな」

こいつらは俺達をこの世界に永遠に閉じ込める元凶。見ているだけで心拍数が上昇する。今にも左手が勝手に痙攣を始めそうだ。

静夏に気づかれないように深呼吸をしてから、軽い口調を意識する。

「で、どうしたらいいんだ？」

「そのぐちゃぐちゃしたのがリキッドコンピューターでしょ？　メールソフトを使って、アストロラーベのオートマトンさんに聞けばいいのだわ」

「俺にも返信してくれんのかな？」

「するにゃん」

突然、女の子の声が響いた。女の子の声は続けて言う。

「こんにゃん」

静夏が慌てたように返事をする。

「うっ、うんにゃん」

そして二人で声を合わせて、

「にゃんにゃん」

何が起こってるんだ？

「そっ、それはなんかの暗号なのか？　それとも符号か？」

「わからないわ。心が共鳴したというか……。そう言わなきゃいけないような気がしたのだわ」

俺はリキッドコンピューターに向かって喋りかける。

「おまえがアストロラーベのオートマトンなのか？」

「おまえというのがリキッドコンピューターを指しているのなら違うにゃん。その前に、アストロラーベのオートマトンは長いにゃん。頭文字をとってエーエーでいいにゃん」

「エーエーだな。わかった。……で、エーエーは人間じゃないんだな？」

それを知った時の絶望が強烈だったので覚えている。

「四次元配列の記憶媒体にゃん」

「……それはこういうことか？　記憶媒体が意思をもったと？」

「にゃにゃ〜。哲学的な話をしたいのかにゃん」

「ちょっと待って欲しいわ！　なんで猫語なの？　それをまずは教えて欲しいわ」

確かに気になるけども、それは話をさえぎってまでしなきゃいけない質問か？

「それは一季の趣味に合わせただけにゃん」

「一季の趣味⁉　そっ、それは知らなかったにゃん！」

「してやったりな顔で俺を見るんじゃねーよ。そんな趣味はない。いいから話を戻せ。言っておくけど哲学的な話なんかしたくねーからな。聞きたいのはおまえに自我があるのかってことだ」

「自我のう。言うておくが自我を持たぬコンピューターなど存在せぬよ」

「待て。その口調はなんだ？」

さすがにこれは気になる。変わりすぎだ！

「猫語は好みじゃないのじゃろう？　老人口調なら言葉に重みが出ると思ったのだがどうじゃ？」

どうじゃ、と言われても。

「エーエーの好きなように喋ってくれていいよ」

「自我を認識している人間の脳とはなんじゃ？　それは膨大な情報を処理できる生体電子計算機じゃよ。つまり全ての電子計算機は自我を持っている」

「バクがあったり、フリーズしたりっていうのが、自我だっていうんじゃねーだろうな」

「幼い形だがそれも自我じゃよ。そして、人間は有機体の機械じゃ。人間は自身が機械であることを否定するために、カオス理論と量子力学を使い、果てはケルヴィンの渦巻理論を進化させた超渦巻理論まで生み出したのじゃからな。にゃっは～。そんな理論を組み立てなくても、脳内の四次元配列をもっと真剣に研究すれば答えは見つけられたはずにゃ～」

「……キャラの定まらない奴だな」

「一季が私の話に興味を失いつつあるようにゃから、興味を引くために猫語に戻してみたにゃん」

「エーエーに自我があるってことは嫌というほどわかったから、この話は終わりだ」

「結論くらい言わせてくれにゃん。巨大な情報処理記憶媒体と目的意思さえあれば、人間と同レベルの自我は生まれるにゃん。私は四次元配列によって三次元から見ればほぼ無限とも言える記憶容量と情報処理能力を手に入れたにゃん」

「さっき目的意思って言ったな。エーエーの目的はなんだ？」

「人間の存続と繁栄にゃん」

「……つまりそれはこういうことか？　俺の心がどうなろうと、ここを存続させる？」

「違うにゃん。それでは存続だけにゃん。繁栄がないにゃん」

「それは私に一季の子供を産め、ということかしら？」

「そういうことにゃん」

「でも私達は年を取ることが出来ないわ。子供を孕《はら》んだとしてもなかったことになってしまうわ」

「一季はくそたわけなのにゃん」

「なんでだよ！　唐突に俺に矛先を向けんじゃねーよ」

「メールソフトを確認するのじゃ」

「そいつを見て俺は死んだんだろうが！」

左手が震えて、世界が真っ暗になるだけだぜ。それに……。書いてある内容は完全に記憶している。

「いいから見るのじゃ」

なんで俺をそんなに絶望させたいんだ？

「見たよ」

最後に見た時のままだ。

「もっとよく見るにゃん」

「何を見せたいのかはっきり……あっ」

『未読メール（1）』

あの時……メールは2通来てたんだ。

「わしが心を込めて送ったのに、まさか1通目で自殺するとは思わなかったぞ」

「うるせぇ！　おまえに俺の気持ちがわかってたまるか！」

あんな状況であんな内容を見せられたら、他の記憶が吹っ飛んで当たり前だ。人類史上でもかなり上位にくる絶望だったと思うぜ。

「で、これには何が書いてあるんだ？」

「音声で説明するより読んだ方が早いにゃん」

「私も一緒に読んでいいかしら」

「いいよ。一緒に読んでくれ。間違いなく静夏にも関係あることだろうしさ」

1通目と同じく、複数の言語で書かれていた。日本語で書かれた場所までスクロールする。意味のわからない数式の羅列から始まっていた。その中から意味の分かりそうな単語を見つけて読み進める。

『660億メガトンの推力を得ることが可能』『加速度は1．10×10−6乗Gとなり、地球を移動させることが可能となる』『木星通過時に第3宇宙速度まで加速』『556年後にバーナード星の1237kmで周回軌道に入る。氷河期の終了までの期間は推定1000年』『慣習に従い計画開始の決断は現在確認されている唯一の男性である第21特殊地下壕の一季に委《ゆだ》ねられる』

「数学は苦手だわ。だからここに書かれている数式の意味はわからないけど、こういう理解で間違ってないかしら？　……地球を動かして、別の太陽まで移動する」

「そうにゃん。ここから一番近くの恒星バーナード星に引っ越しにゃん！」

「引っ越しって！　ちょっ、ちょっと待て。本当にそんなことが可能なのか？」

「その数式に書いてある通りにゃん。可能だにゃん」

「その数式の意味がわかんねーんだよ。660億メガトンの推力がどれだけのもんかわかんねーけど、すげー推力だってことはわかるよ。そんなもんをどこから手に入れるんだ？」

「でかいロケットエンジン群を南極大陸に作ったにゃん。後から衛星写真で証拠を見せるにゃん」

「作ったって……どうやって？　おまえは情報だけの存在じゃないのか？」

「そうにゃん。情報だけあれば、人間の遺物を自由にコントロールできるにゃん。一季だって知ってるはずにゃん。２７００年以降の機械はほぼ全てが人間の脊髄と直結することができたにゃん。つまり、こちらから情報を与えるだけで活動するシステムになっていたにゃん」

「動力源は？　原子力を使うのか？　それとも水素とか？」

「にゃんにゃん。それだけの推力を繰り返し発生させるだけのウランの採掘には時間がかかるし、水素エンジンでそれだけの推力を生むのは難しいにゃん。地熱にゃん！　ウランも水素も無限のエネルギーではないし、氷河期終了後の地表が人間にとって住みづらい環境になってしまう可能性を残すにゃん。地熱は天然放射性元素が崩壊する時の熱に由来するから、太陽が死んでも関係なく、ほぼ無尽蔵にエネルギーを得ることができるにゃん。これを動力源に利用するにゃん」

「にゃんにゃんうるせーよ！」

「好きに喋っていいって一季が言ったのじゃぞ」

「他の恒星に行くよりも、その力で地球の地下をここみたいに広げていけばいいんじゃないのか？」

「維持できんよ。ここは異形のカーネーションシステムがあるから維持できているが……。カーネーションシステムを切った後、ここがこの状態で保つのは３００年が限界じゃろう。熱のエネルギーで地球を動かすことはできても、地盤沈下を修復することはできんし、水漏れも防げん。維持には複雑な工程が必要じゃ。でも地球を動かすにはロケットエンジンさえあればいいにゃん！」

「だったら宇宙船を作って地球に似た惑星に移住するとかは……」

「余計に無茶じゃ。僅かなミスで全員死ぬ。地球ごと動くなら空気漏れ水漏れエネルギー不足、それらの不安要素をすべて排除できるぞい。それに宇宙船は小さなゴミが高速で衝突しただけで壊れる。その点、地球なら隕石がぶつかっても平気じゃ。これほど頼もしい宇宙船が他にあるか？」

「宇宙船地球号というわけね」

「全てを納得したって顔をすんな」

「だってそういうことじゃない」

そういうことだけど、表現が恥ずかしいんだって。

「ただ人類が太陽系から出るのは初めてじゃ。どんな影響が出るか、わしにもわからんところはある」

「……一応確認しておきたいんだが、人類は俺達以外に本当に全部、滅んだのか？」

「わしの情報網の範囲内ではな。生きている回線で複数の言語で呼びかけたが答えはなかった。ただし人類をホモ属という枠で捉えるなら生存はしている。1万年という短い時間で人類は進化したのじゃ。人類の持つ遺伝プールは大きかったのじゃな。氷河期に適応して、体毛を伸ばし厚い皮膚におおわれておるわい。そして、知力は大幅に低下した。現在5000人は生息しておると思う」

「知力の低下？　過酷な環境だったら知能が余計に進化しそうじゃん」

「ぬしらの脳は体のエネルギーの約20％を消費しておる。地上に残った人間の食料はネズミと笹と苔くらいなもんじゃ。体温を維持するのが最優先じゃよ」

「でもY染色体は消失したんだよな？　低い知能でどうやって人工授精してんだ？」

「消失しておらんよ。現に一季がおるじゃろ。Y染色体の開発は人類が文明を喪失する前に間に合ったのじゃ。人類が劇的に進化した理由もそこにあるんじゃ。Y染色体はもともと変異しやすい性質をもっておるからな。進化は突然変異の積み重ねじゃ。もはや一季達とは完全に別種の生き物じゃ」

「……地球を移動させたらその人らはどうなるんだ？」

「みな死ぬ。当然じゃろ？　556年も夜が続くのじゃよ。地表に残った動植物は一切合切死ぬ。生き残るのは火山地帯の温泉の中に住む超高熱性細菌と深海のブラックスモーカー周辺の生物群くらいなもんじゃろうな」

　ブラックスモーカーが何かわからないけど、今はスルーしておく。

「俺達6人が生き残るために、他を全部、見捨てるのか」

「そうじゃ。わしは人類のために生み出された存在だからのう」

「その人達のための保護施設を作れないのか？」

「仮に作ったとしてどうする？　進化に逆方向はないのじゃ。極端な寒冷状態に高度に適応したホモ属は、氷河期が終わって温暖な環境になれば、変化に適応できず絶滅する運命じゃ」

「どうしてそう言い切れるんだよ！」

「同じ説明になるが、逆方向に進化できる動物はいないのじゃよ。特殊環境に高度に適応した動物は環境が変化した時に滅びるしかないのじゃ。それが進化のルールで、例外はないんじゃ」

「そんなのは試してみなくてはわからないはずだわ。それにここは広いもの。5千人は無理だとしてもあと何人かは入っても大丈夫なはずだわ」

「100人なら収容は可能じゃが、ここに入れても暖かさに苦しませるだけじゃ。人間に似た生物が苦しんで死んでいく様を見たいか？　あやつらの知能はオランウータン以下で会話は不可能じゃぞ」

「だけど！　納得できないわ！　人を殺す決断なんて……。そんなの、していいわけないわ！」

「決断するのは一季じゃよ」

「慣習に従って男に決断させる、というのはどういう意味だ？」

「男女の人口比がほぼ同じだった頃、歴史的な決断は男がする場合が多かったという、ただそれだけのことじゃよ。みんなで話し合って決めてもいいが、わしに決断を伝えられるのは一季だけじゃ」

「エーエーが決断したっていいんじゃねーのか？」

「わしは人類の繁栄を目的としたシステムじゃが、地球を動かす決断まではせんよ」

「賢い奴に任せたほうがいいんじゃないのか？　秋桜なら俺よりまともな判断を下すと思うぜ」

「それなら一季が秋桜に話をきいてくればいいだけのことにゃん」

秋桜に決断させるわけにはいかない。そんな重荷に秋桜が耐えられるわけがない。カーネーションで記憶は消えるだろうけど……。脳の四次元配列に暗い影を落とすはずだ。

「動かすならYESをクリックじゃ。NOの意思表示をしたいなら何もしなければよい」

「どうして今まで俺に話しかけてこなかった。どうしてこのタイミングで話しかけてきたんだ」

「1万年前、バーナード星は地球まで6光年の距離にあったが、現在は3光年で、今後また離れていくのじゃ。決断するなら今が最高のタイミングじゃからメールを送っただけじゃ。伝えることは伝えたはずじゃ。もう喋らないから、あとは一季が考えればよい。わしは黙る」

……俺が決断しなくても外の人達は死ぬ。俺が決断しても外の人達は死ぬ。人類がまだ生き残ってるのか？　なんて質問すんじゃなかった。だったら楽に……。楽に？　楽に決断できたからってなんだよ。それで結果が変わるのかよ。何も知らないより知っておいたほうがいい。

「……静夏。決断するから出ていってくれないか？　帰り道はわかるよな」

殺すような目でキッと俺をにらむ。

「股間を切り落として輪切りにしてアイナメの餌にするわよ」

マウスを握る俺の手に静夏は手を重ねた。

「絶対に一季の側を離れたりなんてしないわ」

「俺はこういうことに耐えられるよ。言ってなかったと思うけど、俺は人を殺したことがあるんだ」

誰を殺したかまでは覚えていない。だけど、手に感触が残っている。首の皮の下で脈打つリズムが止まるまでのことを覚えているから……。

「人を殺したことがあるから、自分だけに決断させろと言うつもりかしら？」

「そういうことだよ。俺はそれをもう知ってるんだ。静夏がそんなもんを知る必要はないだろ？」

「一季はそういう人だわ。なんとなくわかっていたわ。前にも一季に同じことを言われたような記憶が本当に微妙だけど残っているもの。一季は優しさも同情も愛も好意も理解してないのだわ」

「……前にも誰かに言われた気がするよ」

「言われたのに治っていないのだとしたら、よほどの間抜けなのね」

「好き勝手に言うんじゃねーよ。しょうがねーだろ。心が壊れてるんだから」

「言い訳するな」

静夏はピシャリと言い切った。

「そんなことに甘えさせてなんてあげないわ。本当に優しいなら、本当に同情があるなら、本当に好きなら、本当に愛があるなら……。しっかり私を傷つけることができるはずだわ。それができないなら、一季の感情なんて全部、偽物だわ」

「偽物って、おまえなぁ」

「守られたいわよ。だけど同じくらい傷つけられたいのよ。特に一季が傷つく時は、同じ痛みが欲しいわ。私のこと好きなら傷つけることに怯えないで……。それで一季のことを嫌いになったりなんてしないわ。頭だけで考えないで。これは走るのと一緒だわ」

静夏が重ねた手に力を込める。心臓じゃないけど、心臓にそっくりの何かが大きく弾んだ気がした。

……走るのと一緒。風が体の中を通り抜けていったような、錯覚。体温が混じり合って、自分の手なのか、静夏の手なのかだんだんわからなくなってくる。ぴりぴりと微弱な電流のようなものが、全身を走り抜ける。誰かに好きになってもらうって、こういうことなのかもしれない。誰かを好きになるってこういうことなのかもしれない。

「これからすることは、ただの冷酷な決断だよ。俺達が愛情を確認するための行為じゃない」

「まったく別の話だわ。だけど、冷酷なだけではダメだわ。生きることって、それだけで何かを殺し続けるってことだと思うわ。だから感謝が必要だと思うわ」

「……それはよくわかるよ」

前に誰かとそんな話をしたような気がする。

「そこに感謝の気持ちがなかったら、私達は生きていけないと思うわ。みんなへの優しささえ、失ってしまう気がするわ。それにきっとその人達は私達をここに入れた人達の子孫だもの。私達を生かしてくれて、ありがとうと思わないといけないわ。一季がどれだけ絶望の日々を重ねていたとしても感謝しかできないし、するべきではないと思うわ」

「……静夏は強いんだな」

静夏は微笑む。

「当たり前よ。一季の前でなら、私はいつだって強いわ」

【89日経過】

俺と静夏は校舎の屋上で太陽が昇るのを見ていた。ここにあるのは、偽物の空、偽物の大地、偽物の海。だけど、俺達を生存させてくれた、本当の場所でもあるのだ。

「元気に私達が生きているってことは、元気だった誰かを殺しているということなのだわ」

元気な魚を秋桜が釣ってきたら、俺達は元気になる。元気な山菜を春海が取ってきたら、俺達は元気になる。元気なモノの死で、俺達は元気になる。元気だった人達の死で氷河期が終わる。死が集まって、元気な俺達がいるのだ。

「私は元気は素敵なことだって……なんて言えばいいのかしら……妄信ね。妄信していたわ。それでも！　あえて！　叫びたい！　叫ぶわ！」

静夏は屋上の手すりから身を乗り出す。

「元気って素敵だわ‼」

「時々、平然と羞恥心を失うよな」

今の絶叫、寮まで届いたぞ。青春だね～、と春海に笑われそう。

「ひねもす考えたのよ」

「……ひねもすってあんまり使わない言葉だよな」

「例え、死が集まって元気が生まれるのだとしても……。それでも、元気でいいのだわ！　元気は伝えられる！　他の存在の元気を奪うことだってあるわ。きっと、私だって元気を奪われることがあると思うの。だけどね！　その元気をいつか生まれてくる赤ちゃんにたくさんあげるわ！　他の人にもあげるわ。そしてね。元気をあげてあげて、そして私も死ぬのよ。元気は巡り巡るわ！　そのためにも今！　私は元気を溜める！　みんなのために！」

「……なんか宗教がかった結論に達したな」

「自分でもそう思ったわ。私みたいな美少女が元気教を作ったら大もうけできたかもって」

「話が急激に安っぽく危険になったな」

「今の私が目指しているのは究極元気体だわ」

「……バトルまんがの敵みてーだな」

「こんなのは自分の罪悪感を消すための道具でしかないけど……。だけどね、私達のために死んでくれた人達にかける言葉なんかない。死んだ人達は私達を心の底から呪っているかもしれない。でも、そうするしかなかったんだもの。呪われて憎まれても……それでも私達は生き残ることを選んだのだわ。自分達が元気でいるためにしたことなのに、それで落ち込んでいるだなんて、不純だわ。そんなことを許せるほどには、強くないのだわ」

「静夏の言いたいことはわかるよ。だけど……」

走っていれば……。あの時の気持ちなら、答えが見えるような気がする。あっ。元気がないと走ることもできないか……。つまり、走るってことは生きているってことで……。だから！

「一季ッ！　お腹が減ったのだわ！　元気を奪いに寮へ帰りましょう！」

つまり……そういうことなのかもしれない。

「次のカーネーションでお互いに気まずい思いをしないように告白しておくけど、私が魔法少女だっていうのはウソよ。次のカーネーションで一季が私に、本当は魔法少女なんだろう、と言って私が怪訝な顔をするなんて場面は、想像しただけで鳥肌が立つわ。魔法少女だったら私の言うことを聞くなんて言うから悪いのだわ。エーエーにお願いしてパソコンを操作してもらったのよ」

「物凄く単純なトリックだな」

あの時はエーエーの存在を知らないから、信じてしまって当然だと思う。俺は頭の悪い子じゃないぞ。……断じて違うぞ。

「ったく。静夏の行動力は凄いよ。ついでに聞くけどさ、もう隠さなくてもいいだろう？　エーエーとメールでどんな話をしてたんだよ」

「エーエーはああ見えて……見えてというのはおかしいわね。とにかく、あれでなかなか乙女なのよ。だから主に恋の相談だわ」

　コンピューターに恋の相談！

「……俺が春海に相談してるのはいやがったくせに、自分はエーエーに相談してたのかよ！　で、エーエーはどんな風に答えたんだ？」

「一途な思いがあれば必ず通じるよ。o(*^○^)bふぁいとっ。とか、基本的には精神論よ」

「基本が精神論！」

　四次元配列の記憶媒体の精神論！

「最初、一季は私に冷たかったじゃない。くじけそうな時は、そういう無闇な励ましがグッと心に来るのよ。(*゜-゜)ノガンバ！　とか、泣きそうだったわ」

「……おまえもエーエーも凄いよ。なんで隠してたんだ？」

「魔法少女について打ち合わせを書いてたからよ。私も一季に聞きたいことがあるのだけど……。聞きたいというか、私は一季がうらやましいわ。だって記憶をずっと持ち続けることができるわけじゃない。私だって少しは残るらしいけど、それでも……。今の気持ちは次のカーネーションではなくなってしまうわ。この気持ちが消えるのかと思うと、怖い気持ちになるわ」

「そうだろうな。だけど……」

　静夏は微笑みながら俺の話をさえぎる。

「私達がうらやましいと言うのでしょう？　実際、永遠の辛さを実感できないから、私はこんなこと言っているのだろうし」

「いや、そうじゃなくて……。同じなんだよ。物凄く冷たいことを言うけどさ……。今日のことを静夏が覚えてられないように、俺も覚えてられないんだ。俺の記憶はエーエーが保存してくれているんだけど、全部把握するのは不可能なんだ。今はわかるよ。ここにいる自分を認識することはできる。だけどこのカーネーションが終わったら、もうどれがどのカーネーションの記憶だったのか、最近なのか昔なのかわからなくなって……。それで全部ぐちゃぐちゃで消えたのと一緒になる。今回のカーネーションで静夏にこんなに助けられたのに……絶対に覚えてられない。今の俺を未来の俺は絶対に認識できない。他の俺と区別できない」

「じゃ、今のこの一瞬は今だけなのね。エーエーの情報の片隅に残るだけで……」

「でもそれも終わるよ」

外に出ることができるようになれば、カーネーションシステムは止まる。

「その時までにもっと素敵な男の子になっていて欲しいわね。また私は一季と出会うのだから、素敵であればあるほどいいわ」

「それは……。努力してみるよ」

静夏は出口に向かって数歩進んでから、腰をひねって振り返った。

「これから寮に戻るわけだけど、その前に一応、ちゃんと挨拶しておきましょう。私は何度もさよならを一季に繰り返すのだろうけど、そんなのを全部、飛ばして。……カーネーションシステムが終わるまで、さようなら」

「終わるまで、さようなら」

「次に会う時まで元気でいなさい‼　この約束だけは忘れないで‼　忘れたら許さないんだから‼」

弾けるように笑ってから、顔をくしゃくしゃに歪めて泣いた。

静夏は間違いなく、聖女なんだ、と思う。

この顔も、この声も、この涙も、俺は忘れる。だけど、約束だけは覚えていられるはずだと思う。

祈りだから。記憶を失っても祈り続けることは、きっとできるから。

だから、祈ろう。

――ずっと、元気でいられるように。

誰に祈るのかはわからない。

神様なんかいるわけない。

だけど、祈りは、いつだって必要なんだと思う。元気でいるために……。


【2322184日経過】


クラゲの部屋で呆然としていた俺はふと疑問を覚える。

「エーエーってなんでエーエーなんだ？」

「Ａｕｔｏｍａｔｏｎ　ｏｆ　Ａｓｔｒｏｌａｂｅの頭文字じゃ。日本語では天球儀の自動人形。自動人形は人に作られて自我を持ったわしを意味する。天球儀は空を球体に模した天体観測道具じゃ。空気中を漂うわしにはふさわしい言葉じゃろ。どうしたのじゃ急に？」

「エーエーのおかげで落ち着いてる気がしてさ、出会う前の俺はどんな感じだったのかと思って」

「早くに一季と交流をすべきだったかもしれんな。そもそも会話するという発想がなかったんじゃ」

「どうしてエーエーは俺と会話をする気になったんだっけ」

「最初に話したのは静夏にゃん。一季が壊れてしまったことがあったにゃん。それの修復を静夏にお願いしたのが話すようになったきっかけにゃん。静夏は凄かったにゃ。私のような存在に向かって猛烈に相談事を投げかけてきたにゃ。しかも追求が厳しいにゃ。一季の悪口っぽいことを書いたら、くそたわけ、と返信が来たにゃん。静夏のおかけで人間に対する理解が深まったにゃん。こうやって一季と話せているのも静夏のおかげにゃん」

そっか、静夏のおかげなのか……。

「静夏に感謝するにゃん。不確定要素が多すぎるので氷の溶けるスピードは正確に計算できにゃいけど、遅くとも春まであと約１３００年にゃん」

「それまで元気でいないとな」

心の底から、そう思った。元気でいようと思った。

エーエーが嘘つきコンピューターじゃないなら地球は動いてる。真っ暗な宇宙の中を。元気な俺達を抱いて………。無数の死体を抱え込んで。

——俺の祈りを抱え込んで。

epilogue

【最終日まで365日】

バチッと目を開ける。爽快だ。でもまだ起きない。まだ布団の中だ。布団を頭までかぶって、安堵のため息をつく。ぶるるっ、と全身が震える。このままだとコメツキムシみたいに飛び上がってしまいそうだ。空焚きした後のバルブみたいに吹っ飛んでしまいそうだ。歓喜と不安。

——今日の夜中、0時0分にカーネーションシステムが切れたはずだ。無事にこの日を迎えることができたのだ‼　みんなも変わりなく……。とは言えない。冬音の時間感覚がほぼみんなと同じになったのだ。おそらく脳内の四次元配列部分が、繰り返されるカーネーションの中で少しずつ変異したからだと思う。良し悪しは判断できないけど、許容範囲内の出来事だとは思う。

これからの1年間は四季を作って、この環境での自給自足の練習をする。エーエーともいろいろ話したのだが、いきなり外に出るのは危険。ここで1年間自給自足の術を学んでから外に出る。もっとも外に出たからといって、外に出たままじゃない。ここと外を往復しながら、地表での生活環境を整えていくことになると思う。まだまだ先の話だけど、いずれここは使えなくなる。それまでに外を整備して人類の遺物がどれだけ残っているのか調べて……やらなきゃいけないことは山積みだ。

まだ布団の中だ。みんながリビングに集まったのを見計らって、さっそうと登場する予定だ。本当の最初の出会い、になるのだ。もう二度と最初の出会いはできないのだ。

——緊張してきた。練習をいくら繰り返したって、本番はやっぱり別だ。よし、行くぞ！

布団を抜け出し、階段を下りる。リビングから声がする。緊張する！　ここでミスったら今後のことがやりづらくなるんだ。さぁ、行け。行って、まずはビシッと挨拶するんだ！　リビングに入った瞬間、みんなの視線が突き刺さった。

「えっ、あーっと、その」

なっ、何をどもってるんだ！　行けよ、ほら！　まずはみんなに挨拶だッ！

口を開こうとした瞬間、全員が声を合わせて言った。

「こんにゃん！」

えええっ?!　なんでおまえらは最後の最後で、今までに一度も見せたことのない反応をするんだよ！　おまえらは凄いよ！　くそっ！　えーっと、確か返事は……。

「うっ、うんにゃん」

全員が同時に微笑んで、

「にゃんにゃん」

みんなそろって嬉しそうに言ってから、にへら、と楽しそうな笑みを浮かべる。

「やっぱりこの挨拶は最強なのだわ。自然と笑ってしまうのだわ」

「うん。ボクもそう思うぞ。世界中の挨拶をこれにしちゃえばいいのにな」

「そうだよね～。気持ちが上がっていく感じがするよね～」

「わは～ん！」

「あい～」

俺を無視して和やかな会話が進行していく。なんでそんなにその挨拶を気に入ってるの?!　そんなにいいか、それ?!　俺はみんなの輪に近づく。

「驚くかもしれないけど、俺は表情がないんだ」

「なぜだかわからないけど知っていたわ」

「私も〜」

「ボクもだ」

「当然です」

「あい」

マジで？　……まぁ、ここだけは変えようがないから、脳の四次元配列部分に記憶が溜まりやすかったのかもしれん。しかし！　これは驚くだろう！　こんな行動をしたことはないからな！

「ここに3ヵ月後、助けにくると書いてありますが……これは大嘘だ」

紙を破いて捨てた。

さすがに全員の顔が驚愕に歪む。

「外に出るのは1年後！　俺達はこの恵まれた環境で、自給自足で生きていくための特訓をするッ！」

「どうしてそんな特訓をしなきゃいけないんだ？」

「いいか、よく聞けッ！　なぜなら！　それは！　俺達が最後の人類だからだッ！」

全員が、何を言ってるんだ？　という目で俺を見る。いや、本当なんですよ？


【最終日まで301日】


教卓に立った静夏が宣言するように言う。

「ここをこの男のハーレムにするのだわ！」

「倫理に反するが、そうするしかないと俺も思うッ！」

「ええっ？　そっ、そんな男らしく断言されても困るよ〜」

「でも一季さんしか男がいないわけですから、現実的に考えるとそうなりますよね」

「でっ、でもボクはこんな状況だとしてもそんなの不潔だと思う」

「心配しないでください！　いつの日か私がクリトリスを肥大化させて男役をやりますから！」

「さすがお姉ちゃん！　頭が悪い！」

「そんなことないわよ真冬！　いいことを言ったわ冬音！　肥大化は無理だろうけど、一季ばかりを楽しませるなんて、そんなくだらないことはしないわ！　お互いに歩み寄らないから、嫉妬や猜疑《さいぎ》心が生まれるのだわ。もっと女の子同士でも近づきましょう。心だけじゃなくて、体も！」

秋桜が怯えたように聞き返す。

「かっ、体も……」

「そっ、それはその……。えっと……。例えば私と静夏ちゃんが」

「そういうことなのだわ！　ちゅっ」

「きゃっ。しっ、静夏ちゃん」

「しっ、静夏さん！」

冬音が目をつぶって唇を突き出す。

「ちゅっ」

「あっ、あい〜」

「なっ、なぜ私をスルーして真冬ちゃんにしましたか？」

「とにかく！」

「質問までスルー？」

「ここに一季ハーレム。……いや、違うわね。みんなのハーレムを宣言するわ！」

【最終日まで226日】

谷底を歩いていたら、仔鹿が上から落ちてきて首の骨を折って死んだ。超びっくりする。死ぬ間際に、ピーッ、と叫んだのが……心にずっしりときた。少し考えてから、たまたま持っていた春海のナイフで仔鹿を必死に解体して、肉の一部を寮に持ち帰る。血まみれになってしまったので、みんな俺が大怪我したと勘違いして、寮内がしばらく大混乱に陥った。お風呂に連行され、やめろ、と言っているのに、冬音と真冬に布で全身をごしごしと擦られた。

鹿肉は焼いて食べる。びっくりするほどの大失敗。血抜きを忘れていたのだ。強烈に生臭い。さすがに静夏も顔を歪めて硬直していたが、涙目で必死に食べていたのが印象的だった。

【最終日まで178日】

秋桜と海へ行く。エーエーの話だと、俺達が食う分を獲るくらいなら、魚の生息数にほぼ変化はないとのこと。いつかはここの魚も本当の海に出す予定。それがいつになるのかはわからないけど……そもそもここの魚が生活できる海が地表にあるのだろうか?

海岸で秋桜の話を聞く。最近、地表が雪と氷におおわれている夢をよく見るのだという。目覚めた時は悲しくて寂しくて……。結局、自分達しか地球にいない、という不安が原因なのだと思う。

それをするタイミングが凄く難しかったけど秋桜を抱きしめる。秋桜が苦しそうにしているのを見ると、俺がしっかりしないと、と思う。きっと秋桜は俺の代わりに悩んでくれているのだと思う。

【最終日まで148日】

とっても暑い。畑の雑草をとっていただけで倒れそうになる。夏ってここまでの強敵だったか?! 何を思ったのか、真冬がぐったりしているみんなの首筋を舐めて、汗の味が違うと言い出した。その後、全員で汗の味を確認する行為が流行《はや》る。秋桜がしょっぱくて、春海が水っぽい……気がする。収穫したキュウリに海水から作った塩をつけて、みんなでぽりぽりと食べる。少しずつ暗くなっていく空を見上げていたら、静夏がポロポロと大粒の涙を流し始めた。理由はわからないけど、気持ちはわかる気がした。みんなも俺と同じ気持ちなのか、静夏に何も言わなかった。

【最終日まで100日】

春海から殺人欲についての相談を受ける。ついに来るべき時が来たという感じだ。こういう日が来ると思って、エーエーと話し合って、どう対処すべきか考えていたのだ。まず、それは殺人欲ではなく、狩猟本能みたいなものが、暴走しているだけなのだと説明する。

理由はわかってもどう対処すればいいかわからないと言う春海に対して……性的な意味での解消方法を提案するしかなかった。誰かを責めたてて、擬似的な死を与える。もしくは逆に疑似的な死を与えられる。エーエーが言うには、これは昔、静夏が提案した解消法で、効果があったらしい。

最終的にはみんなで話し合って、春海が耐え切れなくなった時は、順番に性的に殺したり殺されるという決まりを作った。静夏は、これこそがみんなのハーレムの真骨頂《しんこっちょう》よ、と喜んでいた。そういう静夏の態度に、春海は救われたんじゃないかと思う。

春海ハーレムでもあるんだから、そのくらいのわがままは言っていいんだぞ、と秋桜も言ってくれた。それでも春海の心の重荷が消えたわけじゃないだろうから、しばらくの間、注意しないと。

【最終日まで95日】

今日は米の収穫をした！　いつも食べている白米の形になるまでは、たくさんの行程が必要だけど、それはともかくとして、刈り取っているだけで、心がウキウキする。収穫ってすっげー楽しい。

春海がお米の神様に感謝しないと、と言い出す。それを受けて、秋桜が藁《わら》人形の神様を作った。

途轍《とてつ》もなく不穏な雰囲気の人形だったので、みんな異様なほど真剣に神様へとおじぎを繰り返した。

真冬が藁人形を恐怖の米大王と名づける。農作業の前に拝礼しないと、不感症になるという伝説が生まれた。現実があまりにも重いから、もっともっと笑おうと思う。

【最終日まで65日】

最近、よく夢を見る。秋桜が見ていた夢もこんな感じかもしれない。

白い大地に枯れ草だけがぽつぽつと点在する、寂しい光景。俺達を1万年以上も地下に閉じ込めた風景。この目で見たことなんかないのに、やけにリアルで雪原にはみんなの死体が転がっている。

静夏は口を半開きにして、乾いた目で、辛そうに、悔しそうに、空を見上げていた。

秋桜はうつ伏せで、体が半分くらい雪に埋まってしまっていた。露出した肌がやけに白い。

春海は首に大きな切り傷があって、赤い肉が見えた。血が雪の上に大量にこぼれている。

冬音と真冬は互いの首に手を置いて死んでいて、苦しそうな顔と、首に残った青黒い痣《あざ》が、そこで行われたことを物語っている。死んでいるはずのみんながつぶやく。

ドウセ、オワラナイシ。サイショカラ、ゼンブ、オワッテタシ。ズット、オワリツヅケルダケ。

【最終日　前日】

俺はクラゲの部屋で座り慣れた椅子に腰かけている。

「いつまでもここにいてよいのか？　いよいよ明日、みんなで外に出るのじゃろ」

「これからエーエーと話す機会が減るかもしれないからさ。リキッドコンピューターの寿命がきたら、エーエーのこの声とはさよならになるわけだし……それに外がどうなってるか不安で」

エーエーはこのことについてあまり教えてくれない。自分の目で見て確かめろと言うばかりだ。希望も絶望も俺のモノだから、そういうことに干渉したくないらしい。

「不安な姿は見せたくないか？　それはあやつらを信用していないことになるのではないかのう？」

「信用してる。みんなで全力を尽くしてるんだ。不安な姿を見せないようにするのはその一部だよ」

「少しは見せてやると喜ぶと思うがのう」

「……そうかもしれないけどな。そうだとわかって、そういうことをするのって変だろ」

「ずるさが足りんな。1万年半も生きていれば、もっと賢くなってもよさそうなものじゃぞ」

「ただ耐えてるって感じだったからな。そう成長はしないだろ。環境の変化だってないわけだしさ」

「変化のない環境だと劇的な進化はそう起きないからのう。人格もそれと一緒なのじゃろうな」

環境が変化するから、進化が起こる。何も変わらなければ、ずっと変わらないままだ。

「1万年半も生きた一季が、長くてもあと80年たったら、この世から消えるわけじゃな。たった80年というのは寂しいな。どうじゃ？　子孫をある程度作ったら、わしと一緒に情報の空に浮かんで概念情報体へとレベルアップするというのは？」

「レベルアップなのかそれ？」

だいたい概念情報体ってなんだよ。意味はなんとなくわかる気がするけどさ。

「断るよ。地表の動植物を滅ぼしたのは俺だぜ。その俺が永遠に生きるっておかしい」

「一季ではなく氷河期と太陽じゃよ。どうしても罪の意識を感じたいのかにゃ？」

「罪の意識じゃなくて責任だよ。それにちゃんと死にたいんだ。永遠なんて一度やったらもう充分。もう飽きた。みんなが死んで俺だけが生きるなんて、そんなの耐えられないだろうしな」

「一季がいなくなったら私もさびしいにゃー。一季が死んだら記憶情報を使って人格プログラムを作って遊んでいいかにゃ～」

カーネーション最中の俺の記憶はエーエーが保管してるんだったな。

「やめろって言ってもやるんだろ？　優しくしてやってくれよ」

ガンバレ、情報だけの存在となる俺じゃない俺よ。ため息をついて、出口に向かう。

「もう帰るなら静夏への伝言をお願いしてもいいかにゃ～。静夏に直接メールするとプレッシャーを与えてしまうから、一季から遠回しに言って欲しいにゃん。勘を鍛えるように言うにゃ。静夏の脳内の四次元配列は特殊にゃ。もしかしたらデバイスなしで私と接続できるかもしれないにゃ」

デバイスなし？

「そんなことが可能なのか？」

「可能な気がするのう。だいたい静夏は飯をやけにありがたがったりするじゃろう？　魚や野菜に見覚えがなかったり。あれはどうも四次元配列の影響で、注入された記憶がある程度排除された結果のようにゃん。３１００年の人間は魚や野菜を食べておらんかったからにゃ。そうそう、魔法少女になったこともあったじゃろ？」

「そんなことあったのか？　俺は覚えてないぞ」

「モニターに当時の映像を映すにゃん」

何がなんだかわからんが壮絶な光景が映し出される。

「半分は手助けしたにゃん。もう半分は静夏の四次元配列が実際にパソコンの情報にアクセスした結果にゃ。じゃなければあそこまで自在に操れにゃい。これは仮設じゃが、もしかしたら超能力者や預言者は、わしのような四次元の記憶媒体から情報を引き出す力を持っていたのかもしれんな」

「……そんなことってありうるのか？」

「じゃからわしにはわからんよ。ただ野外でデバイスなしで、わしへアクセスできたら大きな強みじゃろ？　大切にすべき女じゃぞ」

「エーエーに言われなくても大切にするよ。っていうか、俺はみんなを大切にするんだ」

「そこにはわしは入っているのかのう？」

「えっ？　あ～。エーエーのことだって大切にするよ」

「一瞬、悩んだにゃん？　私だって女の子にゃんだぞ」

「わかってるよ。それじゃ、俺はみんなのところに戻るから……。えっと、今までありがとな。それと、これからも……よろしく」

「恥ずかしそうに言うにゃ。私が照れるにゃん。早くみんなのところに戻るにゃ。一季。今まで私なんかと長時間お喋りしてくれてありがとにゃ。にゃははは」


静夏は、広いリビングにみんなの頭が近づくように放射線状に敷いた布団を見て、

「覚えていないけど、こういう風にみんなで寝たことがあったような気がするわ」

「そうだね～。私もそんな気がしていた」

「ボクもだ」

「私もです。みんなで寝るのって、なんだかわくわくしますね～」

「あい～」

「言われたら俺もそんな気がしてきたよ。初めてだと思うんだけどな」

「修学旅行の夜みたいでドキドキです！　好きな男の子の話をしましょう」

「あはっ。それって話す必要ないよ～」

みんな天井を見上げた状態で曖昧《あいまい》な沈黙が流れる。誰かが喋りだすのを待っているような、沈黙を楽しんでいるような、そういう時間が続いていく。ずっとこのままでいたいと思っているのに、自分から沈黙を破ってしまう。

「明日で休みは終わりだな」

「地上はどうなってるんだろうね～」

「地上に出た瞬間、猛毒を持つ生物に噛まれて全員死亡だったら切ないですね」

「あい～」

「嫌な想像をするな。心配しなくても猛毒を持つまでに進化した動物なんて多分いねーし」

また曖昧な沈黙。今度は不安の入り混じった空気が漂う。静夏が急に頭の上に手を伸ばす。

「明日はピクニックなのだわ！　そうよ。前にこうやってみんなで寝た時に、そういう約束をした気がするのよ。……だから明日は、外へ！　ピクニック！　おにぎりとお漬物《つけもの》を持って行くわ！」

「うん、いいね～。あはっ。なんだか緊張がわくわくになってきたよ～」

「そうだな。ボクも賛成だ！　きっと、楽しいよ」

「ですね～」

「あい～」

静夏にそう言われると余計な緊張が、すーっ、と抜けていったような気がした。

俺は改めて別の緊張をしながら宣言する。

「みんなにキスをするから。ちゃんと気持ちを込めてキスをする」

静夏はくすぐったそうに微笑む。

「そうね。そういうこと、して欲しい気分だわ」

ここは言葉のいらない場面だ。俺達は言葉を何度も重ねて、言葉で伝わるモノと伝わらないモノがあって、体で伝わるモノと伝わらないモノがあって……。今、俺はみんなこと好きだ、ってことを心と体で伝えないといけないから、だから感謝の言葉を口にしながら、キスをする。


【最終日】


遠足前の朝みたいに、みんなで早起きをして、朝ごはんをしっかり食べて、おにぎりを結んで、春海ブレンドのお茶を水筒に入れて、寮を出た。偽物の空はいつものように青い。外に出て空が青くなかったらどうしようって、少しだけ不安になる。最後に本物の空を見たのは1万年以上も前のことだ。青だって思い込んでいるだけで、本当の空は緑色や紫色かもしれない。

不安に気づかれないように、明るく喋りながら学校に向かい、校舎の突き当たりの廊下から施設に入って、エーエーに教えてもらったやり方で地下のエレベーターを起動させる。

エレベーターから出てもまた廊下。

「いきなり外かと思っていたから、がっかりなのだわ」

「早く行こうよ。きっとこの先が出口だよ〜」

ピクニックという言葉にさっきまで安心していたけど。緊張がひどい。砂漠とか、岩石の荒野とか……。そういうのは勘弁してくれ。最悪それでもいいから、せめて海が見たい！　エーエーが言うには海の生物の絶滅の可能性は低いらしいのだ。ブラックスモーカーという、超高温の熱水を吐き出す噴射口が海には幾つもあって、その付近の海水には始源菌が繁殖していて、そいつらは太陽由来の生態系から独立している。その始源菌をチューブワームという生物が食べ、さらにチューブワームを餌にする、カニ、エビ、貝がいる。そいつらがブラックスモーカーを離れて生活を始めれば、海は生物で満たされると言っていた。カニの1匹でも海岸線を歩いていれば、みんな感動して、やる気を出すと思う。お願いだから、絶望的な光景だけはやめてくれ！　頼む！

「これが出口のドアじゃないか？　わかりやすいボタンがあるぞ。……こういうのを押すのも男の役目じゃないのか？」

軽く微笑んで秋桜がからかうように言う。

「押すけど、その前に……」

「大丈夫だ。ボク達はそこがどんな世界だとしても受け入れるつもりだ」

「そうだよ～。地獄みたいな風景だとしても、私達でこつこつ変えていけばいいだけだもん」

「処女を失った時のほうがずっと怖かったです。あの時と比べれば何も怖くなんかありません！」

「さすがお姉ちゃん！　空気を読まない！」

――絶望の必要はないんだったな。外が恐ろしい光景だとしても俺にはみんながいるんだ。

「……んじゃ、開けるぞ」

ボタンを押すと同時に擦過音を響かせてドアが横に開いた。

最初に、真っ白な光。次に、暖かく湿った風。とくん。大きく跳ねた心臓の音。目が入ってくる光量を調整できない。だけど引っ張られるように……。

――真っ白の中に。

動いて、脚が。外へ、踏み出す。柔らかな感触。くしゃり。靴底に響く、草を踏んだ音。眩《まぶ》しくて。まだ何も見えないけど、それでも白が急速に薄れて。青色。緑色。ピンク色。耳をくすぐる、頬をなでる、透明な風の中に……。

――花びら、ふわり。

ピンク色の花びら。俺達の目の前を。ひらひら落ちて。意識が飛んでいるみたいで……。わからない。現実を把握できない。鼓動。とくん。誰も何も言わない。言えない。突き上げる。心で、体で、喜んでいる。存在しているだけのことに。他者の犠牲で。繰り返す時間の中で。壊れたモノを抱えて。それで……元気に立っている。

――外は満開の桜の森。桜の花びらが風に乗って吹雪みたいに……。

「あの花は……あの花はきっと幸せなんだと思うわ。幸せでなければ、あんな風には咲けないわ」

「ボクもそう思う」

「私もわかる」

「私だって」

「あたいも」

「俺もわかるよ」

「一季はどうわかったのかしら？」

「だって俺は幸せだから……。あの花を見る俺が幸せだからだよ」

そうだ。そうだ。そうだ！　俺は、今、幸せなんだ。だから、あの花も幸せであって欲しいんだ。

「ご苦労様。これで少しはむくわれたかしら？」

「やることは山積みだから、そういう気持ちはまだ大切にとっておくよ」

強がって言う。

「んっ、もう。一季ちゃんったら。こういう時は、はしゃいで走り回っていいんだよ～」

「そうだぞ。一季が全裸になって走り出しても、ボク達は生暖かい目で見てあげるから」

「その時はおまえらも全裸になって走れよ！」

「空気を読まずにギャグを言う役目を秋桜さんに取られた！」

「どんまい、お姉ちゃん」

春海は空を見上げる。

「それにしてもバーナード星だったっけ？　新しい太陽は大きいね」

「太陽より熱量の少ない星だから、近づかないと同じだけのエネルギーを得られないんだ」

静夏は足元の草に手をやる。

「これって植物の種子が氷河期を乗り切ったってことよね」

「ここを作ったのは日本人だからな。桜の種子をばらまいていたのかもしれないな」

何度も恨んだけど……。こういうこともする人達だったんだな。

秋桜が大きな桜の木を指差す。

「とりあえず、あそこまで歩かないか？」

みんなが先に進んだのを確認してから、深呼吸を1つ。大声で呼び止める。

「みんな！」

振り返ってびっくりしている。今の俺は笑顔だ。

「自然な笑顔を浮かべられるように鏡を見て練習したんだけど、ちゃんとできてるかな？」

唖然としていた静夏が頬を変な形に歪めた。

「……いやらしい」

「そうだな。いやらしいな」

「私達を喜ばせようという下心が見えすぎるよね～」

「これでびしょ濡れだろ、って心の叫びが聞こえます」

「しかもこのタイミング」

よっ、予想外の不評?! 絶対に勝ったと思ったのに！ 最悪のタイミングで失敗した！

「うふふっ……。嘘よ。感動してるわよ」

「あははは。うん。一季ちゃんの気持ちが嬉しいよ」

「そんなにショックのオーラを出すとは思わなかったぞ」

「私のとこで嘘だと言ってあげるべきかと思いました」

「あい」

「おまえらはどうしてそんなにコンビネーションがいいんだよ！」

死ぬかと思った。

「一季が可愛いからしょうがないじゃない。でも笑顔だけじゃダメだわ。泣き顔を教えてあげる」

「じゃ、私はほっとした顔にしようかな～」

「ボクは真剣な顔」

「私は怒り顔」

「あたいはすねた顔」

「あっ、すねた顔はいいね～。一季ちゃんに凄い似合いそう」

俺はそんなのが似合いそうなのか。

静夏はパンパンとスカートを叩いて皺を直すと、俺に向かって挑発的に微笑む。

「言うべきことを笑顔で言うといいわ。それからみんなであの木の下でキスをして、おにぎりだわ」

舞い散るピンク色の花弁の向こう側で、みんなが俺を見つめている。

言うべきこと？　言いたいことはたくさんあるのだ。感謝の言葉はどれだけ言っても言い足りない。でも、だからって感謝だけじゃない。みんなのことが憎い瞬間だってあった。いろんな感情があって
――それを全部。ちゃんと、自分の心を捕まえて、それで！

ぷはっ、と水面から顔を出したみたいに、口を開けて、そのまま大きく、深呼吸。

「俺はみんなのこと大好きで……。だけど、みんなのこと嫌いな気持ちだってあって。好きな気持ちも、悲しさも、嬉しさも、切なさも、喜びも……みんなに教えてもらったと思う」

俺は壊れていて……。感情が滅茶苦茶で。だけど、全部、みんなが教えてくれたから。――だから。

「俺はみんななんだ！」

みんなは笑顔で同時に頷くと、軽い足取りで、近くの木を目指して歩き始めた。

俺は漠然と視線を漂わせて「……ありがとう」とつぶやく。誰に向けたのかは自分でもわからない。

ただそうしなきゃいけない気がしたのだ。

風が吹いてピンク色がふわりと舞う。俺はみんなを追いかけて走り出した。


（了）

epilogue

あとがき

こういう場所では、イラストの笹井さじさんと師走ほりおさん、ありがとうございます。それに、すみっこソフトの方々と桜雲社の方々……といったことを書くべきなのかもしれないけど、ベタベタしたのはファッキン嫌いなので書きません。そういう人達へのお礼なんか、会った時にするよ！ んなこと書くくらいなら、自画自賛します。僕の書くものは本当におもしろいなー。

『はるまで、くるる。』の原作は、２０１２年にすみっこソフトから発売されたＰＣゲームです。正直、発売当初はまったく売れなかったのですが、その後『萌えゲーアワード』というＰＣゲームの賞で月間賞やシナリオ賞をいただくなど、いろいろなとこで評価していただけるようになった作品です。

そして、初めて好き勝手に書いてもいいよ、と言われた商業作品でもあります。こんな機会は滅多にない！ と興奮して、ＳＦ、ミステリー、文学、宗教、萌え、恋愛、ギャグ、殺人鬼、狂気、ループ、ハーレム、と好きなものを全部入れたらぁ！ と前のめりに書いたのを覚えています。これ以降、基本的に好きにやってください、という依頼ばかりになったので、僕の人生を変えてくれた作品です。

ＰＣゲームの小説化ですが、ちゃんと小説として書き直したつもりです。ゲームをプレイした人もそうじゃない人も楽しめる作品になったと思います。脱稿した今は、なっていろ、と祈る様に思っています。なってろ！ なってろ！ なってろ！ 頼みます！

ヒロインが複数いて、それぞれに一応のエンドがある小説、というのはあまりないんじゃないかと思います。ＰＣゲームが原作でなかったら、こういうスタイルを思いつくことはなかったと思うので、そこらへんはうまくやれたような気がします。

だけどその一方で、僕はこんなもんじゃない、と激しく歯軋りするような気持ちもあります。もっともっとおもしろく書けたんじゃないのか？　と。今の僕の出した答えがこの作品なのかもしれないけど、どうしようもなく凄い作品を目指して、今後も書き続けていくつもりなので、今回はちょっとな～、と思った人もついてきてください。次はもっと凄い。その次はもっともっと凄いから！

『はるまで、くるる。』は今後、シナリオを改変した新作ＰＣゲームと英語版のゲームが発売される予定です。英語版！　こんなことになるなんて、書いている時は想像もできなかった。

小説版の『はるまで、くるる。』は歪なとこがあるかもしれないけど、おもしろい作品になったと思います！　それでは！

渡辺僚一

（でも、作者がおもしろいって言う作品っておもしろくなさそうだよね）

（唐突に、上遠野浩平リスペクトしてるけどそれはおもしろいの？）

この作品はフィクションです。
実在の人物・団体・事件などにはいっさい関係ありません。

【引用】

『東西不思議物語』澁澤龍彦　河出文庫　一九八二年初刷

『ギリシア悲劇Ⅰ　アイスキュロス』ちくま文庫　一九八五年第二刷

著者紹介

渡辺僚一

わたなべりょういち…ゲームシナリオライター、小説家。ゲーム「はるまで、くるる。」に続くシリーズに「なつくもゆるる」、2016年12月に発売された最新タイトル「あきゆめくくる」がある(すみっこソフト)。その他、「蒼の彼方のフォーリズム」(sprite) など多数のゲームシナリオも手がける。著作に「少女人形と撃砕少年　さいかいとせんとうの24時」(集英社スーパーダッシュ文庫)。

協力：すみっこソフト

はるまで、くるる。

春《はる》の日《ひ》のような、
甘《あま》くて果《は》ての見《み》えない、
悪夢《あくむ》と終末《しゅうまつ》のハーレム

2017年3月25日 初版発行

著　　者　渡辺僚一

発 行 者　難波千秋
発 行 所　株式会社桜雲社
〒160-0023 東京都新宿区西新宿 8-12-1 ダイヤモンドビル 9F
TEL：03-5332-5441
FAX：03-5332-5442
http://www.ownsha.com/
info@ownsha.com

印刷・製本　株式会社誠晃印刷

ISBN978-4-908290-29-9

本書のコピー、スキャン、デジタル化等の無断複製は著作権法上での例外を
除き禁じられています。
本書を代行業者などの第三者に依頼してスキャンやデジタル化をすることは、
個人や家庭内の利用に限るものであっても著作権法上認められておりません。
乱丁・落丁の場合はお取り替えいたします。
定価はカバーに表示してあります。

©Ryoichi Watanabe 2017 ©2012-2017 SUMIKKO-SOFTWARE Printed in Japan